KB162392

을 유 세 계 문 학 전 집 · 3 3

키 재기 외

키 재기 외

たけくらべ

히구치 이치요 지음 · 임경화 옮김

❖ 을유문화사

옮긴이 임경화

고려대학교 일어일문학과를 졸업하고 도쿄대학 대학원 인문사회계연구과에서 일본의 전통 단형시에 관한 연구로 문학 박사 학위를 받았다. 현재 성균관대학교 동아시아학술원 연구교 수로 있다. 지은 책으로 『신라의 발견』(공저, 2008) 등이 있고, 옮긴 책으로는 『국어라는 사상』 (공역, 2006), 『여성 표현의 일본 근대사』(2008) 등이 있다.

을유세계문학전집 33
키 재기 외

발행일·2010년 5월 30일 초판 1쇄 ㅣ 2022년 12월 30일 초판 3쇄
지은이·히구치 이치요ㅣ옮긴이·임경화
펴낸이·정무영, 정상준ㅣ펴낸곳·(주)을유문화사
창립일·1945년 12월 1일ㅣ주소·서울시 마포구 서교동 469-48
전화·02-733-8153ㅣFAX·02-732-9154ㅣ홈페이지·www.eulyoo.co.kr
ISBN 978-89-324-0363-2 04830 978-89-324-0330-4(세트)

차례

섣달그믐

상

우물에는 도르래가 달려 있고 밧줄은 열두 길, 부엌은 북향이라 십이월 찬바람이 씽씽 불어 댄다. 아아 더는 못 참겠다 싶어 화덕 앞에서 불이라도 조금 쬐고 있을라치면 일 분은 한 시간으로 나무 토막은 거목으로 부풀려져 꾸지람을 들으니, 하녀란 정말이지.

나를 여기에 소개한 할머니는 "아이들이 모두 여섯인데 항상 집에 있는 건 장남과 막내 둘뿐이야. 사모님이 약간 변덕스럽지만 눈치만 잘 살필 줄 알면 별일 없을 게야. 요컨대 잘 띄워 주고 비위만 맞춰 주면 되는 성격이니까, 네가 하기에 달렸어. 재산은 동네 제일이지만 자린고비로도 동네 제일이지. 나행히 바깥주인이 무른 편이니 어쩌면 용돈도 조금은 받을 수 있을 거야. 일이 싫어지면 내게 엽서를 한 장 보내렴. 주절주절 쓸 필요도 없어. 다른 일을 하고 싶다고 하면 찾아줄 테니. 어쨌든 식모살이의 비결은 겉과 속을 구별할 줄 알면 되는 거야"라고 하셨으니, 이분은 세상 물정을 아는 것 같았다. 요는 마음먹기에 달린 것이고 또다시 이

할머니한테 신세 지고 싶지도 않은 데다, 하여간 뭐라도 하는 게 중요하고 노력하면 인정도 받을 거라고 생각한 끝에 이런 고약한 주인 밑에서 일하게 되었다.

처음으로 문안 인사를 드리고 사흘 만에 일곱 살 된 주인 딸아이의 무용 연습이 오후에 있으니 그 준비로 아침에 목욕물을 데워 깨끗이 씻겨 놓으라는 분부가 내려졌다. 서리 내린 새벽녘 사모님이 따뜻한 잠자리에서 재떨이를 탁탁 치며 어서 일어나라고 재촉하니 자명종 소리보다 더 놀라 두 마디 째에는 허리끈 매는 것보다 빨리 빳빳하게 어깨끈을 걸고 우물가에 나가니 아직 달빛이 빨래터에 어려 있었다. 살을 에는 듯한 찬바람에 조금 전까지의 단잠이 순식간에 날아가 버렸다.

욕조는 붙박이여서 크지 않았지만 가득 채우려면 물지게 통 두 개에 넘치도록 물을 퍼서 열세 번 남짓 붓지 않으면 안 된다. 이렇게 추운데도 비지땀을 흘리며 물을 나르고 있자니 삼으로 심을 박은 물일용 나막신이 미끌미끌해져서 발가락을 들지 않으면 걸을 수가 없었다. 그런 신발을 신고 무거운 물지게를 짊어지니 발밑이 흔들거려, 결국 빨래터 얼음에서 미끄러져 쾅 하고 나자빠졌다. 그 바람에 우물에 정강이를 눈물이 핑 돌 정도로 세게 부딪치고 말았다. 이게 무슨 꼴이람. 눈도 시기할 정도의 백옥 같은 피부에 시퍼런 멍이 짙게 들어 버렸다. 게다가 넘어질 때 물지게 통이 엎어지면서 하나는 무사했지만 하나는 밑이 빠져 버렸다.

물지게 통이 얼마나 하는지는 모르겠지만 사모님은 한 재산 잃어버리기라도 한 듯 이마에 핏대를 세웠다. 아침저녁 식사 시중을 들 때도 이쪽을 노려보는 바람에 그날은 하루 종일 한 마디도 못 했는데, 하루가 지난 후에는 숟가락 오르내릴 때마다 이 집안 물건은 공짜로 생긴 게 아니다. 주인 거라고 아무렇게나 다루면 벌을 받는다고 설교를 해 댄다. 게다가 들르는 손님들한테까지 일일이 어제 일을 입에 올리니 처녀의 마음은 너무나 아파서 무슨 일을 하든 정신을 바짝 차려야겠다고 결심하니 그르치는 일이 없어졌다.

"세상에 하녀를 혹사하는 사람이 많다지만 야마무라 집안만큼 여자가 바뀌는 집도 없을 거야. 한 달에 둘은 당연한 일이고, 사나흘 만에 돌아간 사람이 있는가 하면 하룻밤 새에 달아난 자도 있다나. 하녀를 부리기 시작해서 지금까지 거쳐 간 수를 손가락으로 헤아리자면 사모님의 소맷부리도 너덜너덜해질 거야. 그렇게 보면 오미네는 대단해. 저런 아이한테 심하게 군다면 당장 천벌을 받을 거야. 도쿄가 넓다고는 해도 앞으로 야마무라 집안에서 일할 여자는 없을 거야. 놀라워. 갸륵한 마음씨야" 하며 칭찬하는 자도 있었는데, 대개 남자들은 게다가 미인이니 더 바랄 것도 없다고 했다.

가을 무렵 단 한 분 계신 외삼촌이 병으로 쓰러져서 채소 가게를 닫고 같은 동네 뒷골목으로 이사했다는 소식을 들었지만, 까다로운 주인을 모시고 있는 데다 월급도 가불해서 팔려 온 몸이라 좀체 병문안을 가겠다는 말조차 꺼낼 수가 없었다. 사모님은 오미네가 심부름 간 얼마 안 되는 시간도 시계를 노려보며 소요 시간과 거리를 엄격하게 쟀다. 조금 더 빨리 뛰어다니며 시간을 내 보려는 생각도 없지는 않았지만, 그런 소문은 빠르게 나는 법이라 힘들게 참아 낸 게 물거품이 되고 쫓겨나기라도 하는 날에는 그야말로 병환 중인 외삼촌에게 걱정을 끼치는 일이다. 근근이 살아가는 가족에게 하루라도 폐를 끼치는 건 가슴 아픈 일이라, 가까운 시일 내에 어떻게 되겠지 싶어 우선 편지를 보내고는 어쩔 수 없이 야마무라 집안에서 나날을 보내고 있었다.

　모두들 바쁘다는 십이월인데, 딸들은 마음에 드는 옷을 골라 빼입느라 분주하다. 그저께부터 하는 연극과 만담이 때마침 인기 배우들이 다 나오는 재미있는 신작이라 절대로 놓칠 수 없다며 호들갑들을 떠는 바람에 보름날에 구경하러 가게 되었기 때문이다. 그것도 드물게 온가족이 다 나섰다. 본래는 따라가게 된 것을 기뻐해야 하는 처지지만 부모님을 여읜 후로 하나뿐인 피붙이가 병상에 누워 계신데도 문안조차 못 드리는 주제에 놀러 가는 것도 마음에 걸리고 따라나섰다가 주인의 비위를 건드리기라도 하면 끝이라 연극 구경을 사양하는 대신에 휴가를 달라고 부탁했다. 평소에 행실이 바른 탓에 주인은 하룻밤 자고 다음 날 빨리 돌아오라며 허락해 주었다. 하지만 또 변덕을 부리면 큰일이라는 생각에 고맙다는 말이 끝나기가 무섭게 달려 나와 인력거를 타고 '고이시카와(小石川)는 아직 멀었나?' 하며 초조해했다.

　하쓰네(初音) 정이라고 하면 고상하게 들리기도 하지만 사실은 꾀꼬리가 세상을 원망하며 우는 빈민굴이다. 외삼촌은 이름이 쇼지키 야스베(正直安兵衛)라서 신이 깃드는 커다란 주전자 같은 번쩍이는 이마를 간판 삼아* 다마치(田町)에서 기쿠자카(菊坂) 부근을 다니며 가지와 무를 팔아 왔다. 몇 푼 안 되는 밑천으로 꾸려 가는 장사라 싸고 양이 많은 것만 팔았으니 배 모양의 그릇에 담은 오이나 지푸라기에 싼 송이버섯 같은 값나가는 건 없다. 싸구려 야채는 손바닥 들여다보듯이 종류가 뻔하다고 놀림을 받아도 단골들이란 어쨌든 고마운 존재라 세 식구의 생계를 꾸리고 여덟 살이 되는 산노스케(三之助)를 빈민학교나마 보내고 있었다. 갑자기 쌀쌀해진 구월의 어느 아침이었다. 간다(神田)에서 떼어 온 물건을 집에 이고 오자마자 열이 나고 신경통이 엄습해 왔다. 그 후로 석 달이 지난 지금까지 장사를 못하니 생활비를 줄이다 못해 결국에는 저울까지 팔아 치운 처지가 되어 장사를 그만둘 수밖에 없었다. 부끄러워하고 있을 수만도 없는 터라 다시 장사를 할 작정으로 한 달에 오십 센(錢) 하는 뒷골목 집으로 이사했지만, 인력거에 실은 것은 병자뿐이고 짐이라곤 한 손으로도 충분한 비참한 모습으로 같은 동네에서도 더 후미진 곳으로 들어갔던 것이다.

인력거에서 내린 오미네는 외삼촌이 사는 곳을 찾아 여기저기 다니다가 연이나 종이풍선 등을 처마에 매달아 놓은 아이들 상대의 구멍가게에 산노스케가 있을지도 모른다는 생각이 들어 들여다보았다. 하지만 없어서 낙담하며 저도 몰래 길거리를 돌아보았더니 건너편에 약병을 들고 걸어가는 깡마른 아이가 있었다. 산노스케라 하기에는 키가 크고 말라 보였지만 언뜻 보기에는 꼭 닮아서 뒤쫓아 가 얼굴을 들여다보았다.

"아, 누나!"라고 하기에 "어머나, 산노스케구나. 마침 잘 만났다"라고 하며 함께 술집과 군고구마 가게를 지나 구석진 곳으로 한참을 걸어서 하수구 덮개가 덜거덕거리는 어둑한 뒷골목으로 들어섰다. 산노스케는 먼저 달려가서 "아버지, 어머니! 누나를 데려 왔어요" 하고 문 앞에서 외쳐 댔다.

"뭐라고? 오미네가 왔다고!" 하며 야스베가 일어나자, 외숙모는 부업하던 일손을 멈추고 "아이고, 오랜만이구나!" 하며 손을 잡으며 기뻐했다. 안을 들여다보니 다타미 방 한 칸에 찬장 하나, 장롱이나 궤 같은 것은 애당초 없는 집이지만 옛날에 쓰던 화로는 온데간데없고, 싸구려 이마도(今戶) 산 도기를 같은 모양의 상자에 넣어 두었다. 이것이 아마도 이 집의 유일한 물건다운 물건일 것이다. 듣자니 쌀통 하나 없는 처지라서 뭐라 말할 수 없이 서글프다. '섣달의 하늘 아래 연극 구경 가는 사람도 있는데…….' 오미네는 저도 몰래 눈물이 뚝 떨어졌다.

"바람이 차니 좀 누우세요" 하고 딱딱한 밀전병 같은 이불을 어깨에 덮어 주며, "너무 고생이 심하셨죠. 외삼촌도 여위셨는데 외숙모마저 마음고생으로 병 같은 거 나시면 안 돼요. 그래도 날이 갈수록 좋아지고 계시죠? 편지로 대강 듣기는 했지만 두 눈으로 직접 보지 않으면 안심이 안 돼서요. 휴가가 나기만을 기다리다가 이제야 겨우 왔어요. 집 같은 건 다음 문제예요. 우선 외삼촌이 다 나으시면 다시 가게를 열면 되잖아요. 하루 빨리 나으세요. 뭐라도 좀 사 가지고 오려 했는데, 꽤 멀기도 하고 급한 마음에 인력거도 느린 것 같아 사탕 가게도 지나치고 말았어요. 이건 용돈 남은 거예요. 저쪽의 고지마치(麴町)에 사는 친척분이 집에 왔을 때, 그쪽 할머니가 류머티즘으로 고생하시기에 밤새 허리를 주물러 드렸더니 앞치마라도 사라고 준 거예요. 여러 가지로 야마무라 집안은 까다롭지만, 그래도 다른 사람들이 잘해 주니까 걱정하지 마세요, 외삼촌. 일이 힘든 게 아니니까요. 이 가방도 스카프도 받은 거예요. 스카프는 저한테는 좀 수수하니 외숙모 쓰세요. 가방은 모양만 조금 바꾸면 산노스케의 도시락 넣는 걸로 쓸 수 있어요. 그런데 산노스케야, 학교는 다니고 있니? 누나한테 공책 좀 보여 줘" 하며 단숨에 말했다.

오미네가 일곱 살 때 아버지는 단골집 곳간 만드는 공사 때문에 발판 위에 올라가 중간 칠을 하는 흙손을 들고 밑에서 일하는 인부한테 지시를 하려고 고개를 돌린 순간, 그날이 바로 불멸일(佛滅日)*이었던 탓인지, 몸에 익은 발판에서 떨어졌는데 운 나쁘게도 새로 까는 중이었던 포석의 모서리에 머리를 심하게 부딪치는 바람에 속절없이 가고 말았다. 가엾게도 마흔두 살이 액년이었다고 나중에서야 모두들 동정했다. 어머니는 야스베의 여동생인지라 모녀 둘은 거기로 살러 갔는데 이 년 후에 어머니마저 독감을 심하게 앓다가 돌아가셨다. 그리고 나서는 야스베 부부를 부모님으로 여기고 살아왔으니 열여덟이 된 지금까지도 은혜를 잊은 적이 없다.

"누나!" 하고 부르기에 "산노스케는 동생처럼 귀여워. 이리로 와 봐" 하며 불러서 등을 쓰다듬으면서 얼굴을 들여다봤다.

"아버지가 편찮으셔서 쓸쓸하고 괴롭지. 이제 곧 설이니 누나가 뭐 사 줄게. 그러니 어머니한테 조르거나 하면 안 돼" 하고 타이르자 외삼촌이 말한다.

"조르기는커녕, 오미네야, 내 말 좀 들어 봐라. 내가 몸져눕고부터는 버는 사람은 없는데 돈만 나가잖느냐. 집안이 어려운 걸 보다 못해 건어물집 아이들과 함께 바지락을 팔러 다니는데, 하도 열심이라 그 애들이 팔 센을 팔면 아들 녀석은 십 센을 벌어. 이놈의 효성을 하늘이 보고 있는지, 어쨌든 약값은 산노스케가 벌어 준다. 오미네야, 칭찬 좀 해 줘라" 하며 이불을 뒤집어쓰고 울먹이며 말했다.

"학교 가는 걸 무척 좋아해서 애를 먹인 일도 없고 아침을 먹으면 곧장 나가서 세 시가 되어 집에 돌아올 때도 한눈 한번 팔지 않았어. 자랑하는 건 아니지만, 선생님한테도 칭찬을 받았단다. 가난해서 조개를 짊어지게 하고 추운 날에도 짚신을 신기는 부모의 마음을 알아주려무나" 하며 외숙모도 눈물을 흘린다. 오미네는 산노스케를 부둥켜안고 "넌 정말 효자야. 덩치는 커도 여덟 살은 여덟 살일 뿐인데. 지게를 짊어지니 어깨는 아프지 않니? 짚신 때문에 발이 상하진 않았어? 미안해. 오늘부터 이리로 돌아와서 외삼촌을 돌보면서 생계를 도와야겠다. 몰랐다손 치더라도, 오늘 아침에 내가 두레박 밧줄에 붙은 얼음을 차가워했다니. 학교에 다니는 아이를 바지락 장사나 시키고⋯⋯. 누나가 긴 옷을 입고 있을 때가 아니야. 외삼촌, 그만두게 해 주세요. 이제 남의 집 일은 그만하고 싶어요" 하고 울고불고 한바탕 난리였다. 산노스케는 어른처럼 눈물이 흐르는 것을 감추려고 고개를 숙였다. 어깨선이 뜨어져 있어서 거기로 지게를 짊어졌구나 하고 생각하니 마음이 아팠다. 야스베는 오미네가 그만두겠다고 하자, "그건 당치도 않다.

네 마음은 기쁘지만 집으로 돌아와 봤자 여자 벌이가 얼마나 되겠느냐. 게다가 그쪽 집에 가불도 했으니 사정을 말하고 돌아올 수 있는 처지도 아니란다. 처음이 중요한 거야. 견디지 못하고 돌아갔다고 소문이 나면 안 된다. 주인을 잘 모셔라. 내 병도 언제까지 이렇지는 않을 게다. 조금 나으면 마음을 다잡아 곧 장사도 할 수 있을 거야. 올해도 보름 남았다. 새해에는 좋은 일도 있겠지. 무슨 일이든 참아야 한다. 산노스케도 참아다오. 오미네도 마찬가지야" 하며 눈물을 삼킨다.

"오랜만에 온 손님인데 대접도 못하지만, 네가 좋아하는 이마가와 과자*하고 토란 조림이 있으니 많이 먹어라" 하고 말하기에 기뻐졌다.

"폐를 끼치고 싶지는 않다마는, 빤히 그믐날을 코앞에 두고 가족들의 고생에 가슴이 막히는 것은 병이 나서 그런 게 아니라 걱정 때문이다. 애당초 병이 났을 때 다마치에 사는 고리대금업자한테서 석 달 후에 갚겠다는 약속으로 십 엔을 빌렸는데 일 엔 오십 센은 선이자로 떼이고 손에 쥔 것은 팔 엔 오십 센이었다. 구월 말에 빌려 이번 달이 갚는 기한이지만 이런 생활로는 어떻게 할 수도 없구나. 머리를 맞대고 의논할 아내는 손끝에서 피가 나도록 부업을 해도 하루에 십 센도 못 번다. 이런 얘기를 산노스케한테 해 봤자 아무 소용도 없어. 네 주인은 시로가네다이(白金台) 정에 임대 연립주택도 지니고 있고 거기서 나오는 집세로 언제나 좋은 옷을 입고 있더구나. 한 번 너한테 볼일이 있어서 대문 앞까지 간 적이 있는데, 천 냥을 들여도 불가능할 것 같은 회반죽을 바른 멋들어진 창고 공사를 하고 있어 부러울 정도의 위세였다. 그 집 주인 밑에서 너는 일 년을 살았고. 게다가 주인 마음에 들었다면 다소의 원조를 받을 수 있을지도 몰라. 이달 말에 차용증서를 다시 쓸 때 울며 매달려서라도 후이자 일 엔 오십 센을 갚으면 삼월까지는 기다려 줄 거야. 왠지 욕심을 부리는 것 같지만, 파는 떡을 사서라도 설날에 떡국을 못 끓여 주면 세상에 나가기도 전인 산노스케는 고아나 마찬가지야. 그믐날까지 이 엔 정도 주인한테 어떻든 사정해 볼 수 없겠니? 말을 꺼내기 어렵겠지만" 하고 외삼촌이 말을 꺼내자, 오미네는 잠시 생각한 후에 "알았어요. 부탁드려 볼게요. 돈을 변통하는 게 어려우면 월급을 선불 받을게요. 돈이란 게 바깥에서 보는 것하고 집안 사정하고는 다르겠지만, 큰돈도 아니고 그 정도 돈으로 만사가 잘 된다면야 납득이 가도록 사정을 얘기할게요. 그러려면 더 잘해야 하니 오늘은 이만 돌아갈래요. 다음에 휴가를 받는 건 설날이에요. 그때는 모두 웃는 얼굴이었으면 좋겠어요" 하고 돈 약속을 하고 말았다.

"돈을 어떻게 받지? 산노스케를 보낼까?"

"네, 그렇게 하세요. 보통 때도 바쁜데 그믐날이 되면 더 정신이 없을 거예요. 멀어서 안됐지만 산노스케를 보내 주세요. 점심때까지는 어떻게 해서든 마련해 놓을 테니" 하고 확실히 약속을 정하고 나서 오미네는 돌아왔다.

하

야마무라 집안의 장남인 이시노스케(石之助)는 다른 형제들과 어머니가 달랐고 아버지의 사랑도 별로 못 받았는데, 그를 양자로 보내고 가독(家督)은 누이한테 물려주려고 하는 계획을 십 년 전에 알아채고 그는 서러웠다. 옛날 같으면 몰라도 인연을 끊는 건 불가능할 거라고 생각하여 실컷 놀아 대서 계모를 울릴 결심으로 아버지도 잊고 열다섯 봄부터 불량배가 되었다. 꽤 사내답고 냉철한 성격에 영리한 눈매를 하고 있어서, 피부는 거무스름해도 좋은 인상이라고 동네 여자들이 소곤거렸다. 하지만 난폭한 데다 시나가와(品川)의 유곽에도 다녔는데 소린은 그 자리에서 끝났다. 한밤중에 인력거로 내리달려 불량한 패거리들을 불러내서는 술을 사네 안주를 사네 하며 지갑을 탈탈 털어 터무니없는 짓을 하는 것이 낙이었다.

이런 놈한테 상속했다간 기름통에 불을 지르는 격이라 재산은 연기처럼 사라지고 남은 가족들은 길거리에 나앉게 될 게 뻔하니

다른 형제들이 불쌍하다며 계모는 허구한 날 아버지한테 이시노스케를 은근히 힐뜯는다. 이렇게 방탕하니 양자로 받아줄 만한 사람은 세상에 없을 테고 재산을 조금 나눠 줘서 어디 틀어박혀 지내게 하자고 부부는 내밀히 얘기를 나눴다. 하지만 정작 본인은 못 들은 척 한쪽 귀로 흘리고는 그런 수법에 걸려들지 않은 채, "분배금은 만 엔, 은거 생활비를 다달이 보내고 내가 어떻게 놀든 참견하지 마라. 아버지가 죽으면 내가 아버지 대신이야. 신당에 모시는 소나무 한 그루 사는 데도 존경하는 이 오라버니에게 허가를 받는 것이 도리지. 그런 나를 내쫓으려고 하니까 이 집안을 위해 애쓰든 말든 내 맘이야. 그래도 괜찮다면 그렇게 해줄 테니" 하며 짓궂게 괴롭힌다. 게다가 야마무라 집안은 작년에 연립주택이 늘어 돈벌이도 배로 늘었을 거라는 소문으로 집안의 사정을 알아채고 "웃기는군. 그렇게 쌓아 두었다가 누가 차지하려고? 화재는 재떨이에서부터 나는 거야. 대를 이을 불덩이가 굴러다닌다니까. 자, 여기 말이야! 언젠가 야마무라 집안의 재산을 모두 빼돌려 너희들한테 즐거운 설날을 맞이하게 해 줄게" 하며 허세를 부려 이사라고(伊皿子) 정 부근에 사는 빈민들을 기쁘게 하고는 그믐날 술을 실컷 마실 장소까지 정해 두었다.

"오빠가 돌아왔다!"고 고함을 지르면 여동생들은 살얼음판을 걷듯이 조심해서 뭐든지 시키는 대로 하니까 그놈은 더욱 의기양양해져서 고타쓰에 두 발을 쑤셔 넣고는 술 깨는 물 좀 가져오라고 소란을 피워 댄다. 이런 몹쓸 놈이지만 끊으려야 끊을 수 없는 부자지간의 악연이라서 계모는 꾸지람을 목구멍으로 삼키고 감기 들지 않도록 솜옷이든 뭐든 가져오고 베개까지 받쳐 주며 "내일 준비로 마른 멸치를 다듬어야 하는데 남을 시키면 아무렇게나 하니까"라고 하며 머리맡에서 들으라는 듯 절약을 강조한다. 점심때가 다 되어 오미네는 외삼촌과 한 약속이 걱정되어서 주인 여자의 기분을 엿볼 틈도 없이 잠깐 손이 비었을 때 머리에 쓴 수건을 벗고 "지난번부터 말씀드린 부탁 말인데요. 이렇게 바쁠 때에 뭐합니다만, 오늘 오후에 저쪽에 가져가지 않으면 곤란해서요. 돈을 마련해 주시면 외삼촌께도 다행이고 저도 기쁠 거예요. 이 은혜는 죽어도 잊지 않겠습니다" 하고 손을 싹싹 빌며 부탁해 보았다. 처음에 이 말을 꺼냈을 때 분명치는 않았지만 "뭐, 어떻게 되겠지"라고 대답한 말을 그대로 믿어 변덕쟁이 안주인한테 섣불리 다짐을 받으려고 하다가 귀찮아할까 봐서 오늘까지 잠자코 참고 있었는데 외삼촌과의 약속은 그믐날 오전 중이었다. 잊어버렸는지 아무 말도 하지 않아서 걱정스럽다. 안주인한테는 아무래도 상관없는 일이겠지만 이쪽은 절박한 몸이라 하기 힘든 말을 용기를 내어 꺼냈는데, 저쪽은 깜짝 놀란 듯한 얼굴로 "그게 도대체 무슨 말이야? 아, 그러고 보니 네 외삼촌이 병이 나서 빚이 있다던가 했었지. 하지만 대신 갚아 주겠다고 한 적 없잖아. 네가 잘못 들은 것 아니냐? 난 전혀 기억이 안 나는구나" 하고 말한다. 이것이 이 여자가 잘 써먹는 수법이라는 걸 깨달았지만 이미 때는 늦은 것이다.

딸들은 단풍무늬로 아름답게 통일한 비단 설빔의 옷깃을 여미며 옷자락을 겹쳐 입고 서로 봐 주며 즐기고 있는데, 훼방꾼 아들이 눈꼴사나워 냉큼 사라지기를 바라는 마음을 입에 담지는 않을 지언정 타고난 울화를 억누를 길이 없다. 만약에 덕이 많은 스님이 본다면 몸이 불길에 싸이고 마음이 광란에 빠져 있었을 텐데, 하필이면 이런 때에 돈을 꿔 달라고 하니 독을 뿌린 거나 마찬가지였다. 약속을 한 것은 자기도 기억하고 있지만 일일이 신경 쓰고 있을 수도 없는 노릇이다.

"아마 네가 잘못 들었겠지" 하고 딱 잘라 말하고 담배를 피우며 시치미를 뗐다. 큰돈도 아니고 단돈 이 엔인데. 자기 입으로 알았다고 해 놓고 열흘도 지나지 않아서 망령이 난 게 아닐까. 그러고 보니 저 벼루가 든 금고 서랍에는 손도 대지 않은 돈다발이 있지 않은가. 십 엔인지 이십 엔인지, 전부를 빌려 달라는 것도 아니다. 딱 두 장이다. 그것이면 외삼촌이 기뻐하실 테고 외숙모의 웃는 얼굴도 눈에 선하고 산노스케에게는 떡국도 먹일 수 있다. 그렇게 생각하니 그 돈이 너무나 탐난다. 분하고 억울하다. 하지만 아무 말도 하지 못하고 평소에도 얌전한 탓에 이유를 대서 설복시킬 방법도 없다. 맥없이 부엌에 서자 마침 정오를 알리는 시보가 울렸다. 이럴 때일수록 그 소리는 더욱더 가슴속에 울려 퍼진다.

어머니, 빨리 와 주세요. 아침부터 진통이 시작되어서 오후에는 낳을 것 같아요. 초산이라 남편은 쩔쩔매기만 할 뿐 아무 도움도 안 돼요. 도와줄 어른도 없어서 너무 혼란스러워요. 지금 곧 와 주세요.

죽느냐 사느냐 하는 초산이라, 서응사(西應寺)에 사는 딸 집에서 인력거를 보내 왔다. 이것만은 그믐날이라고 해서 미룰 수 없는 일이다. 그렇다고 해도 집에는 돈도 있고 방탕한 아들도 자고 있다. 가야 하나 남아야 하나 마음은 완전히 둘로 갈라졌다. 하지만 몸은 나눌 수 없다. 딸이 걱정되어 인력거에 타기는 했지만 이럴 때 태평스럽게 구는 남편이 얄밉다. '하필이면 왜 오늘 같은 날 바다낚시를 하러 가는지' 하며 미덥지 못한 강태공을 원망하면서 집을 떠났다.

서로 엇갈려서 산노스케가 시로가네다이 정의 집을 헤매지도 않고 찾아온다. 초라한 자신의 옷차림도 신경 쓰이고 누나의 체면도 생각해서 부엌문을 조심조심 들여다보았다. 아궁이 앞에서 울고 있던 오미네가 누가 왔나 하며 눈물을 훔치고 쳐다보니 산노스케였다. 잘 왔다고 할 수도 없고 어쩌나.

"누나, 들어가도 야단맞지 않으려나? 약속한 거 받아 갈 수 있어? 이 집 사람들한테 인사를 꼭 선해 달라고 아버지가 말씀하셨어" 하며 산노스케는 아무것도 모른 채 기뻐한다. 오미네는 그런 얼굴을 보기가 괴로웠다.

"응, 좀 기다리고 있어. 볼일이 좀 있으니까" 하며 서둘러서 안팎을 둘러보자, 밑들은 바당에서 깃널 공을 쳐 대느라* 여념이 없고 고용살이 하는 이들은 아직 심부름에서 돌아오지 않았다. 바느질하는 사람은 이 층에 있지만 귀머거리여서 괜찮다. 도련님은 거실에 놓인 고타쓰에서 한밤중이다.

"부탁입니다. 신이시여, 부처님이시여. 저는 악인이 되려 합니다. 되고 싶지는 않지만 되지 않을 수 없어요. 벌을 내리신다면 저

혼자에게만 내리시고 외삼촌과 외숙모는 아무것도 모른 채로 돈을 쓰는 것이니 용서해 주세요. 죄송합니다. 이 돈을 훔치게 해 주세요" 하고 전부터 보아서 알고 있던 벼루가 든 서랍에서 돈다발 중 두 장을 빼냈다. 그 후로 정신없이 산노스케한테 그것을 건네주고 돌아오니 자초지종을 아무도 본 사람이 없다고 생각하는 것이 참으로 어리석다.

그날 저물녘 바깥주인은 대단히 만족스러운 표정으로 낚시터에서 돌아왔고 부인도 이어서 귀가했다. 딸이 무사히 출산한 기쁨에 태워다 준 인력거꾼한테까지 상냥한 목소리로 "오늘 밤에 이쪽 일이 정리되면 또 보러 갈게요. 내일은 아침 일찍 동생들 중에서 누구 하나를 도와주도록 보낼 거라고 전해 주세요. 정말 수고 많았어요" 하고 인사를 하면서 양초라도 사 쓰라고 돈을 건넸다.*

"정말이지 너무 바쁘네. 누구든 한가한 사람의 몸을 반쪽이라도 빌리고 싶은 심정이야. 오미네야, 유채 나물은 데쳐 놨냐? 청어 알 씻었어? 아버지는 돌아오셨니? 우리 도련님은?" 하고 마지막 한마디만은 작은 소리로 물었는데 "아직"이라는 대답을 듣고 이마에 주름을 잡았다.

이시노스케는 그날 밤은 점잖았다.

"새해 연휴 삼 일 동안은 집에 있으면서 차례를 지내고 싶지만, 보시는 바와 같이 물러 빠진 놈이라 빳빳한 바지저고리를 입은 사람들한테 인사를 하는 것도 귀찮아. 설교도 이제 듣기 싫고, 친척들이라곤 미인도 하나 없으니 대면할 마음도 안 나고. 뒷골목 애들하고 오늘밤에 약속도 있고 하니까 일단 돌아갈게. 곧 다른 기회에 받으러 오겠지만 좋은 일도 있었던 것 같으니까 세뱃돈으로 얼마를 주시려나" 하고 말한다. 아침부터 드러누워서 아버지가 오기를 기다린 건 돈 때문이었던 것이다.

"자식은 삼계의 애물단지라고 한다지만 방탕한 자식을 가진 부모만큼 불행한 것도 없어. 끊으려야 끊을 수 없는 핏줄이란 게 말이야. 도락에 빠져서 떨어질 데까지 떨어진 자식이라도 모른 체할 수 없는 노릇이니. 다른 사람들 눈도 있고 아깝지만 곡간을 열어 돈을 몇 푼 쥐어 주는 거야."

진작 이렇게 될 줄 알았는지 이시노스케는 "오늘 밤까지 꼭 갚아야 할 빚이 있어서 말이야. 어떻게 보증을 서게 돼서 도장을 찍어 준 것까지는 좋았는데 화투판이 난리가 났지 뭐야. 깡패들한테 줄 걸 주지 않으면 걷잡을 수 없을 거야. 나야 괜찮지만 집안에 먹칠을 하게 될 테니까……" 하며 여러 가지로 이유를 늘어놓는다. 요는 돈을 달라는 얘기다. 계모는 역시나 그런 거겠지 하고 짐작하고 있었다. 얼마나 졸라 댈 셈인지. 멋대로 굴어도 내버려 두는 남편이 안타깝기만 한데 입으로는 이시노스케를 당해 낼 수도 없다. 우미네를 울린 아침과는 완견히 떤판으로 아버지의 기색을 살피는 눈매가 등골이 오싹할 정도다. 아버지는 조용히 금고 앞에 서서 이윽고 오십 엔을 묶은 돈뭉치를 하나 가지고 왔다.

"이건 너한테 주는 게 아니야. 나쁜 소문이라도 나면 아직 시집도 안 간 여동생들한테 지장이 있는 데다가, 매형의 체면도 있어. 우리 야마무라 가문은 대대로 견실한 집안으로 정직과 성실을 지켜 왔다. 나쁜 소문 따위는 난 적도 없어. 악마가 환생한 거야? 너 같은 나쁜 놈이 돈이 떨어져서 강도짓이라도 한다면 부끄러움은 우리 대에서 끝나지 않아. 재산도 소중하지만 부모형제를 부끄럽게 하지 마라. 너에게 이런 말을 해 봤자 아무 소용도 없겠지만, 보통 같으면 야마무라 가문의 종손으로서 사람들한테 손가락질도 받지 않고 내 대신 새해 인사라도 하고 다니며 조금은 도와주는 법인데 육십 가까운 애비 눈에서 눈물을 빼는 이 천벌 받을 녀석아! 어릴 적에는 책도 좀 읽지 않았니. 어째서 이걸 모르느냐! 자, 냉큼 가거라. 돌아가라고. 어디든 가 버려! 집안을 부끄럽게 하지 말거라" 하고 아버지는 호통을 치고 나서 안으로 들어갔고 돈은 이시노스케의 품속으로 들어갔다.

"어머니, 새해 복 많이 받으세요. 그럼, 저는 이만" 하며 일부러 그러듯이 지껄이면서 "오미네야, 신발을 가지런히 놓거라. 현관에서 나가는 거야. 돌아오는 게 아니라고" 하며 뻔뻔스럽게 허세를 부리며 어디로 갈 셈인지. 아버지의 눈물도 하룻밤 소동일 뿐, 자고 나면 곧 사라질 것이다.

"방탕한 자식 놈은 가져선 안 돼. 방탕한 자식 놈은 가져선 안 돼" 하면서 방탕한 자식으로 몰아세우는 계모. 부정을 씻어 내는 소금은 못 뿌리더라도 빗자루로 쓸어 내며 도련님의 퇴치를 기뻐한다. 돈은 아깝지만 보고만 있어도 화가 나니 없는 게 최고다.

"어떻게 하면 저토록 넉살이 좋을 수 있는 거야. 저 애를 낳은 여자의 얼굴이 보고 싶어"라고 하며 후처는 평소와 다름없이 독설을 퍼부었다.

오미네는 그런 일에는 관심도 없고 저지른 죄가 두려워 이제 와서는 정말 자신이 그런 짓을 했는지조차 꿈만 같다.

'생각해 보면 언젠가는 들통이 날 일이다. 만 엔 중에 한 장이라도 세어 보면 금방 알 일인데, 빌려 달라고 부탁한 액수와 똑같은 돈이 손 닿을 곳에서 없어졌다면 나라도 제일 먼저 나를 의심할 것이다. 찾으시면 어쩌지. 뭐라 말할까. 변명은 더 나쁜 죄다. 하지만 사실대로 고백하면 외삼촌한테도 폐를 끼치게 된다. 내 죄는 각오한 상태지만, 올곧은 외삼촌한테까지 누명을 씌운다면 그것을 벗을 수 없는 것이 빈민들의 약점인지라 가난한 것들이 도둑질을 일삼는다고 생각할 게 뻔해. 큰일이다. 어쩌면 좋지. 외삼촌이 상처를 입지 않도록 내가 죽어 버리면 되는 거야. 하지만 어떻게…….' 자연스럽게 눈은 안주인의 움직임을 좇고 마음은 벼루 서랍 주변을 헤맨다.

이날 밤에 연말 결산을 한다며 집안에 있는 돈을 모두 모아 계산을 하는데, 안주인은 "그러고 보니" 하면서 생각이 난 듯 "지붕 수리 가게의 다로한테 빌려 준 돈 이십 엔이 돌아와서 벼루 서랍 안에 있었지! 오미네야, 그걸 이리로 가져오니라" 하고 안방에서 불러 댄다.

'이제 모든 게 끝장이구나. 이렇게 되었으니 주인 어르신의 눈 앞에서 자초지종을 얘기하고 사모님의 무정함을 있는 그대로 말해 버리자. 꾸미지도 말고 정직하게 자신을 지켜서 도망가거나 숨지도 말아야지. 돈을 갖고 싶은 건 아니었지만 훔쳤습니다 하고 자백하자. 외삼촌과 공범이 아니라는 것만은 분명히 밝혀야 해. 그런데도 믿어 주지 않으면 어쩔 수 없어. 그 자리에서 혀를 깨물고 죽으면 목숨을 걸어 진실을 증명했다고 하겠지' 하고 각오를 하지만 안방으로 가는 마음은 도살장에 끌려가는 소나 마찬가지다.

오미네가 빼낸 것이 단 두 장. 나머지가 모두 열여덟 장이 있어야 하는데 웬일인지 돈뭉치가 모두 사라졌다. 뒤집어서 흔들어도 마찬가지였다. 이상하게도 종이 쪽지 하나가 떨어졌다. 언제 적어둔 건지 영수증이 한 장.

서랍 속에 든 것도 받아 둘게. 이시노스케.

'몹쓸 녀석의 짓이구나' 하며 모두 얼굴을 쳐다봐서 오미네는 의심 받지 않았다. 효성이 넘쳐흐르는 덕은 저도 몰래 이시노스케의 죄가 되어 있었다. 그게 아니라 오미네가 훔친 것을 알아챈 그가 죄를 덮어 준 것일지도 모른다. 그렇다면 이시노스케는 오미네의 수호신일까. 글쎄, 그 후 어떻게 되었을지.

키 재기

1

주위를 둘러보면 임 그리워 돌아본다는 오몬(大門)* 옆에 서 있는 버드나무에 이르는 길은 멀지만 오하구로(お齒ぐろ) 도랑에 등불이 비치는 유곽 삼 층에서 벌어지는 소란은 손에 잡힐 듯 들리고 밤낮없이 오가는 인력거는 이루 말할 수 없는 번영을 상기시킨다. '대음사 앞' (大音寺前)이라 해서 이름은 절간처럼 들리지만 주민들은 알고 보면 생동하는 동네라고 말한다. 그래도 미시마(三嶋) 신사의 모퉁이를 돌면 그럴싸한 집도 없이 처마 끝이 기울어진 연립주택이 열 채, 스무 채. 파리만 날린다며 반쯤 닫은 가게 덧문 밖에 이상스럽게 종이를 덕지덕지 붙이고 백분을 마구 발라댄 것은 마치 색을 입힌 꼬치구이를 보는 듯하다. 안쪽에 단 꼬챙이 모양도 재미있는 그런 집이 한두 채가 아니다. 아침 해가 뜨면 말리고 저녁이 되면 거두는 것도 보통 일이 아닌데, 온 집안이 이것에 매달려서 도대체 무슨 일이냐고 물어보면 "아직 모르나? 십일월 닭날(酉日)에 오토리(大鳥) 신사에서 욕심 많은 분들이 앞 다

투어 사 짊어지고 간다는 거, 이게 바로 그 갈퀴 만드는 준비라고!"하고 말한다.* 설날 문 앞에 세우는 소나무 장식을 거둘 무렵부터 시작해서 일 년 내내 일하는 것이 진정한 장사꾼이다. 부업이라고 하지만 여름부터 손발을 물감으로 더럽히고 설빔 준비도 이 매상으로 충당하니 "나무아미타불 오토리 대명신(大鳥大明神)*이여. 사는 사람한테 커다란 복을 내리신다면 만든 장본인인 우리한테는 만 배의 이익을 내리소서" 하며 장인들은 입을 모으지만 생각처럼 잘 되지만은 않는 법이다. 이 주변에서 부자가 되었다는 소문은 들어 본 적도 없으니 말이다.

대부분의 주민들은 유곽에 빌붙어 사는 신세다. 남편은 싸구려 유곽에서 손님들 신발 챙기느라 신발 표를 거머쥐고 뎅그렁뎅그렁 내는 소리가 바쁘다. 초저녁에 웃옷을 걸치고 나서려고 하면 뒤에서 안전을 빌며 부싯돌을 마주치는 아내의 얼굴도 이것으로 마지막이 될 수도 있다. 무차별 살인에 말려든다든지 동반자살이 실패한다든지 해서 원망을 사기 쉬운 몸이라 앞날은 아슬아슬하니까 말이다. 잘못하면 목숨이 걸린 일임에도 놀러 가는 것처럼 보이는 것도 우습다. 딸은 최고의 격을 갖춘 기방의 기녀들 시중이라든지 유곽 일곱 채에 손님을 안내하는 찻집의 여종업원 따위를 하며 초롱불 들고 총총 걷는 수업을 받는다. 졸업하면 뭐가 되는가 하면 이런 이상에는 출세한 유녀가 될 것으로 생각하는 것도 재미있지 않은가. 촌티를 벗은, 서른을 넘긴 노처녀는 말쑥한 감색 줄무늬 도잔(唐棧) 천으로 빼입고 감색 버선을 신고서는 짚신에 가죽을 댄 셋타(雪駄) 신을 짤랑거리며 바쁜 듯한데, 옆에 낀

보자기는 묻지 않아도 알 수 있다. 찻집 뒤로 개폐식 다리를 똑똑 두드리며 "돌아가면 머니까 이쪽으로 드립니다" 하곤 하는데 이 주변에서는 옷 수선쟁이로 통한다. 이 일대의 풍속은 타지와는 달라서 허리끈을 뒤에서 꼭 묶은 여자는 드물고 무늬가 있고 폭도 넓은 것을 매지 않고 두르고 있는데, 노처녀라면 몰라도 열대여섯 살의 건방진 것이 꽈리를 입에 물고 이 차림이라니 하며 눈을 가리는 사람도 있겠지만 장소가 장소이니 어쩔 수 없다. 어제 도랑 근처의 최하급 기방에서 무슨 무라사키(紫)라는 『겐지 이야기(源氏物語)』에서 본뜬 이름을 남긴* 유녀가 오늘은 동네 불량배인 키치(吉)와 익숙하지도 않은 꼬치구이 밤 장사를 한다. 그러다 모은 돈을 날리면 또다시 친정으로 돌아오기 십상인 사모님의 모습이 어딘지 풋내기보다는 멋들어지게 느껴지는데 이러한 풍정에 물들지 않는 아이가 없다.

가을이 되면 구월에 니와카(仁和賀) 행사*가 벌어지는 대로를 보라. 실로 능숙하게 익힌 로하치(露八)의 흉내, 에이키(榮喜)의 동작*은 맹자 어머니도 놀랄 정도로 습득이 빠르다. 잘한다고 칭찬받고 "오늘 밤도 한번 해 볼까" 하며 시건방 떠는 것은 일고여덟 살부터 무르익어 이윽고 어깨에 수건을 걸치고 콧노래로 「소소리 타령」*을 흥얼거린다. 열다섯 소년의 조숙함이란 무서울 정도인데, 학교의 창가(唱歌)에도 깃촌촌* 하며 박자를 맞추니 운동회에서 「기야리온도」*라도 할 판이다.

그렇지 않아도 교육은 어려운 법인데 교사의 고심이 어땠을지 짐작이 가는 것이 이리야(入谷)* 근처의 육영사(育英社)다. 사립이지만 학생 수는 천 명에 달하여 좁은 교실에 밀치락달치락 늘어서 있는데도 교사의 인망이 널리 드러나 있어 단지 학교라고 한마디 하면 이 근방에서는 여기를 가리키는 것으로 통할 정도다. 다니는 학생들 중에는 토목 기술자(火消鳶人足)*의 자식이 있다. 아버지가 개폐식 다리를 여닫는 파수막에 있다고 일러 주지 않아도 그 직업을 알 정도로 똑똑한 아이라서, 사다리 오르는 흉내를 내며 "넘지 못하게 벽 위에 박아 둔 날카로운 대나무를 꺾었습니다" 하며 이러쿵저러쿵 호소해 보이기도 한다. 무면허라는 소문이 도는 변호사의 아들도 있는 것 같다. "네 아버지는 돈 안 내는 손님한테 돈 받으러 다니는 사람이라며?" 하는 말을 듣고 아버지의 직업을 들킨 것이 어린 마음에도 괴로워 얼굴을 붉힐 정도로 조신하다. 기방의 숙소에 사는 귀한 아들은 화족(華族)*인 체하며 술 달린 모자*에 여유 있는 표정으로 화려한 양복을 시원스레 입고 있는데, 그 아이를 보고 "도련님, 도련님" 하며 변호사의 아들이 아첨하는 것도 재미있다.

많은 아이들 중에 용화사(龍華寺)의 신뇨(信如)라고 하는 아이는 천 가닥 머리카락이 앞으로 몇 년이나 갈까 싶은데 결국에는 소매를 잿빛으로 물들일 터이기 때문이다. 부모 뒤를 이어 중이 되는데 불도에 뜻을 두는 것은 본심에서 나온 것인 듯하다. 천성이 온순하고 공부를 좋아하는 것이 친구들은 왠지 마땅치 않아 여러 가지로 나쁜 짓을 해 댄다. 죽은 고양이를 밧줄에 묶어서 "네일이니까 극락으로 잘 이끌어 줘" 하며 내던진 적도 있었지만, 그것도 다 옛날 일이고, 지금은 교내 제일이라고 하여 깔보는 아이

들도 없다. 나이는 열다섯, 보통 키에 까까머리도 그래서 그런지
속세와는 달리 보이는데, 후지모토 노부유키(藤本信如)라고 훈독
으로 불리지만* 어딘지 승려다운 거동이다.

2

　팔월 이십일은 센조쿠(千束) 신사의 축제인데 마을마다 축제 수
레를 멋들어지게 꾸미고 둑에 올라가 유곽 안으로까지 들어가려
는 기세라, 젊은이들의 열기를 짐작할 수 있다. 주워듣는 것이 많
아서 세상의 때가 묻은 탓으로 아이라고 해도 방심할 수 없는 동
네인지라 유카타(浴衣)*를 맞춰 입는 것은 말할 것도 없고 서로 의
논해서 못 봐줄 정도로 건방지게 치장한다. 하고 다니는 꼴을 들
어 보면 간이 떨어질 정도다. 골목파를 자처하는 난폭한 골목대장
초키치(長吉)는 나이가 열여섯 살이다. 니와카 축제의 선두 역을
아버지 대신 맡고 나서는 자존심이 세져 허리띠를 어른처럼 허리
아래로 내려서 맨다거나 대답을 코끝으로 한다거나 하니 "밉살스
러운 꼴이네. 저것이 우두머리의 아들만 아니었으면……" 하고
토목기술자의 아내들이 입방아를 찧는 녀석이다. 실컷 멋대로 행
동하여 분수에 어울리지 않을 정도로 활개를 치게 되었는데, 큰길
에 면한 다나카야(田中屋)의 쇼타로(正太郎)는 나이는 저보다 세

살 어린데도 집에 돈이 있고 애교도 있어서 미움을 사지 않는 진짜 적이다.

'나는 사립학교에 다니는데 저쪽은 공립이라고 하지, 똑같이 부르는 창가도 저쪽이 원조라는 듯한 얼굴을 하지,* 작년에도 재작년에도 저쪽에는 어른들이 붙어 있는 데다 축제 차림도 이쪽보다 훨씬 화려하게 꾸며서 싸움을 걸기도 어려워졌다. 올해 축제에 다시 지고 만다면 "누군 줄 알아. 골목파 초키치다" 하는 평상시의 당당한 힘자랑은 허풍이라고 비난을 받을 테고, 벤텐(弁天) 도랑에서 헤엄을 쳐도 내 편이 되는 놈은 많지 않을 거야. 완력으로 하면이야 내가 강하지만 다나카야의 원만한 대인 관계에 속거나 또 공부를 잘하는 것을 두려워하기도 해서 골목파였던 다로키치(太郎吉), 산고로(三五郎) 따위가 실은 저쪽에 붙은 것도 언짢아. 축제는 모레야. 우리 쪽이 질 것 같으면 될 대로 되라는 심정으로 난동을 부려서 쇼타로의 얼굴에 상처라도 하나쯤 내 줘야지. 나도 눈 하나, 다리 한쪽 없앨 각오라면 문제없어. 거들어 주는 건 인력거꾼 우시(丑)에 상투끈 가게의 분(文), 완구 가게의 야스케(彌助) 따위만 있으면 지지는 않을 거야. 아, 그보다 맞아. 그 애가 있네. 후지모토라면 머리를 질 굴러 줄 거야' 하며 초키치는 십팔일 저녁에 무슨 말을 하려고 하면 눈이고 입이고 할 것 없이 날아드는 모기를 쫓으면서 대숲이 무성한 용화사 정원에서 신뇨의 방으로 어슬렁어슬렁 걸어가 "노부유키야, 있나?" 하며 얼굴을 내미는 것이었다.

"내가 하는 행동이 난폭하다고 하는 사람이 있는데, 난폭할지는 몰라도 분한 건 분한 거야. 야, 들어 봐, 노부유키야. 작년에도 우리 편 막내 놈과 쇼타로 파의 애송이가 초롱불로 치고 박기 시작하니까 놈의 패거리들이 여기저기에서 튀어나와서, 웬걸, 어린애의 초롱을 부수고 헹가래를 해 대며 '골목파 꼴 좀 봐라' 하고 하나가 외치자 애늙은이 같은 경단 가게 얼뜨기가 '우두머리 좋아하네. 꼬리다, 꼬리. 돼지 꼬리'라는 둥 욕을 했다. 난 그때 행렬을 이끌고 센조쿠 신사에 들어가 있었잖아. 나중에 듣고 당장에 복수하러 가려고 했는데 아버지가 잔소리를 해서 그때는 별수 없이 단념했지. 재작년에는, 그래, 너도 알듯이 문구점으로 큰길파애송이들이 몰려와서 촌극인지 뭔지를 해 댔잖아. 그때 내가 보러 갔더니 '골목은 골목의 취향이 있을 텐데' 하며 지껄였다고. 게다가 쇼타만 손님으로 부른 것도 울화가 치밀어. 아무리 돈이 있다고 해도 쓰러져 가는 전당포의 고리대금업자가 어디 건방지게 말이야. 그런 놈을 살려 두느니 패 죽이는 게 세상을 위하는 일이야. 난 이번 축제에는 무슨 수를 써서라도 앙갚음을 할 생각이야. 그러니 노부유키야. 친구 덕 좀 보자. 네가 싫다고 해도 무리는 아니지만 제발 내 편을 들어서 골목파의 굴욕을 씻자. 야, 본가 원조의 창가라고 뽐내는 쇼타로를 혼내 주지 않을래? 내가 사립학교 명청이라는 말을 들으면 너도 마찬가지가 되니까, 제발 부탁이야. 도와준다고 마음먹고 큰 초롱불을 흔들어 줘. 나는 정말 억울하고 분해. 이번에 지면 초키치의 자리는 없는 거야."

덮어놓고 분해 하며 떡 벌어진 어깨를 들썩이는 초키치.

"하지만 나는 약하잖아."

"약해도 괜찮아."

"초롱불은 못 흔들어."

"못 흔들어도 괜찮아."

"내가 가세하면 질 게 뻔해."

"져도 괜찮아. 그러면 어쩔 수 없다고 단념할 테니까. 넌 아무것도 안 해도 돼. 그냥 네가 골목파라고 행세만 해도 엄청나게 기세가 오를 테니까 말이야. 나는 이토록 무식한데 너는 배움이 있으니까, 저쪽 놈이 한자어 같은 걸로 놀려 대기라도 하면 이쪽에서도 한자어로 되받아쳐 줘. 아, 기분 좋다. 후련해. 네가 있어 주면 천 명을 얻은 거나 다름없어. 노부유키야, 고마워" 하며 전에 없는 다정한 목소리를 내기도 하는 것이다.

하나는 장인용 허리띠에 짚신을 구겨 신은 토목기술자의 아들, 하나는 감색 무명 겉옷에 자주색 허리띠를 한 도련님. 생각하는 것이 정반대라 이야기는 늘 엇갈리기 십상이지만, 초키치는 우리 절 문 앞에서 첫울음을 터뜨렸던 아이라며 큰스님 부부가 편을 드는 것도 있고, 같은 학교에 다니니까 공립 다니는 녀석들한테 '사립, 사립' 하며 욕을 먹는 것도 불쾌한 데다가 원래 붙임성이 없는 초키치라서 진심으로 편이 되어 주는 놈도 없어 불쌍한 생각도 든다. 저쪽 편은 동네의 젊은이들까지 뒷배를 봐주고 있으니 꿀릴 것도 없다. 초키치가 지는 것도 잘못은 다나카야 쪽에 적지 않다. 기대하고 부탁받은 것도 있고 하니 싫다고 하기도 힘들어서 신뇨는 "그럼 네 편이 될게. 된다고 한 말에 거짓은 없지만, 되도록 싸움은 하지 않는 쪽이 이기는 거야. 저쪽에서 먼저 나오면 할 수 없지. 뭐, 여차하면 다나카야의 쇼타로 정도는 식은 죽 먹기야" 하며 자기가 힘이 없는 것도 잊고 책상 서랍에서 교토에서 사다 준 선물인 고카지(小鍛冶) 칼*을 내 보이자 "잘 들게 생겼다" 하며 들여다보는 초키치의 얼굴. 위험하네. 이런 걸 쳐들면 안 되지.

3

　풀어헤치면 틀림없이 발까지 닿는 머리를 위로 단단히 묶어 앞 머리로 커다랗게 틀어 올린 상투가 묵직하다. 샤구마(赭熊)라는 머리 모양인데 이름은 무섭지만 요즘 한창 유행이어서 양갓집 규수들도 하신단다. 하얀 피부에 콧대가 서 있고 입매가 작지는 않지만 탄력이 있어서 밉지 않다. 하나하나 뜯어보면 미인과는 거리가 멀지만, 말소리가 가늘고 시원한 것이나 눈망울에 애교가 넘쳐흐르고 거동이 발랄한 것은 기분 좋은 법이다. 감색 바탕에 나비와 새 무늬를 커다랗게 염색한 유카타를 입고, 도드라진 검은 명주 천과 겉과 속을 다르게 염색한 주야띠(晝夜帶)를 가슴팍에 묶고, 발에는 이 근방에서는 거의 볼 수 없는 비싼 옻칠한 나막신을 신고, 아침에 목욕하고 돌아올 때 뽀얀 목 뒤에 수건을 걸친 모습을 보면 삼 년 뒤가 기대된다고 유곽에서 돌아가는 젊은 이가 말하기도 했다. 바로 그 아이가 다이코쿠야(大黑屋) 기방의 미도리(美登利)인데 태어난 곳은 기슈(紀州)다. 말에 조금 사투리가 섞여 있는 것도 귀여운데, 무엇보다도 돈 잘 쓰는 성격을 좋아하지 않을 사람이 없다. 아이에 어울리지 않는 무거운 은화 주머니를 차고 있는 것도 언니가 잘나가는 기녀이니 그 떡고물이다. 게다가 시중드는 아주머니가 언니에게 잘 보이려고 "미도리 아가씨, 인형 사세요. 얼마 안 되지만, 테마리(手鞠)*라도 사세요" 하며 주면서도 생색내지 않으니 받는 쪽도 고마워하지도 않고 마구 뿌려 댄다. 같은 반 여학생 스무 명에게 똑같은 고무 테마리를 나눠 주는 것은 아무것도 아니다. 단골 문구점에 한가득 쌓여 있는 완구를 전부 사서 기쁘게 한 일도 있다. 그래도 매일 같은 낭비가 이 나이에 이 신분에 가능할 리도 없고, 결국에는 도대체 뭐가 될지……. 부모는 있지만 눈감아 줘서 엄하게 꾸짖지도 않는다. 기방의 주인이 이 아이를 아끼는 것도 묘한데, 들어 보니 양녀도 아니요 친척은 더더욱 아니고, 언니의 몸이 팔렸을 당시에 감정하러 온 기방 주인의 권유대로 이 땅에서 살길을 찾으려고 가족 세 명이 멀리서 찾아온 것이 이유라면 이유인데, 그보다 더 깊은 이유는 무엇일까. 어쨌든 지금은 기방의 별택을 관리하면서 어머니는 유녀들의 옷을 수선하고 아버지는 가장 격이 낮은 기방의 서기가 되었다. 미도리라는 아이는 가무음곡이나 수예를 가르치는 학교에 다닌다. 그 외에는 자유로워서 하루의 절반은 언니 방, 나머지 절반은 동네에서 노는데, 밤낮 보고 듣는 것은 샤미센(三味線)에 북에 붉거나 자줏빛 나는 기모노뿐이다. 처음 연보라 장식 동정을 겹옷에 대서 입고 다니자 '촌뜨기, 촌뜨기' 하는 동네 여자아이들의 비웃음을 사서 분한 마음에 삼 일 밤낮을 운 적도 있

42

었지만, 지금은 오히려 자기가 나서서 남을 비웃고 촌스러운 차림이라며 대놓고 밉살스러운 말을 하는데 반박하는 사람도 없다.

"이십일은 축제니까 진짜 재미있는 거 해 보자" 하며 친구가 조르자 "무엇이든 많이들 즐길 수 있는 것이라면 좋으니 각자가 궁리해 봐. 돈은 얼마든지 낼 테니까" 하며 평소와 다름없이 돈 걱정도 안 하고 받아들이니, 아이들 사이의 여왕님이 베푸는 다시없는 은혜에는 어른보다 아이들이 더 밝다.

"촌극으로 하자. 가게 하나를 빌려서 지나가는 사람들이 볼 수 있도록 하자"라고 누군가가 말하자 "바보 같은 소리 하지 마. 그보다는 미코시(神輿)*를 만들어 줘. 가바타야(蒲田屋) 가게 안에 꾸며 놓은 것 같은 진짜로 말이야. 무거워도 상관없어. 영차, 영차. 대수롭지 않아" 하며 비틀어 맨 머리띠를 하고 있는 남자아이가 나선다. 그러자 옆에서 "그러면 우리가 재미없잖아. 모두가 떠들어 대는 것을 보기만 하는 것은 미도리도 재미없어 할 거야. 뭐든 네가 좋은 것으로 해" 하며 여자애들이 축제는 상관 말고 도키와좌(常盤座)*에 가면 어떠냐고 하는 듯한 입 모양이 재밌다. 다나카야의 쇼타는 귀여운 눈을 굴리면서 "환등(幻燈)*으로 하자, 환등으로. 우리 집에도 조금 있고, 부족한 것은 미노리한테 사 달라고 해서 문구점에서 하지 않을래? 내가 환등을 비추고 골목의 산고로에게 이야기하라고 시키자. 미도리야, 그걸로 안 할래?"라고 하자 "아아, 그거 재미있겠네. 산고로가 이야기를 하면 누구 하나 안 웃을 수 없을 거야. 하는 김에 그 얼굴을 비추면 더 재미있을 거야"라고 이야기가 정리되어, 쇼타가 부족한 물품을 사려고 땀으

로 범벅이 되어 뛰어다니는 것도 재미있다. 이윽고 축제가 내일로
다가오자 골목에까지도 그 소문이 전해졌다.

4

북 치는 소리며 샤미센의 음색이 끊이지 않는 곳에서도 축제는 각별한 법이다. 닭날에 열리는 오토리 신사의 제례를 빼면 일 년에 한 번 있는 행사이니 미시마 신사와 오노테루사키(小野照崎) 신사, 이웃한 신사들끼리 서로 지지 않으려는 경쟁심도 재미있다. 골목파도 큰길파도 똑같이 마오카(眞岡) 산 면포에 동네 이름을 초서체로 새겨 넣은 유카타를 맞춰 입었는데 작년보다 모양이 좋지 않다고 투덜대는 사람도 있다. 치자로 염색한 삼베 어깨띠는 되도록 굵은 것을 선호한다. 나이가 열네다섯이 못 된 아이들은 오뚝이, 부엉이, 종이 바둑이 같은 다양한 완구를 수도 없이 자랑해 대며 일곱 개, 아홉 개, 열한 개나 띠에 매단 아이도 있다. 크고 작은 방울을 등 쪽에서 딸랑거리며 내달리는 버선발은 늠름하면서도 우습다. 무리를 떠난 다나카야의 쇼타는 빨간 줄이 들어간 상호가 붙은 겉옷을 입고 작업용 감색 앞치마를 새하얀 목덜미에 두르고 있었다. 이것은 다소 의외의 차림인 듯한데 바싹 당겨 맨 허리띠의 옅은 청록색도, 보기 좋게 재염색된 주름 비단 동정에 새겨 넣은 이름도 도드라져 보인다. 머리끈 뒤에 축제 수레에 다는 꽃 한 송이를 꽂고, 가죽 코의 셋타 신 소리는 들리는데 축제 때 하는 바보춤은 보러 가지 않았다. 전야제는 아무 일 없이 지나갔고 오늘도 벌써 저물녘이다. 문구점에 모인 것은 열두 명이다. 아직 나타나지 않은 미도리의 저녁 화장이 너무 길어지자 "아직 안 왔어?" 하면서 쇼타는 문을 들락날락한다.

"불러와, 산고로야. 너는 아직 다이코쿠야의 숙소에 가 본 적이 없지. 마당에서 미도리야, 하고 부르면 들릴 거야. 빨리 빨리" 하고 말하자 "그럼 내가 불러올게. 초롱불은 여기에 맡기고 가면 아무도 초를 훔쳐 가지 않겠지. 쇼타야, 잘 보고 있어" 하고 대답한다. "구두쇠 같은 녀석. 그러는 사이에 빨리 가라니까" 하며 자기보다 어린 것이 꾸지람을 하는데도 산고로는 "아, 알았어. 금방 갔다 올게" 하며 달음박질한다.

"빨리 달려서 마귀를 쫓아낸다는 위태천(韋駄天) 뛰기가 바로 이런 거구나. 저것 봐. 뛰는 모습이 재미있네" 하며 여자애들이 웃는 것도 무리는 아니다. 키가 작은 데다가 살이 쪘고 머리는 짱구에 목도 짧은데, 뒤 돌린 얼굴을 보면 튀어나온 이마에 사자 코다가 '뻐드렁니 산고로'라는 별명이 떠오를 정도다. 피부는 아주 검은데 감탄할 만한 것은 눈매에 장난기가 가득하고 두 볼의 보조개에 애교가 흐르고 눈 가리고 얼굴 그릴 때의 모양 같은 익살스런 눈썹이 참으로 우스운 천진난만한 아이다. 가난한지 아와(阿波) 산 면포의 통소매 옷을 입고 사정을 모르는 친구들한테는 자기는 옷 맞출 시간이 없었다고 말하기도 하는데, 저를 맏이로 여섯 아이를 키우는 부모는 인력거꾼 신세다. 오십 채를 단골로 갖고 있지만 살림은 장사하는 수레가 아닌 불타는 수레*라 어쩔 수 없다. 산고로는 열셋이 되자 살림을 돕겠다며 재작년엔가 가로수 길의 활판소(活版所)에 다니기도 했으나 게을러서 열흘을 견디지 못했고 그 후로도 한 달 이상 같은 직업을 가진 적이 없다. 십일월부터 봄까지는 깃털 공 만드는 부업을 하고 여름에는 유녀를 대상으로 하는 건강 진단소의 얼음 가게에서 일하는데 이야기 솜씨가 좋아서 손님을 잘 끌기 때문에 소중한 존재다. 작년에 니와카 행사에서 빈민들이나 하는 무대 수레 끌기를 했기 때문에 친구들이 천하다고 붙인 '만넨 정(萬年町)'*이라는 별명이 지금도 남아 있지만, 산고로라고 하면 모두 익살꾼으로 알고 싫어하는 사람이 없는 것이 큰 덕이다.

'다나카야는 내 생명줄이다. 우리 부자가 입은 은혜도 적지 않아. 일수라 이자가 싸지 않은 빚이지만 없으면 살아갈 수 없는 돈줄을 어찌 나쁘게만 볼 수 있겠는가. "산고로야. 우리 동네로 놀러와" 하고 부르면 도리상 싫다고 할 수는 없다. 그렇긴 해도 나는 골목에서 나고 골목에서 지란 몸이고 사는 터는 용화사 소유다. 게다가 집주인은 초키치의 부모니까 대놓고 저쪽을 배신할 수도 없다. 하지만 은밀히 이쪽에 있다가도 의심을 받을 때 연기하는 것은 괴로워.'

쇼타가 문구점 앞에 앉아서 기다리는 동안 심심풀이로「은밀한 사랑」*을 나직한 목소리로 부르니 "아니, 방심하면 안 되겠는데"

하며 안주인이 비웃는다. 어쩐지 귓불이 발개져서 멋쩍어 하며 일부러 높은 소리로 "모두 오라니까" 하고 부르며 밖으로 나가자마자 "쇼타야, 저녁은 왜 안 먹니. 노는 데 정신이 팔려서 아까부터 불러도 못 알아듣네. 어느 분이든 나중에 놀아 주세요. 아, 신세를 졌네요" 하며 손수 데리러 온 할머니가 문구점 안주인한테도 인사한다. 그러니 싫다는 말도 못하고 그대로 따라가자 문구점이 갑자기 허전해진다. 사람 수는 별로 달라진 게 없는데 그 애가 없으면 어른까지 허전해진다. 야단법석을 떨지도 않고 농담도 산고로만 못한데도 사람을 끄는 것은 부잣집 아들에게는 드문 애교 탓이다.

"어때. 봤어? 다나카야의 미망인은 너무 추해. 저런데 나이는 예순넷이나 돼. 분을 바르지 않아서 그나마 나은데 머리를 너무 크게 말았어. 간사스러운 목소리로 남이 죽는 것은 상관도 안 해. 아마 돈이랑 동반자살하시지 않으려나. 그래도 우리가 고개를 못 드는 건 바로 그것의 후광이지. 어쨌든 그건 갖고 싶잖아. 유곽의 큰 기방에도 상당한 돈을 빌려 주었다는 말이 있어" 하며 대로에 서서 두세 명의 아낙네들이 남의 재산을 계산한다.

5

'기다리는 몸에 괴로운 한밤의 손난로.'* 그것은 사랑이야. 부는 바람 서늘한 여름 저녁, 한낮의 더위를 물로 씻어 버린 후 치장을 하고 전신거울 앞에 서면 어머니가 손수 풀어헤친 머리카락을 묶어 주며 내 자식이지만 아름답다고 서서 보고 앉아서 보고 목덜미에 칠하는 분이 옅다며 또다시 말했다. 홑옷은 물빛 유젠(友禪) 염색*이 시원해 보인다. 옅은 갈색 금 비단으로 된 좁은 허리띠를 매게 하고 댓돌 위에 나막신을 놓기까지 시간이 꽤 흘렀던 것이다.

'아직 멀었나?' 하며 울타리를 일곱 번 도느라 하품도 소진된 데디가, 멍물 모기*에 목덜며 이마며 할 것 없이 제대로 물려 산고로가 완전히 기진맥진해 있었을 때, 미도리가 나와서 "이제 가자"라고 하니 그는 말도 없이 미도리의 소매를 붙들고 달리기 시작한다.

"숨이 차. 가슴이 아파. 그렇게 서두르면 나는 모르니까 너 혼자 가" 하고 화를 내서 따로따로 도착했는데 문구점에 왔을 때 쇼타가 한창 저녁 식사를 하고 있었던 모양이다.

"아아, 재미없어. 재미없어. 그 아이가 안 오면 환등을 시작하기도 싫어. 아주머니, 여기에는 지혜의 판*은 안 팔아요? 열여섯 무사시(武藏)*든 뭐든 좋아요. 심심해서 죽겠어" 하며 미도리가 심심해 하자 여자애들은 얼른 가위를 빌려서 오리기 시작한다. 남자들은 산고로를 중심으로 니와카 행사 연습 중이다.

"번창하는 유곽을 내다보면 처마는 초롱불, 전기등. 언제나 번화한 다섯 마을"* 하고 목소리를 맞춰 가며 재미있게 불러 대는데, 기억력이 좋아서 작년, 재작년으로 거슬러 올라가 확인해 보니 손짓, 손뼉이 하나도 틀리지 않다. 십여 명이 들떠서 떠들어 대니 무슨 일인가 하며 사람들이 문으로 몰려들었다. 그중에서 "산고로 있어? 빨리 와. 급해" 하며 분지(文次)라는 상투끈 가게 아이가 불러내자 산고로는 아무 의심 없이 "어, 왔구나" 하며 가뿐히 문지방을 뛰어넘었다. 그때 "이 양다리 걸치기야. 각오해라. 골목파의 체면을 더럽혔으니 그냥 둘 수 없어. 내가 누군지 알아? 초키치다. 장난치다가 후회는 마라" 하며 광대뼈에 일격을 가한다. 놀라서 도망가려는 산고로의 목덜미를 붙들고 끌어내는 것은 골목파 무리들이다.

"자, 산고로를 때려 죽여. 쇼타를 끌어내 없애 버려. 겁쟁이, 도망치지 마. 경단 가게 얼뜨기도 가만두지 않을 거야" 하는 소란으로 문구점 처마에 걸어 놓은 초롱불이 힘없이 부서지자 "달아 놓은 램프가 위험해. 가게 앞에서 싸우면 안 돼" 하며 아주머니가 소리쳐도 듣지 않는다. 모두 열네다섯 명쯤 되는, 꼬아 묶은 머리띠에 큰 초롱을 흔들어 대며 닥치는 대로 난동을 부리면서 신을 신은 채로 들어오는 방약무인한 아이들이 노리는 적은 쇼타다. 쇼타가 보이지 않자 "어디에 숨겼어. 어디로 도망쳤어. 얼른 말 안 해. 말 안 해. 불지 않곤 못 배길걸" 하며 산고로를 둘러싸서 때리고 차고 한다. 미도리는 분해서 말리는 사람을 밀치고 "이봐. 너희들은 산고로한테 무슨 죄가 있다고 그래. 쇼타는 없잖아. 여기는 내가 노는 곳이야. 너희들은 손가락 하나 까딱 못해. 에이, 얄미운 초키치 녀석. 산고로를 왜 때려. 어, 또 쓰러뜨렸네. 맺힌 게 있으면 날 때려. 내가 상대할 테니까. 아주머니, 말리지 마세요" 하며 몸부림치면서 욕하자 "뭐야, 이년이 함부로 주둥이를 놀려. 언니 뒤나 이을 비렁뱅이 년. 네 상대는 이게 적당하겠다" 하며 아이들 뒤에서 흙 묻은 짚신을 집어 던지자, 과녁에 명중해서 지저분한 것이 미도리의 이마를 세차게 때렸다. 혈색이 변해서 일어서는 미도리를 "상처라도 났니?" 하며 아주머니가 끌어안는다.

"꼴좋다. 이쪽에는 용화사의 후지모토가 붙어 있다고. 복수하려면 언제든지 와라. 바보 놈아. 나약한 겁쟁이야. 귀가 길에 잠복하고 있을 테다. 어두운 골목을 조심해라" 하며 초키치가 산고로를 마당에 내던진 순간, 마침 신발 소리가 들려 누군가가 파출소에 알린 것을 깨닫는다. "어서!" 하고 초키치가 소리를 지르자, 우시마쓰(丑松)와 분지 외의 십여 명이 각각 다른 방향으로 흩어져서 도망가는데 참 발도 빠르다. 아마도 뒷골목에 웅크린 아이도 있을 것이다. 산고로는 "아이고, 억울해. 아이고, 억울해. 억울해서 못 살겠어. 초키치 녀석, 분지 녀석, 우시마쓰 녀석. 왜 날 안 죽이는 거야. 왜 안 죽이냐고. 이래봬도 나는 산고로다. 그냥 죽을 것 같아? 유령이 되어서라도 죽일 거야. 기억해라, 초키치 놈아" 하며 닭똥 같은 눈물을 줄줄 흘리더니 마침내 큰 소리로 엉엉 울어 댄다. 틀림없이 온몸이 아플 텐데, 통소매 옷은 곳곳이 찢어지고 등도 허리도 흙투성이다. 난동을 말리려다 못 말리고 무시무시한 기세에 벌벌 떨고 있던 문구점 아주머니가 달려와서 안아 일으키며 등을 문질러서 흙을 털고는 "참아야 돼. 참아야 돼. 뭐라 하든 저쪽은 큰 무리고, 이쪽은 모두 약한 사람뿐이야. 어른조차 손을 댈 수 없을 지경이니 못 이기는 게 당연해. 그래도 상처가 없는 것이 천만다행이야. 이제부터는 중간에 잠복하고 있는 게 무섭지만, 다행히 순경이 집까지 보살펴 주신다니 우리도 안심이야" 하며 달려온 순경에게 자초지종을 대충 설명하자 "임무니까, 자 데려다 줄게" 한다. 순경에게 손을 잡힌 산고로가 "아니요. 아니요. 안 데려다 줘도 돌아갈 수 있을 거예요. 혼자서 돌아갈 거예요" 하며 소심해지자 순경이 "무서워할 것 없어. 네 집까지 데려다 주기만 하는 거야. 걱정하지 마" 하며 미소를 띠고 머리를 쓰다듬어 주었지만 산고로는 더더욱 움츠러든다.

"싸움을 했다고 하면 아버지한테 혼납니다. 더구나 아까 그 녀석 아버지가 우리 집 주인이라서요" 하며 풀이 죽어 있는 것을 순경이 "그럼 문 앞까지만 데려다 줄게. 꾸지람 받을 짓은 하지 않을 테니"라고 하며 달래서 데리고 가니 주위 사람들이 한숨을 돌리면서 멀리까지 배웅하는데, 아니나 다를까 골목 모퉁이에서 순경의 손을 뿌리치고는 쏜살같이 도망쳐 버렸던 것이다.

6

드문 일이네. 이 엄천에 눈이라도 내리려나. 미도리가 학교를 싫어하다니 보통 언짢은 게 아니다.

"밥맛이 없으면 나중에 생선초밥이라도 시켜 줄까? 감기라고 하기에는 열도 없으니, 아마도 어제 무리한 모양이구나. 다로이나리(太郎稲荷) 신사에 아침 참배 가는 것은 엄마가 대신 할 테니까 쉬거라" 하며 어머니가 말했지만 "아니에요. 언니가 번창하도록 내가 빌기로 했는데 참배 가지 않으면 마음이 불편해요. 헌금 주세요. 다녀오겠습니다" 하며 집을 뛰쳐나온다. 논 한복판에 있는 이나리 신사에서 방울을 올리면서 힙장하고 무슨 소원을 빌었는지 갈 때도 올 때도 고개를 떨구고 논두렁길을 따라 걷는 미도리의 모습을 보고 멀리서 소리를 지르며 쇼타가 달려와서 옷자락을 붙든다.

"미도리야, 어제는 미안했어" 하며 느닷없이 사과하자 미도리가 대답한다.

"네가 사과할 건 없어."

"그래도 내가 미움을 샀고, 내가 싸움 상대였잖아. 할머니가 부르러 오지만 않았어도 집에 돌아가지 않았을 거고, 산고로도 그토록 터무니없이 얻어터지지는 않았을 텐데. 오늘 아침에 산고로네 집에 가 봤더니, 그 녀석도 울면서 분해했어. 난 듣기만 해도 분해 죽겠어. 네 얼굴에 초키치 놈이 짚신을 던졌다며. 그놈이 난동을 부려도 정도가 있지. 그래도 미도리야, 용서해 줘. 난 알면서 도망간 게 아니야. 부리나케 밥을 먹고 큰길로 나가려고 했는데, 할머니가 목욕탕에 가서 집을 보고 있는 틈에 난리가 난 거야. 정말로 몰랐다니까" 하며 자기가 죄를 저지른 것처럼 싹싹 빈다.

"아프지는 않아?" 하고 이마를 올려다보자 미도리는 방긋 웃으며 "대수로운 상처도 아닌데, 뭐. 하지만 쇼타야, 누가 물어도 내가 초키치한테 짚신으로 맞았다고 말하면 안 돼. 그러다 엄마가 듣기라도 하면 내가 혼나니까. 부모도 머리에 손을 안 대는데 초키치의 짚신에 붙은 진흙이 이마에 묻은 건 짓밟힌 거나 마찬가지니까" 하며 얼굴을 돌리는 모습이 가엾어서 쇼타는 "정말로 미안해. 모두가 내 잘못이야. 그러니까 사과할게. 제발 기분을 풀어. 네가 화내면 내가 곤란하잖아" 하며 이야기하는데, 어느새 자기네 집 근처까지 오게 되었다.

"들렀다 가. 미도리야. 아무도 없어. 할머니도 일수 받으러 나갔을 테고 혼자 있으면 외로워서 견딜 수가 없어. 언젠가 말했던 우키요에(浮世繪) 그림*을 보여 줄 테니까 들어와. 많이 있으니까" 하며 소매를 잡고 놓아 주지 않는다. 안은 넓지는 않지만 화분이

54

보기 좋게 늘어서 있고, 처마에는 넉줄고사리가 매달려 있다. 이
것은 쇼타가 소의 날(牛日)에 산 것 같다. 동네 제일의 재산가인데
도 가족은 할머니와 이 아이 둘뿐이어서 연유를 모르는 사람을 고
개를 갸웃할 것이다. 할머니는 만 개 정도의 열쇠를 달고 다녀 아
랫배가 차가운데, 집을 비워도 주변이 온통 다나카야 소유의 연립
주택이니 당연히 이 집의 자물쇠를 부수는 자도 없다. 쇼타는 먼
저 들어가서 바람이 잘 통하는 곳을 고르고는 "이쪽으로 오지 않
을래" 하며 부채를 슬쩍 내미는데 그 마음 씀씀이가 열세 살 아이
치고는 너무 조숙해서 우습다. 옛날부터 전해 내려온 수많은 우키
요에 그림을 꺼내서 칭찬받는 것을 기뻐하며 "미도리야. 오래된
하고이타 채(羽子板)*를 보여 줄게. 이것은 우리 엄마가 저택 고용
살이할 때 받은 거래. 우습지 않아? 이렇게 커다랗다니. 사람의
얼굴도 요즘 것과는 다르네. 아아, 엄마가 살아 있었으면 좋았을
걸. 엄마는 내가 세 살 때 돌아가셨고, 아빠는 있지만 시골 생가로
돌아가 버려서 지금은 할머니뿐이야. 네가 부러워" 하며 한참을
부모에 관해 이야기한다.

"어, 그림이 젖어. 남자가 울면 안 돼" 하고 미도리가 말하자
"난 마음이 약한 걸까. 가끔 여러 가지 생각을 해. 아직 요즘은 괜
찮지만 겨울밤에 다마치(田町) 주변을 수금하면서 돌아다닐 때면
제방까지 와서 몇 번이나 운 적이 있어. 뭐, 추워서 우는 게 아니
야. 왜 그런지 나도 모르지만 여러 생각이 나. 아아, 재작년부터는
나도 일수를 받으러 돌아다녀. 할머니는 늙어서 받으러 다니려 해
도 밤에는 위험하고 눈이 나빠서 인감을 찍거나 하는 것도 불편하

니까 말이야. 지금까지 몇 명이나 남자들을 썼지만, 노인과 애만 있으니까 얕보고 생각만큼 움직여 주지 않는다고 할머니가 투덜댔어. 할머니는 내가 조금 더 어른이 되면 전당포를 내게 맡겨서 옛날만큼은 아니더라도 다나카야라는 간판을 내걸겠다고 기대하고 계셔. 남들은 할머니를 구두쇠라고 해도 나를 생각해서 알뜰히 사시는 거니까 불쌍해서 견딜 수가 없어. 수금하러 가는 도리신마치(通新町) 같은 데는 불쌍한 사람들이 꽤 많으니까, 모르긴 몰라도 할머니를 헐뜯을 거야. 그런 생각을 하면 나는 눈물이 나. 역시 마음이 약한가 봐. 오늘 아침에도 산고로네 집에 수금하러 갔더니, 그 녀석 몸도 아픈 주제에 아버지한테 눈치 채이지 않으려고 일하고 있었어. 그걸 보고 난 한마디도 할 수가 없었어. 남자가 운다는 건 이상하잖아. 그러니까 골목파 깡패들한테 무시당하는 거야'라고 말하면서도 자기가 약한 것이 부끄러운 듯한 얼굴빛이다. 무심코 미도리와 마주치는 눈매가 귀엽다.

"축제 때 네 차림은 정말로 잘 어울려서 부러울 정도였어. 나도 남자였다면 그런 차림을 해 보고 싶어. 누구보다도 눈에 띄었어"라는 칭찬에 "나 같은 게 무슨. 너야말로 예쁘더라. 모두들 유곽의 오마키 씨보다도 예쁘다고 하던걸. 네가 누나였다면 나는 얼마나 어깨에 힘이 들어갔을까. 어디 가든 따라다니며 있는 대로 뻐길 텐데. 형제가 아무도 없으니 어쩔 수가 없어. 있잖아, 미도리야. 다음에 같이 사진 안 찍을래? 나는 축제 때 차림으로, 너는 얇은 능사천에 줄무늬가 있는 멋진 차림을 하고 스미 정(角町)의 가토(加藤) 사진관에서 찍자. 용화사 녀석이 부러워하게 말이야. 정말이야. 그 녀석은 틀림없이 화를 낼 거야. 새파랗게 질려서 화낼 거야. 원래 화를 잘 내잖아. 빨개지지는 않을 거야. 아니면 비웃을까? 비웃음을 사도 상관없어. 크게 찍어서 간판을 만들면 좋을 텐데. 너는 싫어? 싫은 표정이네" 하며 원망스러운 듯한 표정도 재미있고, "이상하게 찍히면 네가 날 싫어하겠다"라고 하니 미도리가 웃음을 터뜨렸는데 활짝 웃는 아름다운 웃음소리에서 기분이 풀린 것을 알 수 있다.

　신선한 아침은 어느샌가 지나가고 햇살이 뜨거워지자 "쇼타야, 밤에 또 보자. 우리 숙사에 놀러 와. 초롱을 흘려보내고 물고기를 쫓자. 연못 다리를 고쳤으니까 무서운 건 없어"라는 말을 남기고 일어서서 나가는 미도리의 모습을 쇼타는 기쁜 듯이 배웅하며 문득 아름답다는 생각을 했다.

7

　용화사의 신뇨와 다이코쿠야의 미도리는 둘 다 육영사에 다닌다. 지난 사월 말에 벚꽃이 지고 푸른 잎 그늘에서 등꽃 구경이 한창이었을 때, 춘계 대운동회를 미즈노야(水の谷) 들판에서 개최한 적이 있었는데 줄다리기, 공던지기, 줄넘기에 푹 빠져서 긴 하루가 저무는 것을 모르고 있던 무렵이었다고 한다. 신뇨가 어찌 된 일인지 평소의 침착한 모습과는 어울리지 않게 연못가의 소나무 뿌리에 걸려 넘어져 진흙 길에 손을 찧고 겉옷 자락도 흙투성이가 되어 보기 흉했는데, 마침 그 자리에 있었던 미도리가 보다 못해 자기의 다홍색 비단 손수건을 건네고는 "이걸로 닦아" 하며 돌보아 준다. 이때 질투심 많은 친구가 그것을 보고 "후지모토는 승려 주제에 여자와 이야기를 나누고 기쁜 듯이 인사를 하다니 이상하지 않아? 아마도 미도리는 후지모토의 아내가 되겠지. 절간의 여주인을 원래 다이코쿠 님이라고 하잖아" 하면서 소란을 피웠다. 신뇨는 원래 이런 이야기가 나오면 남의 일이라도 떨떠름한 얼굴

을 하고 옆으로 고개를 돌리는 성격이라, 자기 이야기로 들으니 견디기 힘들었던 모양이다. 그 후로는 미도리라는 이름을 들을 때마다 두렵고 친구들이 또 그 이야기를 꺼내지나 않을까 싶어 마음이 답답하고 뭐라 말할 수 없이 싫은 기분이다. 하지만 그럴 때마다 화를 낼 수도 없어서 되도록 모르는 체하며 태연하게 언짢은 얼굴을 하고 지낼 셈인데, 서로 마주쳐서 미도리가 이야기를 걸어올 때는 정말이지 당혹스럽다. 대개는 모른다고 한마디로 잘라 버리지만 식은땀이 온몸에 흐를 정도로 괴로운 마음이다. 미도리는 그런 줄도 모르니까 처음에는 "후지모토야, 후지모토야!" 하며 친하게 말을 걸거나, 학교가 끝나고 돌아가는 길에 자기가 한발 앞서 걸어가다 길거리에서 진귀한 꽃을 발견하면 뒤에 오는 신뇨를 기다려 "이렇게 아름다운 꽃이 피어 있는데 가지가 높아서 꺾을 수가 없어. 너는 키가 크니까 손이 닿지. 부탁이야. 꺾어 줄래?" 한다.

무리 중에 손위인 것을 알아채고 부탁한 것이라 그냥 뿌리치고 지나칠 수도 없는데, 그렇다고 해도 남의 눈은 더더욱 신경 쓰이니까 가까운 가지를 끌어당겨 좋은지 나쁜지 보지도 않고 아무거나 일단 꺾어서 던지고는 바삐 지나간다. 그 태도를 보고 정말 둥명스러운 아이라며 어이없어 한 적도 있는데, 계속 그러니 결국에는 저절로 일부러 그러는 것을 깨달았다. 다른 사람한테는 그러지 않으면서 자기한테만 괴로운 짓을 하는데, 뭔가를 물어도 제대로 대답하지 않고 옆에 가면 도망가고 이야기를 하면 화를 내고 어두운 구석이 많아 어쩌면 좋을지 기분을 맞출 수도 없다. 저렇게 퉁

명스러운 애는 마음껏 뒤틀려서 화내고 나쁜 짓을 하고 싶은 거니까 친구만 아니라면 말도 걸지 않을 텐데 싶으니 미도리도 조금 화가 치밀어 일이 없을 때는 마주쳐도 아무 말도 않고 도중에 만나도 인사도 건네지 않는다. 그러는 사이에 언제랄 것도 없이 둘 사이에 커다란 강이 하나 가로놓여 배도 뗏목도 오가지 않고, 단지 강가를 따라 각자의 길을 걷는 것이다.

축제가 어제 일이 된 그 다음 날부터 미도리의 등교가 뚝 끊어진 것은 물을 필요도 없이 이마에 묻은 흙을 씻어도 씻어도 지워지지 않는 치욕이 뼈저리게 분하기 때문일 것이다.

'큰길파든 골목파든 같은 교실에 들어서면 친구임에는 변함이 없는데도 희한하게 편을 갈라 평소에도 심술을 부렸는데, 특히 여자라는 도저히 어찌할 수 없는 약점을 노려 축제날 밤에 나에게 저지른 행동은 얼마나 비겁한 짓이었나. 멍청이 초키치는 누구나가 인정하는 최고의 난동꾼이지만, 남 앞에서는 해박한 듯이 순진한 척하면서 뒤로 돌아서서 실을 당긴 것은 후지모토임에 틀림없어. 설령 학년이 위든, 공부를 잘하든, 용화사의 아들이든, 이 다이코쿠야의 미도리는 털끝만큼도 신세를 안 졌으니 그렇게 거지 취급 받을 이유는 없어. 용화사에 얼마나 훌륭한 단가(檀家)가 있는지 몰라도, 우리 언니의 삼 년 된 단골에는 은행가인 가와(川) 씨, 증권가인 가부토 정(兜町)의 요네(米) 씨가 있어. 특히 의원인 치이(短小) 씨는 유곽에서 빼내어 부인으로 삼겠다고 말씀하신 것을 성격이 마음에 들지 않아서 언니가 받아들이지 않았는데, 그분도 세상에서 명성이 높은 사람이라고 유곽의 할머니들이 말했어.

거짓말 같으면 물어봐. 다이코쿠야에 오마키가 없으면 그 기방은 어둠과 같다는 평판이니까, 기방의 바깥어른도 아버지와 어머니와 나를 함부로 하시지는 못해. 항상 애지중지해서 도코노마(床の間)*에 두신 사기로 된 다이코쿠텐(大黒天)*을 내가 언젠가 하고이타 채로 공을 치려고 하다가 같이 진열되어 있던 꽃병을 쓰러뜨려 심하게 상처를 입혔는데 주인 어르신은 옆방에서 술을 마시시면서 "미도리야. 너무 말괄량이구나" 하고 말했을 뿐 잔소리는 없었어. "다른 사람이 했다면 웬만해서는 용서하지 않았을 텐데" 하며 여자들한테 두고두고 부러움을 산 것도 결국에는 언니의 위광이지. 나는 숙사에 살면서 집이나 보는 처지긴 하지만, 언니는 다이코쿠야의 오마키라고. 초키치 같은 인간한테 당할 내가 아니야. 용화사의 중한테 미움을 산 것은 뜻밖이지만' 이라고 하면서, 학교에 다니는 것도 재미없고 멋대로 행동하는 본성을 무시당한 것이 분하다며 석필을 분지르고 먹을 버리고 책도 주판도 필요 없다고 하더니 친한 친구와 끝도 없이 놀기만 하는 것이었다.

8

달려라 날아라 하는 저녁의 활기와는 완전히 정반대로 새벽의 이별에도 덜 깬 꿈을 싣고 가는 쓸쓸한 인력거. 모자를 깊이 눌러 쓰고 남의 눈을 피하는 어르신도 있고, 수건으로 얼굴을 싸고는 여자가 헤어질 때 아쉬워하며 등을 세차게 친 그 아픔을 새록새록 떠올리면 떠올릴수록 기뻐서 음침할 정도로 실실 웃는 얼굴도 있는데, 사카모토 거리(坂本通り)로 나오면 조심하시라. 센주(千住)에서 뗀 청과물 실은 차에 발이 위험하다. 미시마 신사 모퉁이까지는 유녀에 빠져 제정신이 아닌 거리다. 돌아가는 어르신들의 얼굴에 긴장이 풀리니 "송구스러운 말이지만 여자한테 홀려서 코를 길게 빼고 계시니, 다른 데서는 대단한 신사일지라도 여기에서는 별 볼일 없어"라고 하며 네거리에 서서 무례한 말을 내뱉는 자도 있다.

'양씨 가문의 따님이 황제의 총애를 받았는데' 하면서 「장한가(長恨歌)」를 끄집어낼 필요도 없이 딸은 어디 가나 소중히 여기는

시절인데 이 주변의 뒷골목에서는 가구야히메(かぐや姫)*가 태어난 적은 많다. 요즘은 쓰키지(築地)의 어떤 가게로 옮겨서 높으신 분들을 상대한다는, 춤에 재능이 있던 유키(雪)라는 미인은 지금은 연회석에서 "쌀은 나무에서 열리나요?" 하며 순진한 척하지만 본래는 불량한 소녀로 부업으로 화투를 만들고 있었다. 그 무렵에는 평판이 높았지만 떠나고 나면 금세 소원해지는 법이라, 명물은 잊혀지고 두 번째 꽃이 된 것은 염색 가게 둘째딸이다. 지금은 센조쿠 정(千束町)의 신장개업한 쓰타야 가게에 초롱을 달아놓고 고키치(小吉)라 불리는, 아사쿠사 공원*에서 보기 드문 미인도 뿌리는 같은 이 바닥이다. 소문이 끊이지 않는 속에서도 출세하는 것은 여자들뿐이고, 남자들은 쓰레기더미를 뒤지는 점박이 고양이마냥 있어도 쓸모없는 것으로 보이기도 한다. 이 주변에서 젊다고 하는 동네 남자들은 한창 건방진 열일고여덟 살부터 다섯씩 일곱씩 무리를 짓는데, 허리에 협객처럼 칼을 차는 사나이다움은 없지만 어쨌든 위압적인 이름을 가진 두목의 부하가 되어 똑같은 수건에 긴 초롱을 들고 서 있다. 주사위 흔드는 걸 익힐 때까지는 격자문 너머의 유녀에게 제대로 한번 농담도 건네지 못한다던가. 자기 가업에 그나마 충실한 것은 낮뿐이고, 목욕 한번 하고 날이 저물면 나막신을 대충 신고 칠오삼 비율로 만든 옷차림으로 '무슨 무슨 가게에 새로 온 애 봤어? 가네스기(金杉)의 실 가게 여자애를 닮았는데 코가 조금 낮더군' 이라는 둥 머릿속에는 온통 이런 생각뿐이라 싸구려 기방의 격자문을 사이에 두고 유녀랑 담배 다툼에 코 푸는 종이를 졸라 대며 옥신각신하는 것을 일생의 명예로

여기니, 제대로 된 집안의 상속자가 불량배처럼 굴며 오몬 근처에 싸움하러 나간 적도 있었다.

'보라, 여자들의 기세를' 이라고 외칠 듯한 형국이라, 일 년 내내 다섯 마을은 부산한데 기방으로 안내할 때 이제 초롱을 들고 가지는 않지만, 찻집에서 손님을 주선하는 여자들의 셋타 신 소리와 어우러지는 가무음곡은 여전하다. 홀딱 반해서 들어오는 사람들에게 무엇을 노리느냐고 물으면, 빨간 옷깃에 샤구마 머리를 하고 끈을 매지 않은 채 살짝 걸쳐 입은 기모노의 옷자락을 길게 늘어뜨리고 방긋 웃는 입매와 눈매라 한다. 특별히 어디가 예쁘다고 하기는 어렵지만 유녀들은 여기에서 존경받는 존재지만 이곳을 떠나면 알 도리가 없다. 그런 속에서 밤낮을 보내면 하얀 옷이 붉게 물드는 것도 무리가 아니다.

미도리의 눈에는 남자라는 것도 그다지 무섭거나 두렵지 않고 유녀라는 것도 그다지 천한 직업으로 여겨지지 않았으므로, 지난날 고향을 떠날 당시에 울며불며 언니를 보냈던 것이 꿈만 같고 오늘날 전성기를 맞아 부모에게 효도하는 것이 부럽기만 하다. 계속 최고의 자리에 있는 언니의 설움이나 괴로움을 몰랐기에 손님을 부른다며 내는 쥐 울음소리나 격자문을 톡톡 치며 비는 소원, 헤어질 때 손님의 등을 치는 손바닥의 힘을 조절하는 비밀까지도 그저 재미있게 들리고 유곽에서 유행하는 말을 동네에서 하는 것조차 그다지 부끄러워하지 않는 것이 왠지 가엾다. 나이는 이제 열네 살. 인형을 안고 뺨을 부비는 마음은 화족(華族)의 따님들과도 다르지 않지만 수신(修身)이나 가정학을 그나마 배운 것은 학교에서뿐이고, 온통 자나 깨나 보고 듣는 것은 좋으니 싫으니 하는 손님 이야기, 절기마다 단골손님한테서 받아 자랑삼아 늘어놓은 기모노나 새 침구, 신세를 진 찻집에 빠짐없이 돌리는 선물뿐이다. 화려한 것은 멋져 보이지만 그렇지 않은 것은 하찮아 보이니, 남 일이건 자기 일이건 아직 철이 들기에는 이르다. 어린 마음에 꽃에만 눈이 가고, 타고난 지기 싫어하는 성격은 멋대로 돌아다니면서 마치 뜬구름 잡는 듯한 모습이었다.

제정신이 아닌 거리, 잠이 덜 깬 거리에서 아침에 한바탕 손님들이 돌아가고 나서 아침잠을 자는 동네, 문 앞을 파도 모양으로 깨끗이 쓸고 먼지가 안 나도록 물도 뿌려 놓은 큰길을 쳐다보면 오고 또 온다. 만넨 정, 야마부시 정(山伏町), 신타니 정(新谷町) 같은 빈민굴 주변을 거처로 하는, 기예가 하나뿐이라도 예능인임에는 틀림없는 사람들이다. 곡예사나 북을 치며 엿을 팔고 다니는 엿장수, 인형극이나 마당극, 스미요시 춤(住吉をどり)*이나 가쿠베(角兵衛)의 사자춤*을 추는 사람들이 가지각색의 분장을 했다. 잔주름을 넣은 비단이나 얇은 능사천으로 멋진 차림을 하기도 하고, 하도 입어서 색이 바랜 감색 기모노에 검정 공단의 좁은 띠를 하기도 한 괜찮은 여자도 있고 남자도 있다. 다섯, 일곱, 열 명의 커다란 무리도 있고 홀로 쓸쓸히 줄 끊어진 샤미센을 들고 가는 깡마른 노인도 있다. 대여섯 살 된 여자아이에게 빨간 어깨띠를 두르게 하여 '아아 기노쿠니……' 하고 노래 부르며 춤을 추게 하는 것도 보인다. 이는 유곽에 계속 있는 손님들의 심심풀이이자 유녀들의 기분 전환이다. 유곽에 들어간 자는 평생 끊일 줄 모르

는 수입이 있다는 것이 알려져, 이 주변에 오는 사람마다 잔돈벌이에는 관심이 없어 옷자락이 너덜너덜해서 보기에도 수상쩍은 거지조차도 문 앞에서 구걸도 안 하고 유곽 쪽으로 가 버린다. 갓을 쓴 여자 예능인이 갓 아래로 수려한 용모를 짐작하게 하는 뺨을 드러낸 채 노래도 잘하고 샤미센도 잘 탄다.

"아아, 저 목소리를 이 동네에서는 들려주지 않는 게 밉다"고 문구점 아주머니가 혀를 차며 말하자, 목욕을 끝내고 돌아가던 중에 가게 앞에 앉아서 오가는 사람들을 바라보고 있던 미도리는 살짝 내려온 앞머리를 비녀로 싹 올리고 "아주머니. 저 예능인을 불러 올게요" 하며 사뿐히 달려가 옷자락을 붙든다. 안으로 무엇을 넣었는지는 아무한테도 말하지 않고 웃기만 하는데, 좋아하는 「아케가라스(明烏)」를 후원자 앞에서 애교 섞인 목소리로 자연스레 부르게 하는 것은 간단히는 살 수 없다. 이게 아이의 행동인가 하며 모여든 사람들이 혀를 내두르면서 예능인보다는 미도리의 얼굴을 들여다본다. 멋스러운 예능인을 여기로 불러 세워 "샤미센 소리, 피리소리, 북소리에 노래하고 춤도 추게 해서 남이 하지 않는 걸 해 보고 싶어" 하고 마침 미도리가 쇼타에게 속삭이자 쇼타는 놀라고 기가 막혀 "난 싫어" 한다.

9

"여시아문" 하고 시작되는 불설아미타경 소리가 솔바람에 섞여 마음의 먼지도 날려 버려야 하는 사찰의 창고에서 생선을 굽는 연기가 나거나 묘지에 아기 기저귀를 말리는 것은 종파의 교리상 문제가 되지 않지만, 승려를 나무토막으로 알고 있는 사람의 눈에는 너무 적나라한 느낌이 든다. 용화사 주지는 재산이 늘어나면서 배도 불러 왔다. 너무나도 훌륭하고 혈색이 좋으니, 어떠한 찬사를 바치면 좋을까. 앵두 빛도 아니고 붉은 복사꽃 빛도 아니다. 밀어 올린 머리에서 얼굴, 목덜미에 이르기까지 번들거리는 구릿빛은 한 점의 흐림도 없다. 백발도 섞인 두터운 눈썹을 쓸어 올리며 마음껏 크게 웃으실 때는 본당의 여래가 놀라 대좌에서 굴러 떨어지시지 않을까 걱정될 지경이다.

부인은 아직 사십을 얼마 넘지 않았는데 흰 피부에 성긴 머리칼을 작게 땋아 보기 싫지 않도록 하는 성품이고 참배하는 사람들한테도 친절하다. 문 앞에 있는 꽃 가게의 입이 험한 여편네도 이러쿵저러쿵 욕을 하지 않는 것을 보면 아마도 낡은 유카타나 남은 반찬 등을 베풀고 있는 것 같다. 원래는 단가(檀家) 사람이었는데 일찍이 남편을 잃고 의지할 데 없는 신세가 되었을 때 잠시 이곳에 식모살이나 다름없이 얹혀살면서 밥만 먹여 주신다면 고맙겠다고 하여 세탁에서 식사 준비는 물론 묘지 청소 때에도 남자들을 도울 정도로 일을 하니 주지스님은 손득계산으로 정을 품었고, 여자는 나이가 스물이나 떨어져 있어 추하다는 것을 알고 있음에도 갈 곳도 없는 신세인지라 결국 여기가 죽기에는 좋은 장소라 생각하여 남의 눈을 꺼리지 않게 되었던 것이다.

떨떠름한 일이지만 여자의 행실이 나쁘지 않아서 단가 사람들도 별로 헐뜯지 않았다. 첫째인 하나(花)를 배었을 무렵, 단가에서 남을 잘 돌본다는 사카모토(坂本)의 기름집 어르신네가 이상하게도 중매쟁이로 나서 자꾸 권하므로 세상에 통하는 식으로 혼인한 것이다. 이 여자의 배에서 난 신뇨는 전형적인 외골수로 하루 종일 방 안에서 물끄러미 응시하고 있는 침울한 성격이지만, 누나인 오하나는 고운 피부에 귀여운 이중 턱을 한 아이로 미인이라고 할 수는 없지만 꽃다운 나이기도 하고 사람들의 평판도 좋아 평범하게 내버려 두기에는 아까운 몸으로 여겨졌던 것이다. 그렇기는 해도 주지의 딸이 유녀가 되는 것은 석가모니가 샤미센을 켜는 세상이면 몰라도 소문이 조금은 꺼려지는 일이므로 다마치 거리에 차잎 가게를 말끔히 하여 계산대 격자 칸막이 안에 이 아이를 앉혀 놓고 애교를 팔게 했다. 저울 눈금은 물론이고 계산 같은 것은 염두에도 없는 젊은이들이 무심코 들렀는데 대개 매일 밤 열두 시의 알림을 들을 때까지 가게에 손님의 인기척이 끊이지 않았다.

바쁜 것은 주지다. 빚 독촉이나 가게들 둘러보기, 이런저런 법요(法要)와 달마다 며칠인가 정해진 설교 때문에 장부를 넘기거나 경을 외운다. 이래서는 몸이 버티지 못한다며 해질녘 툇마루 앞에 꽃문양 돗자리를 깔게 하여 한쪽 어깨를 벗어 부채질을 하면서 큰 잔에 아와모리(泡盛)*를 넘치도록 따르게 했는데, 안주는 좋아하는 장어구이를 큰길의 무사시야 가게에 큰 꼬치로 주문해 놓는다. 사러 가는 심부름꾼은 신뇨의 역할인데, 싫은 마음이 뼈에 사무쳐 길을 걸으면서도 위를 보지도 않고 맞은편 문구점에서 나는 아이들의 소리를 들으면 자기의 험담을 하는 것은 아닐까 한심스러운 생각이 들어 시치미를 떼고 장어구이 가게 문을 지나친다. 그러고는 주위에 사람들이 없는 틈을 타서 다시 돌아서 가게로 달려갈 때의 마음이란 정말 나만은 산 것을 먹지 말아야겠다고 생각했던 것이다.

아버지인 주지는 어디까지나 융통성이 있는 사람이라 조금은 욕심이 많다는 비난을 받아도 남의 이야기에 귀를 기울일 정도로 소심하지는 않다. 손이 비면 갈퀴 만드는 부업도 해 봐야겠다는 기풍이라서, 십일일 닭날에는 문 잎 공터에 비너 가게를 열고 아내한테 수건을 씌우고는 행운이 있다면서 손님을 끌게 하는 술수를 쓴다. 아내는 처음에는 수치스러운 듯이 여겼지만, 모두 초보 장사로 막대한 돈을 번다는 소리를 듣자 이토록 잡다한 거리인 데다가 아무도 예상도 못할 일일 테니, 해질녘 이후에는 눈에도 띄지 않을 거라고 생각한다. 낮에는 꽃 가게 아주머니한테 도움을 받고 밤이 되면 직접 서서 팔곤 했는데 어느샌가 욕심이 생기는지 수치심도 사라져 저도 모르게 목청을 높여 "깎아 드릴게요, 깎아 드릴게요" 하며 손님의 뒤를 쫓아가게 되었다. 인파에 섞인 사람들의 눈도 흐려질 무렵이니 지금 있는 곳이 내세의 가르침을 바라며 그저께 왔던 문 앞이었던 것도 까맣게 잊고 아내가 비녀 세 자루에 칠십오 센이라고 흥정을 하면 다섯 자루가 든 것을 칠십삼 센에 달라고 깎으려 한다. 암시장에서 하는 벌이는 다른 것도 있다고 한다.

하지만 신뇨는 이런 것도 너무 괴롭다. 설령 단가의 귀에 들어가지는 않더라도 이웃들이나 아이들 사이에 용화사에서는 비녀 가게를 내서 신뇨의 어머니가 미친 얼굴로 팔고 있더라는 소문이 떠돌지나 않을까 수치스러워서 "그런 짓은 그만두는 편이 좋지 않을까요" 하고 말린 적도 있었다. 그러나 주지는 크게 웃으며 "입 닥쳐. 입 닥치라니까. 너 같은 게 알 바 아니야" 하며 전혀 상대를 해 주지 않는다. 아침에는 염불, 저녁에는 계산. 주판을 손에 들고 싱글벙글거리는 얼굴은 자기 부모라도 천박해 보여, 왜 그머리를 미셨는지 한탄스럽기도 했던 것이다.

본래 친부모 형제 속에서 자라 남이 섞이지 않은 온화한 집안이니 이 애를 그다지 음울하게 만들 씨앗이 없는데도, 천성이 얌전한 데다가 자기 말이 받아들여지지 않으니 재미도 없어서 아버지가 하는 일도 어머니가 하는 일도 누나의 몸가짐도 모두 잘못된 것처럼 느껴지지만 무슨 말을 해도 들어 주지 않아서 체념하고 나면 어쩐지 슬프고 한심스럽다. 친구들은 외골수에다 심술궂다고

도 하지만 저절로 가라앉고 마는 마음의 근본은 허약하기만 하다. 자기에 대해 조금이라도 험담을 했다는 것을 듣게 되어도 나가서 입씨름을 할 용기가 없어 방에 틀어박혀 남과 얼굴도 못 마주치는 천성이 겁쟁이였던 것이다. 학교 성적이 좋고 신분이 천하지 않은 덕택에 그런 약골이라는 것을 아는 사람도 없어 용화사의 신뇨는 설익은 떡처럼 심지가 있어서 마음에 걸리는 녀석이라고 미워하는 아이들조차 있는 듯했다.

10

　축제날 밤에 다마치의 누나 집에 심부름을 갔다가 다음 날까지 자기 집으로 돌아오지 않았기 때문에 신뇨는 문구점에서 벌어진 소동은 꿈에도 몰랐다. 이튿날이 되어 우시마쓰, 분지 같은 애들한테서 자초지종을 듣고 새삼스레 초키치의 난폭함에 놀랐지만, 이미 끝난 일이니 비난하는 것도 덧없고 자기 이름을 빌려 준 것만이 두고두고 후회스러웠다. 자기가 한 짓은 아니지만 남을 불쌍하게 만든 것이 자기 혼자의 책임인 듯한 느낌이 신뇨에게는 있었다.

　초키치도 조금은 자기의 잘못을 부끄럽게 생각한 탓인지, 신뇨를 만나면 잔소리를 들을 것 같아 삼사 일은 나타나지 않았다. 다소 열기가 식을 무렵이 되어 "노부유키야, 너는 화를 낼지도 모르지만 그때는 어떻게 하다 보니까 더 이상 참을 수 없었다고. 누가 쇼타가 없는지 알았겠어. 겨우 계집애 하나 상대하고 산고로를 패려는 것은 아니었는데 초롱을 흔들어 보였으니 그냥은 돌아갈 수도 없잖아. 약간 맛이나 보여 주려고 시답잖은 짓을 한 거야. 그야

내가 어디까지나 잘못했어. 너의 당부를 듣지 않은 것은 잘못했지만 지금 네가 화내면 모양이 나지 않아. 네가 든든히 받쳐 주고 있다고 생각하니까 큰 배를 탄 것 같았는데 버림받으면 곤란하잖아. 싫더라도 우리 패의 우두머리로 있어 줘. 늘 실수만 하지는 않을 테니까"라고 하며 면목 없는 듯이 사과를 해 오니, 그래도 난 싫다고 말하기도 어려워서 "어쩔 수 없지, 뭐. 하는 데까지는 할게. 약한 사람을 못살게 구는 것은 우리의 수치가 되니까 산고로나 미도리는 상대해도 별 볼일 없어. 쇼타에게 자기편이 생기면 그때 생각해 보자. 결코 이쪽에서 먼저 손을 대면 안 돼" 하고 당부를 했을 뿐 그다지 초키치를 나무라지 않았다. 하지만 신뇨는 다시는 싸움이 나지 않도록 빌지 않을 수 없었다.

　죄가 없는 아이는 골목에 사는 산고로다. 실컷 두드려 맞고 차여서 이삼 일은 서기도 앉기도 괴로우니 저녁마다 아버지의 빈 인력거를 오십 채의 찻집 처마까지 끌고 갈 때조차 "산고로야, 너 왜 그러니. 굉장히 약해진 것 같은데" 하며 알고 지내는 음식 배달부의 꾸지람을 들을 정도였다. 하지만 그 아버지는 굽실거리는 데쓰(鐵)라 불릴 정도로 윗사람들한테 머리를 든 적이 없어 유곽의 어르신은 말할 것도 없고 "집주인님, 지주님, 이떠한 무리한 요구라도 당연히 받들겠습니다" 하는 성질인지라 초키치와 싸워서 이러저러한 폭행을 당했다고 호소해 봤자 '그건 아무래도 어쩔 수 없는 집주인의 아드님이지 않느냐. 이쪽에 이유가 있는 상대편이 나쁘든 싸움의 상대는 아니야. 사과하고 오너라. 어서 사과하라니까' 하고 자기 자식을 꾸짖으며 틀림없이 초키치한테로 사과하러 보냈을 것이다. 산고로는 억울함을 곱씹지만 이레, 열흘 시간이 흐르자 아팠던 곳이 나으면서 원망스러운 마음도 어느샌가 잊고 주인집 애를 돌보면서 푼돈 이 센을 기뻐하며 "자장 자장 우리 아기" 하면서 등에 업고 걷는다. 나이를 물으면 한창 건방진 열여섯이나 되면서 그 꼴을 부끄러워하는 기색도 없이 큰길로도 태연스레 나간다. 그러면 항상 쇼타와 미도리의 놀림감이 되어 "넌 도대체 근성을 어디에 두고 온 거야?" 하며 비웃음을 샀지만 놀이 상대에서 빠지지는 않았다.

봄이 되어 벚꽃이 한창일 때나 명기 다마기쿠(玉菊)의 추선(追善) 공양으로 초롱을 내걸 무렵이나 가을의 니와카 행사 때에는 십분 동안에 달리는 인력거 수가 이 거리만 해도 일흔다섯 대에 이른다. 니와카의 후반부도 어느새 지나가고 고추잠자리가 떼 지어 논을 날면 용수로에 메추리가 울 때도 다 된 것이다. 아침저녁으로 부는 가을바람이 몸에 사무쳐 잡화점 조세이(上淸)의 모기향은 손난로에 자리를 뺏기고 이시바시(石橋)의 밀전병 가게 다무라야(田村屋)가 가루를 빻는 절구 소리가 쓸쓸하다. 기방인 가도에비(角海老)의 시계 소리가 애처롭게 울려 퍼지면, 사철 끊이지 않는 닛포리(日暮里)의 화장터 불빛도 저게 사람 태우는 연기인가 싶어 쓸쓸하다. 찻집 뒤편으로 난 도랑 근처의 골목길을 거닐 때 쏟아지는 듯 들리는 샤미센 소리에 고개를 들어 보면 나카노 정(仲之町) 기녀가 쓸쓸한 목소리로 '당신의 정이 선잠 자는 이불에……' 하며 애처로이 읊는 가락도 정조가 깊은데, "이 시절부터 다니기 시작하는 것은 신바람 난 유객이 아니라 몸에 사무치는 알맹이가 있는 분들이야' 하고 유녀를 졸업한 어떤 여자가 말했다.

이 무렵에 벌어진 일들을 쓰자니 장황스럽다. 새로운 소식이라면 대음사 앞에서 스무 살 정도 먹은 안마 하는 장님 여자가 이룰 수 없는 사랑을 해서 불편한 몸을 한탄한 나머지 계곡 연못에 몸을 던진 흔치 않은 사건을 전하는 정도다. 야채 가게 기치고로(吉五郎)한테, 목수 다이키치(太吉)가 갑자기 모습을 보이지 않는데 어떻게 된 거냐고 묻자 "이걸로 붙들렸어요" 하며 얼굴 한가운데를 손가락으로 가리키는데,* 그 이상 깊은 사정도 없어 특별히 화제를 삼는 사람도 없다. 대로를 내다보면 죄 없는 아이가 세 명에서 다섯 명 정도 손을 잡고 '피었네, 피었네. 무엇이 피었나' 하며 무심히 노는 것도 자연스레 한가해지고 유곽을 다니는 인력거 소리만이 언제나처럼 힘차게 들리는 것이었다.

가을비가 추적추적 내리는 것 같더니 살짝 소리를 내며 실려오는 듯한 쓸쓸한 밤, 지나가는 손님을 기다리는 가게가 아니라서 문구점 아주머니는 초저녁부터 문을 닫고 있었다. 그 안에 모여 있는 것은 예의 미도리와 쇼타로, 그 외에는 작은 아이가 두세 명 와서 소라껍질로 구슬치기를 하며 어린애들같이 놀고 있다. 미도리가 문득 귀를 기울이며 "어? 누가 물건 사러 온 게 아닐까. 널빤지 밟는 소리가 나" 하자 "그래? 나는 전혀 못 들었는데" 하며 쇼타도 '둘 넷 여섯 여덟 열' 하며 세던 손을 멈추고는 "친구들이 왔나?" 하며 기뻐했는데, 문에 선 사람은 이 가게 앞까지 걸어온 발소리만 들렸을 뿐, 그리고 나서는 뚝 끊어져 아무런 낌새도 없다.

11

쇼타가 쪽문을 열며 "짠" 하고 얼굴을 내밀자 그 사람은 두세 채 앞의 처마 밑을 지나며 터벅터벅 걸어가는 뒷모습을 보이니 미도리가 "누구야, 누구? 들어와" 하고 말을 걸면서 굽 높은 나막신을 걸쳐 신고 내리는 비를 마다 않고 뛰어나가려고 했다.

"아아, 저 놈이구나" 하면서 쇼타가 뒤돌아보며 "미도리야. 불러도 오지 않을 거야. 바로 그 녀석이야" 하며 자신의 머리를 밀어 올려 보였다.

"노부유키야?" 하면서 "저렇게 싫은 까까머리는 없을 거야. 틀림없이 붓 같은 걸 사러 들어오려다 우리가 있는 걸 보고 돌아갔을 거야. 심술쟁이에 고약하고 비뚤어진 데다 말더듬이에 이빨 빠진 나쁜 놈. 들어왔으면 실컷 괴롭혀 주었을 텐데, 돌아갔다니 아까운 걸 놓쳤네. 어디 나막신 좀 빌려 줘. 좀 봐주게" 하며 쇼타를 제치고 얼굴을 내밀자 처마에서 떨어지는 비가 앞머리를 적신다. 미도리는 "아아, 기분이 나쁘네" 하며 목을 끌어당기면서도 허름

76

하지만 단단한 우산을 어깨에 걸치고 네다섯 채 앞의 가스등 아래를 조금 구부정하게 뚜벅뚜벅 걷는 신뇨의 뒷모습을 언제까지고 언제까지고 바라본다.

"미도리야. 왜 그래" 하며 쇼타가 수상쩍어하며 등을 찔렀다. "뭘"이라며 아무렇지도 않은 듯 대답을 하고 다시 들어가 소라를 세면서 "정말로 저렇게 싫은 녀석은 없을 거야. 대놓고는 티 나게 싸우지도 못하면서 얌전한 척하기만 하고 근성이 뒤틀려 있는 거야. 밉살스럽지 않니. 우리 엄마가 그랬는데 활달한 사람이 마음씨도 좋대. 그러니까 투덜투덜하는 노부유키 같은 애는 마음씨가 나쁜 게 틀림없어. 응, 쇼타야, 그렇지?" 하며 입에 침이 마르도록 신뇨의 욕을 해 대자 "그래도 용화사는 나은 편이야. 초키치 그 녀석은 말이야, 나 참" 하면서 쇼타가 건방지게 어른 말투를 흉내 냈더니 "그만 둬, 쇼타야. 어린애 주제에 되바라진 것 같아 우습다. 너는 꽤나 익살스러워" 하고 미도리는 쇼타의 뺨을 찌르면서 "이 진지한 얼굴 좀 봐" 하며 우스워서 대굴대굴 구른다.

"나도 조금만 지나면 어른이 된다고. 가바타야(蒲田屋) 가게의 어르신네처럼 네모난 소매의 외투나 뭐 그런 걸 입고 말이야. 할머니기 챙겨 둔 금시계를 받아 자고 반지를 맞추고 엽권련도 피우겠지. 신발은 뭐가 좋을까. 난 나막신보다는 셋타가 좋으니까. 바닥에 가죽을 세 겹 깔고 명주실로 수놓은 코를 단 것을 신을 거야. 어울리겠지?" 하며 쇼타가 말하자 미도리는 킬킬 웃으면서 "키도 작은 애가 네모난 소매에 셋타를 신는다고? 정말 얼마나 웃길까. 안약 병이 걸어 다니는 것 같을 거야" 하며 찬물을 끼얹는다.

"바보 같은 소리 하지 마. 그때쯤 되면 나도 커질 거야. 이렇게 땅딸막하지는 않을 거란 말이야" 하며 뻐기는 쇼타지만, 미도리가 "어느 세월에 그렇게 될 지 알 수가 없어. 천정에 있는 쥐가 저 보라고 하겠다" 하며 손가락을 가리켰기 때문에 문구점 아주머니를 비롯해서 모두가 웃으면서 대굴대굴 굴렀다.

쇼타는 혼자 진지해져서 눈동자를 이리저리 굴리며 "미도리, 넌 농담 취급하고 있지만 누구든지 어른이 되지 않는 사람은 없는데, 내가 하는 말이 뭐가 우스워. 나는 예쁜 아내를 얻어서 데리고 다닐 거라고. 나는 뭐든 예쁜 것이 좋으니까 밀전병 가게의 오후쿠 같은 곰보나 장작 가게의 짱구 같은 게 만약에 오려고 하면 곧바로 쫓아내서 절대로 집에 들이지 않을 테야. 나는 곰보하고 버짐을 긁어 대는 애는 딱 질색이야" 하며 힘을 주어 말하자, 주인 아주머니는 웃음을 터뜨리며 "쇼타야, 그런데도 우리 가게에 잘도 와 주는구나. 아줌마의 곰보 자국은 안 보이나 보네" 한다.

"아줌마는 늙었잖아요. 내가 말하는 건 아내라니까요. 늙은이는 아무래도 상관없어요"라고 대답해서 "아아, 그럼 내가 실수했네" 하며 아주머니는 재미있어하며 마음을 풀었던 것이다. "그런데 동네에서 얼굴이 예쁘기로는 꽃 가게 오로쿠, 과일 가게 기이가 있지. 그보다도 훨씬 예쁜 애가 네 옆에 앉아 계시지만 말이야. 쇼타는 누구랑 할지 정해 놓았어? 오로쿠의 눈매야, 기이의 노랫소리야? 응, 어느 쪽이야?" 하며 물어오자 쇼타는 얼굴을 붉히며 "뭐야. 오로쿠의 얼굴에 기이의 노랫소리라. 어디가 좋을까" 하며 천정에 매달려 있는 램프 아래를 조금 벗어나 벽 쪽으로 뒷걸음질

치자 아주머니는 "그러면 미도리가 좋은 거야? 그렇게 정하셨어요?" 하며 정곡을 찌른다.

"그런 건 내가 알 바 아니야. 뭐야, 그게" 하며 휙 뒤로 향해 종이를 댄 아래 벽을 손으로 탁탁 치면서 "돌아라, 돌아라. 물레방아야" 하며 작은 소리로 노래를 하기 시작한다. 미도리는 소라를 많이 모아 놓고 "자, 다시 한 번 처음부터" 하면서 얼굴을 붉히지도 않았다.

12

 신뇨가 항상 다마치에 갈 때, 지나가지 않아도 되지만 꼭 지나가는 말하자면 지름길인 제방 앞에는 작은 격자문이 있다. 그 안을 들여다보았더니 구라마(鞍馬) 산 암석으로 만든 초롱에 나지막한 싸리 울타리는 사랑스러워 보이고 툇마루 앞에 말아 올린 발도 은은한데 가운데에 유리를 댄 장지문 너머에서 현대판 아제치(按察)의 미망인이 염주를 돌리고 단발머리를 한 와카무라사키(若紫)라도 나오지 않을까 상상하게 하는* 그런 구조의 건물이었는데, 이게 바로 다이코쿠야의 숙소다.

 어제도 오늘도 가을비가 내릴 날씨인데, 다마치의 누나한테서 부탁 받은 방한용 내의가 완성되자 한시라도 빨리 입히고 싶은 부모 마음에 "고생이 되더라도 학교 가기 전에 잠시 갖다 주지 않으련? 아마 하나도 기다리고 있을 테니" 하는 어머니의 말을 듣고 신뇨는 굳이 싫다고 할 수도 없을 정도로 온순한 탓에 그냥 "네, 네" 하고 꾸러미를 안고서 오구라(小倉) 산 쥐색 끈을 박은 후박나무 굽 나막신을 신고 우산을 쓰고 뚜벅뚜벅 걸어 나왔다.

오하구로 도랑 모퉁이를 돌아서 항상 다니는 샛길을 걷고 있는
데, 운 나쁘게 다이코쿠야 앞까지 왔을 때 휘익 하고 부는 바람이
우산 위쪽을 붙들고 공중으로 날리려고 하는 것이 아닐까 의심할
정도로 강하게 불어 대니, 이래서는 안 되겠다 싶어 발에 힘을 주
고 버티려 한 순간 그렇게 약해 보이지도 않던 나막신의 코 끈이
쑥 빠져서 정말로 큰 문제가 되어 버렸다.

신뇨는 곤란해져서 혀를 내두르고 있기는 했지만 이제 와서 어
쩔 수도 없어서 다이코쿠야 문에 우산을 걸쳐 두고 내리는 비를
원망하며 차양으로 피신해서 코 끈을 고치려 한다. 하지만 일상사
에 익숙하지 않은 도련님은 '이게 왜 이래' 하면서 마음만 급했
지, 아무리 해도 잘 들어가지 않아 안타깝게 발만 구르다가 소매
자락 안에서 작문 연습을 하던 큰 종이를 꺼내 북북 찢어서 꼬아
보았다. 싯궂은 비바람이 또다시 쏟아져서 걸쳐 두었던 우산이 데
굴데굴 굴러가는 것에 분통을 터뜨리며 붙잡으려고 손을 뻗다가
무릎에 얹어 놓았던 꾸러미가 힘없이 떨어져 보자기는 흙투성이
가 되고 자기가 입고 있는 옷자락까지 더럽히고 말았다.

빗속에 우산도 없는데 도중에 나막신 끈마저 끊어진 것보다 더
보기에 딱한 것이 없다. 미도리는 장지 안에서 유리 너머로 멀리
바라보며 "어! 누군가 코 끈이 끊어진 사람이 있네. 어머니, 천 조
각을 줘도 될까요?" 하고 묻고는 바느질 상자의 서랍에서 잔주름
을 넣은 유젠 천 조각을 꺼내 마당에서 신는 신발을 신는 둥 마는
둥 달려 나가 툇마루의 양산을 쓰는 둥 마는 둥 하며 정원의 돌다

리를 따라 급히 나왔던 것이다.

그것이 누구인지 안 순간 미도리는 얼굴이 달아오르고 얼마나 큰일을 당했는지 묻고 싶을 만큼 심장이 빨리 뛰어서 남이 보지나 않을까 뒤를 돌아보지 않을 수 없었다. 미도리가 머뭇머뭇 문 옆에 기대서자 휙 돌아본 신뇨는 아무 말도 못 하고 겨드랑이에 식은땀만 흘러서 맨발로 도망치고 싶은 심정이다.

보통 때의 미도리라면 신뇨가 곤경에 빠진 꼴을 손가락질하며 '아, 저런 겁쟁이' 하면서 한참을 비웃으며 있는 대로 저주를 퍼붓고는 '축제날 저녁에 쇼타에게 복수를 한다며 초키치 같은 애들한테 우리 놀이를 방해하게 하고 죄도 없는 산고로를 패게 하고 너는 안전한 곳에서 내려다보며 지휘를 하셨다면서. 자, 사과하시죠. 뭐라고? 나를 창녀, 창녀 하며 초키치 따위에게 말하게 한 것도 네가 시킨 거지? 창녀면 어때? 먼지 하나 너한테 신세지지 않을 테니. 나한테는 아버지도 있고 어머니도 있고 다이코쿠야의 어르신도 언니도 있어. 너 같은 애송이 중의 신세를 질 일은 없으니까, 쓸데없이 창녀, 창녀 하는 건 그만뒀으면 좋겠어. 할 말이 있으면 뒤에서 소곤소곤하지 말고 여기에서 말하시지. 상대는 언제든지 해 줄 테니. 자, 뭔가요?' 하면서 옷자락을 잡고 지껄여 댈 텐데 아무 말도 못하고 격자 뒤에 숨어 있다. 그래야 신뇨도 대들지 못할 텐데……. 그렇다고 달아나는 것도 아니고 단지 머뭇거리며 가슴만 뛰는 모습은 평소의 미도리답지 않았다.

13

여기가 다이코쿠야 앞이라는 것을 알았을 때부터 신뇨는 왠지 두려워 좌우를 보지 않고 묵묵히 걸었는데 공교로운 비에 공교로운 바람에다 나막신 코마저 빠져서 어쩔 도리도 없이 문 아래에서 새끼를 꼬고 있는 심정이란, 이도 저도 심란해서 너무나 견디기 힘들어 하던 차에 돌다리를 밟는 발소리는 귀에 찬물을 끼얹는 듯했다. 돌아보지 않아도 바로 미도리라는 걸 알았기 때문에 덜덜 떨어서 안색도 변한 터라 얼굴을 돌리고 여전히 끈 박는 데에 전념하는 척했지만, 반은 꿈속이라 이 나막신을 언제까지고 신을 수 있을 것 같지 않았다.

정원에 있는 미도리는 목을 빼고 쳐다보면서 '아휴, 저렇게 서툰 솜씨로 어찌 될지. 끈은 반대로 꼬고 있고, 지푸라기 같은 것을 구멍에 쑤셔 넣어 봤자 오래 가지도 못할 텐데. 저것 봐. 옷자락이 땅에 닿아서 흙탕물이 묻은 건 아냐? 어, 우산이 굴러가네. 저걸 접어서 세워 두면 좋았을 텐데'하며 하나하나 안타깝고 답답해 하지만, '여기 천 조각 있어. 이걸로 넣어 봐' 하며 말을 걸지도 않은 채 우두커니 서서 내리는 비가 소매를 애처롭게 적시는 것도 잊고 숨어서 엿보고 있다. 그것을 모르는 어머니가 안쪽에서 부르며 "다리미질이 끝났어요. 우리 미도리 양은 뭐 하고 있는 거야. 비가 오는데도 밖에 나가는 장난은 안 돼요. 또 요전처럼 감기에 걸려요" 하며 불러 댔기 때문에, "네, 갈게요" 하고 큰 소리로 대답하는데 그 소리가 신뇨에게 들린 것이 부끄러워 가슴은 쿵쿵 뛴다. 아무리 해도 열리지 않는 문 옆에서 그래도 지나치기 힘들어 이것저것 생각에 생각을 거듭하다가 격자문 사이로 손에 든 천 조각을 가만히 던졌는데 신뇨는 못 본 척하는 얼굴을 한다. 정말이지 평소대로의 근성이라 하염없는 마음이 눈에 담겨 약간 눈물을 머금은 원망스러운 얼굴이 된다. '뭐가 미워서 그렇게 무정한 행동을 하는지. 할 말이 있어도 이쪽인데 너무해' 하며 끓어오를 정도로 마음이 격앙되었지만 어머니가 부르는 소리가 자꾸 들려서 어쩔 수 없이 한 발 두 발 걷는 것이 너무나 미련이 남은 듯하다. 신뇨가 그런 생각을 할까 싶은 것도 부끄러워 몸을 돌리고는 나막신 소리를 탁탁 내며 돌다리를 따라 건너갔다. 신뇨가 그제야 겨우 쓸쓸히 돌아보니 붉은 유젠 천이 비에 젖어 단풍 문양이 더욱더 선명해진 채 자기 발 가까이에 떨어져 있다. 너무나 고마운 생각은 들지만 줍지도 않고 공허하게 바라보며 애잔한 기분이 되었다.

자기의 서툰 솜씨를 포기하고 겉옷 끈 중에 긴 것을 풀어 나막신을 칭칭 감아 보기 흉한 임시변통을 하고 이 정도면 되겠지 하며 밟아 보니 이렇게 걷기 힘든 게 또 있을까. 신뇨는 이렇게 다마치까지 가야 하나 하고 다시금 곤란해 하면서도 어쩔 수 없다며 일어서서 꾸러미를 옆에 끼고 두 걸음 정도 문을 떠났지만 붉은 유젠 천이 눈에 어른거린다. 그것을 내버려 두는 것도 견딜 수 없어 마음을 다잡고 돌아섰을 때 "노부유키야. 어쩐 일이야. 나막신 코가 끊어졌어? 그 차림은 뭐야. 보기 흉하게" 하며 갑자기 말을 걸어온 아이가 있다.

놀라서 돌아보니 말썽꾸러기 초키치인데 지금 유곽에서 돌아가는 길인 듯하다. 도잔 천 기모노에 감색 세 자짜리 띠를 평소처럼 허리춤에 매고 무지의 검은 천으로 동정을 단 새 겉옷에 유카타를 걸치고 기방의 번호가 들어간 우산을 쓰고, 굽 높은 나막신 발끝에 댄 가죽도 오늘 아침부터 막 신기 시작했는지 옻칠이 선명한 모양이 두드러져 보여 자랑스러운 듯하다.

"난 나막신 끈이 끊어져서 정말로 난감해하고 있었어" 하고 신뇨가 힘없이 말하자 "그렇겠지. 네가 코 끈을 어떻게 고치겠어. 좋아. 내 나막신을 신고 가. 이 끈은 괜찮아" 하며 초키치가 말한다. "그러면 네가 곤란하잖아" 하고 신뇨가 머뭇거리자 초키치가 "뭐야. 나는 익숙하다니까. 이렇게 해서 이렇게 하는 거야" 하면서 황급히 옷자락을 들어 허리춤에 끼고는 "그렇게 매는 것보다 이게 산뜻해" 하면서 나막신을 벗으니까 신뇨가 "너는 맨발로 가는 거야? 그러면 안 되잖아" 하며 너무나 곤란해했다.

"괜찮아. 난 익숙하잖아. 노부유키 너 같은 애는 발바닥이 부드러워서 돌길을 맨발로 못 걸어. 자, 이걸 신고 가" 하며 가지런히 내미는 친절함을 보인다. 남들은 벌레 취급을 하면서 멀리하는 초키치가 송충이 눈썹을 움직이며 상냥하게 말하는 것이 재미있다. "네 나막신은 내가 들고 갈게. 부엌에 던져 넣으면 문제없을 거야. 자, 바꿔 신고 그걸 내놔" 하고 돌봐 주며 끈이 끊어진 것을 한 손에 들고 "그럼 노부유키야, 갔다 와. 나중에 학교에서 보자" 하며 약속을 건네고는 신뇨는 다마치의 누나한테로 초키치는 자기 집 쪽으로 향하는데, 미련이 남은 붉은 빛 유젠 천은 안쓰러운 모습을 헛되이 격자문 밖에 남겼던 것이다.

14

올해는 닭날이 세 번 있는데, 가운데 하루는 망쳤지만 첫째와 셋째 닭날은 날씨가 좋아서 오토리 신사가 엄청나게 붐볐다. 이것을 구실 삼아 비상문으로 쓰는 검사소 문으로 밀고 들어오는 젊은이들의 기세가 정말로 천주(天柱)가 무너지고 지유(地維)가 끊어질 듯 요동친다. 나카노 정(中之町) 거리는 갑자기 방향이 변한 듯한 느낌인데, 스미 정(角町), 교마치(京町) 곳곳의 개폐식 다리를 통해 들어오면서 '어서 가자, 어서 가자' 하며 저아선(猪牙船)* 뱃사공의 장단소리 같은 구호로 인파를 헤치는 무리들도 있다. 강가의 작은 기방 유녀들의 외침에서부터 높이 솟은 최고급 기방까지 샤미센 노랫소리가 여기저기에서 끓어오르는 듯한 흥겨움은 대개의 사람들이 도저히 잊을 수 없는 것이라고 생각하는 분들도 있겠지.

쇼타가 이날 일수 수금을 쉬고 산고로가 하는 오가시라(大頭)라 불리는 토란 파는 가게를 둘러보고, 경단 가게 얼뜨기가 하는 정떨어지는 단팥죽 가게에 들러서 "어때. 좀 벌었어?" 하고 묻자 "쇼타야. 너 참 잘 왔다. 내 쪽은 엿이 딱 떨어졌는데 이제부턴 뭘 팔지? 곧바로 끓이긴 했는데 도중에 오는 손님을 거절할 수도 없고 어쩌지" 하고 상담을 해 온다.

"멍청한 녀석. 큰 냄비 가에 저렇게 남은 게 묻어 있잖아. 거기에 더운 물을 둘러서 설탕을 넣어 달게 하면, 십 인분 아니 이십 인분은 나올 거야. 모두들 그렇게 해. 너희 가게만 그런 게 아니라고. 누가 이 소란통에 맛을 따지겠어. 자꾸 팔아 치워"라고 말하면서 앞에 서서 설탕 통을 끌어오자, 외눈박이 엄마가 놀란 얼굴을 하고 "정말이지 타고난 장사꾼이시네요. 무서울 정도로 지혜가 있으시네" 하며 칭찬을 하니 쇼타는 "뭐야. 이런 게 지혜가 있는 거야? 지금 골목의 익살꾼 있는 데서 엿이 모자라자 이렇게 하는 것을 보고 왔으니까 내 발명은 아니야" 하고 내뱉고서 "넌 몰라? 미도리가 어디 있는지. 아침부터 찾고 있는데 어디에 갔는지 문구점에도 안 왔다고 하고, 유곽인가?" 하고 묻자 "으음. 미도리는 말이야, 아까 우리 집 앞을 지나서 아게야마치(揚屋町)의 개폐식 다리로 들어갔어. 정말로 쇼타야, 굉장했어. 오늘은 말이야 머리를 이렇게 해서 시마다(島田)*로 묶고" 하며 이상야릇한 손짓을 하고는 "참 예쁘더라, 그 애는"이라고 코를 닦으면서 말한다.

"오마키보다 훨씬 좋아. 그래도 그 애도 유녀가 된다니 불쌍해" 하고 고개를 떨구며 쇼타가 대답하자 "좋잖아, 유녀가 되면. 난 내년부터 계절 상품 판매를 해서 돈을 모으니까. 그걸 가지고 그 애를 사러 갈 거야" 하고 멍청한 말을 한다. 쇼타는 "시건방진 소

리 하고 있네. 그러면 넌 아마 차일거야" "왜 그런데, 왜?" 하고
묻자 "차일 이유가 있는 거야" 하며 얼굴을 조금 붉히고 웃으면서
"그럼 나도 한 바퀴 돌고 와야지. 나중에 올게" 하며 말을 내뱉고
문을 나서면서 '열예닐곱 먹을 때까지도 꽃처럼 나비처럼 귀하게
컸는데……' 하며 이상하게 떨리는 목소리로 요즘 유행하는 노래
를 부르며 '지금은 일도 익숙해져서……'* 하며 몇 번이고 되뇌
었다. 예의 셋타 소리는 드높은데 들뜬 사람들 틈에 섞여 작은 체
구는 홀연히 사라졌다.

인파에 밀려서 유곽 모퉁이에서 나오는데 건너편에서 유녀의
시중을 드는 아주머니와 함께 이야기를 하면서 오는 것을 보니,
틀림없이 다이코쿠야의 미도리였다. 정말로 얼간이가 말한 대로
앳된 시마다 머리로 올리고 홀치기 염색 천을 주렁주렁 달아 별갑
(鼈甲) 비녀를 꽂고 꽃송이가 붙어 있는 비녀를 펄럭거리는 것이
평소보다는 극채색이라 언뜻 교토 인형처럼 보이는 것 같아서, 쇼
타는 아무 말도 못하고 우두커니 선 채로 언제나처럼 매달리지도
않고 지켜보고 있다.

"어, 저기 쇼타가 있네" 하고 달려가며 "아줌마는 살 게 있으면
이제 여기서 헤어져요. 난 이 애와 함께 돌아갈게요. 안녕히 가세
요" 하고 머리를 숙이자 아주머니는 "아아. 여기 미도리 양의 돈.
이제 배웅하지 않아도 되나요? 그러면 저는 교마치에서 장이나
보지요" 하며 총총히 연립주택 골목길로 사라졌다. 쇼타가 비로
소 미도리의 소매를 끌며 "잘 어울리네. 언제 올렸어? 오늘 아침
이야? 어제야? 왜 일찍 보여 주지 않았어" 하며 원망스러운 듯 응

석을 부리자, 미도리는 풀이 죽어 무거운 입으로 "언니 방에서 오늘 아침에 묶어 줬어. 난 싫어서 견딜 수가 없었어" 하며 고개를 떨구고 주위의 눈을 부끄러워하는 것이었다.

15

괴롭고 부끄럽고 조심스러운 몸이라서 남이 칭찬하는 것도 조롱으로 들리고, 멋들어진 시마다 머리를 쳐다보는 사람들의 눈매도 자기를 경멸하는 것으로 여겨져서 미도리가 "쇼타야. 난 집에 돌아갈게" 하고 말하자 "왜 오늘은 안 놀아? 너 무슨 잔소리 들은 거야? 오마키 씨와 싸우기라도 한 거 아냐?" 하며 어린애같이 물으니 뭐라 대답해야 할지 얼굴이 붉어질 뿐이다. 함께 경단 가게 앞을 지나자 얼뜨기가 가게에서 소리를 지르고 친구들이 "좋네요" 하며 쓸데없는 말을 해서 미도리는 금방이라도 울 것 같은 얼굴을 하고 "쇼타야. 너 따라오면 안 돼" 하며 내버려 두고 혼자서 걸음을 재촉했던 것이다.

닭날에는 함께 하자고 말해 놓고 길을 꺾어서 자기 집 쪽으로 서둘러 가는 미도리에게 "너 안 올 거야? 왜 그쪽으로 돌아가는 거야. 너무하잖아" 하며 평소처럼 응석을 부리며 매달려도 떨쳐 내듯이 하고 아무 말 없이 가자, 쇼타는 왜 그러는지도 모른 채 어이가 없어서 쫓아가면서 소맷자락을 붙들고는 수상쩍어 하지만 미도리는 얼굴만 붉힐 뿐, 아무것도 아니라고 하는데 그 한마디에는 이유가 있다.

미도리가 숙소 문을 지나서 들어가자 쇼타는 평소에 자주 놀러 와서 별로 꺼릴 필요도 없는 집이라 뒤를 따라 툇마루로 살짝 올라간다. 어머니가 그것을 보고 "아, 쇼타야. 잘 와 주었구나. 오늘 아침부터 미도리가 기분이 좋지 않아서 모두 어떻게 해야 할지 곤란해 하고 있었단다. 놀아 주지 않겠니?" 하고 말하기에 쇼타가 어른스럽게 "몸이 좀 안 좋은가요?" 하며 진지하게 묻자 아니라고 하면서 어머니는 야릇한 미소를 지었다. "조금 지나면 낫겠죠. 언제나처럼 제멋대로라니까. 아마 친구하고도 싸울 거예요. 정말이지 어쩔 수 없는 아가씨라니까" 하며 뒤돌아보자 미도리는 어느새 작은방에 이불과 잠옷을 꺼내어 허리띠와 웃옷만 벗은 채 엎드려서 아무 말도 하지 않는다.

쇼타는 멈칫멈칫 베갯머리로 다가가 "미도리야. 왜 그래. 아파? 기분이 안 좋아? 도대체 왜 그래" 하며 더는 다가가지 못하고 무릎에 손을 얹은 채 마음만 괴로워하고 있는데 미도리는 전혀 대답도 하지 않고 눈을 가린 소매로 숨죽여 운 눈물을 닦는다. 아직 올리지 않은 앞머리가 젖어 있으니 이유가 있는 것은 확실하다. 어린 마음에 쇼타는 아무런 위로의 말도 하지 못하고 단지 줄곧 괴로워할 뿐이다.

"도대체 뭐가 어떻게 된 거야? 난 너를 화나게 할 일은 하지 않았는데, 왜 그렇게 화가 났어" 하며 들여다보고 어쩔 줄 몰라 하자, 미도리는 눈물을 닦고 "쇼타야. 난 화난 게 아니야" "그럼, 왜 그래?" 하고 묻지만 괴로운 일을 일일이 어떻게 이야기할 수도 없이 소심해져서 누구한테 털어놓을 수도 없다. 말을 하지 않아도 저절로 뺨이 붉어지고 딱히 뭐라 말을 할 수도 없지만 자꾸자꾸 마음이 약해지는데, 어제 미도리의 몸에는 뜻밖의 상념이 생겨나 부끄러움이 이루 말할 수도 없어서 '할 수만 있다면 어두운 방 안에서 누구와 말도 안 하고 내 얼굴을 들여다보는 사람도 없이 혼자서 멋대로 밤낮을 보내고 싶어. 언제나 항상 인형놀이나 하고 소꿉장난만 하고 있으면 얼마나 기쁠까. 아아, 싫어, 싫어. 어른이 되는 것은 싫어. 왜 이렇게 세월이 흐르는 거야. 하다못해 일곱 달, 열 달, 아니 일 년 전으로 돌아갔으면' 하고 늙은이 같은 생각을 하니, 쇼타가 여기에 있는 것도 깨닫지 못해 말을 걸어와도 모조리 묵살하고 만다.

"돌아가 줘. 쇼타야. 제발 돌아가 줘. 네가 있으면 난 죽을 거야. 말을 걸어오면 두통이 나. 말을 하면 눈이 돌아가고. 누구든 내 방에 오는 게 싫으니까, 너도 어서 돌아가" 하며 평소와는 어울리지 않게 무심하다. 쇼타는 무슨 영문인지 도대체 이해가 안 되고 연기 속에 있는 듯해서 "너 아무래도 이상해. 그런 말을 할 리가 없는데. 이상한 아이네" 하고 다소 아쉬운 생각이 들어 침착하게 말하면서도 마음이 약해 눈에는 눈물이 떠오르지만, 어떻게 미도리가 그것을 신경 쓸 수 있을까. "돌아가 줘. 돌아가 달라고. 계속 여기에 있을 거면 친구도 뭣도 아니야. 쇼타, 너 싫어" 하며 밉살스레 말을 해서, 쇼타는 "그렇다면 돌아갈게. 실례했습니다" 하고 대답하고 목욕물이 적당한지를 살피는 어머니에게는 인사도 하지 않고 벌떡 일어서서 정원으로 달려 나갔던 것이다.

16

쇼타는 곧장 달려서 인파를 빠져 나가기도 하고 들어가기도 하며 문구점으로 달려들었다. 산고로는 어느새 가게를 닫고 앞치마 주머니에 얼마간의 돈을 짤랑거리며 동생들을 데리고 다니면서 좋아하는 것은 뭐든 사라고 하는 훌륭한 형 노릇을 하며 한창 유쾌하게 놀고 있다. 그런 곳에 쇼타가 뛰어 들어왔기 때문에 "야아. 쇼타야. 지금 너를 찾고 있었는데. 난 오늘은 굉장히 많이 벌었어. 뭐 사 줄까" 하고 말하자, 쇼타는 "바보 같은 소리 하고 있네. 네 깐 녀석한테 얻어먹을 내가 아니야. 입 다물어. 건방지게 지껄이지 마" 하며 여느 때 같지 않게 거친 말을 하고는 "그럴 때가 아니야" 하며 울적해 한다. 그러자 산고로는 "뭐야. 뭔데. 싸운 거야?" 하면서 단팥빵을 먹다 말고 가슴팍에 쑤셔 넣고 "상대가 누군데. 용화사야? 초키치야? 어디서 시작되었는데? 유곽이야? 입구 앞이야? 축제 때와는 달라. 갑자기 들이닥치지만 않으면 지지 않아. 내가 선봉에 서서 흔들게. 쇼타야. 마음을 단단히 먹어야 돼" 하고 손을 불끈 쥐었기 때문에 "어휴, 성질 급한 놈. 싸움이 아니라니까" 하고 대답은 했지만 울적해진 이유까지는 말할 수 없어서 입을 다물었다.

"그래도 네가 큰일 난 듯이 달려 들어와서 난 틀림없이 싸움이라고 생각했어. 하지만 쇼타야. 오늘밤에 시작되지 않으면 이제 앞으로 싸움이 일어날 리는 없을 거야. 초키치 놈. 한쪽 팔이 없어지는걸" 하고 말하자 "왜 어째서 한쪽 팔이 없어지는데?" 하고 쇼타가 묻는다.

"너 모르는 거야? 나도 아까 아버지가 용화사의 주지 부인과 얘기하는 것을 듣고 알았는데 노부유키는 이제 얼마 있으면 승려학교에 들어간대. 승복을 입어 버리면 팔은 안 나와. 완전히 끔찍하게 치렁치렁한 소매를 걷어 붙여야 하니까 말이야. 그렇게 되면 내년부터 골목이든 큰길이든 남김없이 네 수중에 들어오는 거야" 하고 산고로가 부추기자, "그만 해. 돈 몇 푼이면 초키치 편이 될 텐데. 너 같은 건 백 명이 같은 편으로 있어도 조금도 기쁘지 않아. 붙고 싶은 편에 아무 데나 붙어. 난 남에게 의지하지 않는 진정한 힘으로 한번 용화사와 붙고 싶었는데, 다른 데로 가니 할 수 없네. 후지모토는 내년에 학교를 졸업하면 간다고 했는데, 왜 그렇게 빨라진 걸까? 어쩔 수 없는 놈이야" 하고 혀를 차지만 그런 건 전혀 상관도 없다. 미도리의 행동이 계속해서 떠올라 쇼타는 예의 노래도 나오지 않고 큰길을 오가는 분주함조차도 어쩐지 쓸쓸해서 번잡하다는 생각도 안 들고 해질녘에는 이미 문구점에 그림자도 보이지 않게 되었다.

          *   *   *

　미도리는 그날을 경계로 다시 태어난 듯한 행동거지를 보여 용무가 있을 때는 유곽의 언니한테 가지만 결코 거리에서 놀지는 않아서 친구들이 심심해하며 데리러 가면 조금 있다가 조금 있다가 하면서 거짓 약속만 끝없이 이어지고, 그토록 사이가 좋았던 쇼타마저도 소원하게 대하며 언제나 부끄러운 듯이 얼굴을 붉혀 문구점에서 춤을 추던 활발함은 두 번 다시 보기 힘들어졌다. 사람들은 이상해서 병이라도 났나 싶어 걱정하기도 했지만 어머니만은 미소를 지으며 "이제 곧 천방지축 본성을 드러낼 거예요. 이건 중간 휴식이라 할까" 하며 이유가 있는 듯이 말해, 영문을 모르는 사람들은 짐작도 못하고 여자답고 얌전해졌다고 칭찬하는 사람도 있고 모처럼 재미난 아이를 망쳐 버렸다고 아쉬워하는 사람도 있다. 큰길은 갑자기 불이 꺼진 듯이 쓸쓸해져서 쇼타의 미성을 듣는 일도 드물다. 다만 밤마다 활을 댄 초롱불이 빛나는 것을 보면 일수를 모으는 것이 확실한데, 제방을 걷는 그림자는 너무나도 추워 보여 때때로 동행하는 산고로의 목소리만이 언제든 변함없이 익살스럽게 들렸던 것이다.

　용화사의 신뇨가 종파의 수행 뜰로 들어간다는 소문을 미도리는 전혀 듣지 못했다. 예전의 고집을 그대로 봉인하고 잠시 동안 괴상한 현상으로 내 몸이 내 몸 같지도 않고 단지 무엇이든 부끄러울 뿐이었는데, 어느 서리 내린 아침에 조화로 된 수선화를 격자문 밖에서 밀어 넣은 자가 있었다. 누가 한 것인지 알 도리는 없었지만, 미도리는 왠지 그리운 마음이 들어서 계단식 선반의 꽃병에 넣어 쓸쓸하고 청초한 모습을 바라보고 있었는데, 문득 어딘가에서 들려온 것은 그 다음 날이 신뇨가 승려학교에 들어가서 소매의 색을 바꾼 바로 그날이었다는 이야기다.

탁류

1

"어머나, 기무라 님, 신 님, 들렀다 가세요. 들렀다 가시라니까요. 좀 들러 주면 좋잖아요. 또 그냥 지나쳐 후타바 가게로 가려고 그러죠. 뒤쫓아 가서 끌고 올 테니 그런 줄 아세요. 정말 목욕탕에 가는 거면 돌아가는 길에 꼭 들러 줘요. 정말이지 거짓말쟁이라서 무슨 말을 해 댈지 알 수가 없다니까" 하며 가게 앞에 서서 발가락에 나막신을 겨우 꿰신은 남자를 향해 잔소리를 하듯이 퍼부어 댄다. 단골로 보이는 남자는 화도 안 낸다. 이유를 둘러 대면서 "나중에, 나중에" 하며 지나가자 여자는 "쳇" 하고 혀를 차면서 지켜본다.

"나중은 무슨 나중. 올 생각도 없으면서. 진짜로 마누라가 생기니 어쩔 수 없군" 하고 가게 문턱을 넘으면서 혼자 중얼거렸다.

"다카(高)야, 뭘 그렇게 투덜대는 거야? 그렇게 안달복달할 것도 없어. 한번 맺은 인연은 회복하기 쉽다고 하잖아. 또 돌아올 수도 있어. 걱정 마. 주문이나 외우면서 기다리면 되는 거야" 하고 위로하듯 또 한 여자가 말했다.

"리키(力)하고 달라서 난 재주랄 게 없으니까. 한 사람이라도 놓치면 아까워. 나같이 운도 없는 것은 주문을 외우든 뭘 하든 소용없어. 아아, 오늘 밤도 손님 끄느라 문지기 신세네. 뭘 해도 요 모양이야. 짜증나게"라고 하며 여자는 가게 앞에 앉아서 아직 울화가 치미는 듯 나막신 뒤축으로 탁탁 바닥을 차고 있다. 나이는 서른 전후, 다듬어진 눈썹은 검게 그려져 있고 이마 선도 만든 것이다. 화장도 떡칠해서 입술은 금방 사람을 잡아먹은 개처럼 벌겋다.

오리키라 불리는 여자는 적당히 살이 붙은 늘씬한 몸매를 하고 있는데, 새로 감은 머리에 시마다 모양으로 머리를 크게 틀어 올리고 싱그러운 볏모 장식을 꽂고 있다.* 화장기라고는 목덜미에 칠한 백분 정도인데, 그것도 눈에 잘 띄지 않을 정도로 희고 고운 피부다. 그 하얀 살갗을 젖가슴 언저리까지 내놓고 한쪽 무릎을 세운 채 곰방대로 담배를 뻐끔뻐끔 피워 대니 몹시 버릇이 없다. 행실을 가지고 남들한테 이러쿵저러쿵 꾸중 들을 일도 없는 것이다. 유카타는 대담하게 커다란 무늬가 있고, 허리띠는 검은 공단하고 무슨 모조품으로 된 것인데, 등 언저리에 진홍색을 야단스럽게 내서 너저분하게 묶어 늘어뜨리고 있다. 한눈에 이 거리의 술집 여자라는 것을 알 수 있다.

오타카는 양은 비녀로 덴진가에시(天神がえし)* 모양으로 틀어 올린 상투 밑을 긁적거리면서 문득 생각난 듯이 "리키야, 아까 쓰던 편지 보냈어?" 하고 물었다. 오리키는 "으응" 하며 아무 생각 없는 듯 대답하고 "어차피 올 리도 없지만, 그것도 친절의 표시야" 하며 웃었다.

"그만 좀 해. 두루마리 종이에 길고 길게 적어서 우표를 두 장이나 붙여 놓고선. 그런 건 친절하다고 되는 게 아니지. 그 사람은 아카사카(赤坂)에서 오는 단골손님이잖아. 시답잖은 말다툼으로 인연이 끊어지면 어쩌려고 그래. 네가 어떻게 나오느냐에 달렸으니까, 조금은 열을 내서 붙잡아 봐. 그렇지 않으면 조만간에 벌을 받을 거야"라고 하자 "신경 써 줘서 고마워. 네 말은 잘 알아들었어. 하지만 난 도무지 그런 사람이 비위에 안 맞아. 인연이 아닌 걸로 포기해 줘" 하고 남의 일처럼 말했다.

"어이가 없네" 하면서 웃더니 "너는 그런 네 고집이 통하니까 부러워. 나 같으면 끝장이지" 하며 부채로 발밑을 부치면서 "옛날에는 꽃입니다"*라는 노랫소리에 웃어 댄다. 여자들이 큰길을 지나가는 남자들에게 "들렀다 가세요. 들러 보시라니까요" 하고 말을 건네느라 해질녘 가게 앞이 북적대기 시작했다.

가게는 두 칸짜리 이 층 건물로 처마에는 간판 제등이 걸려 있고 액막이 소금도 수북이 쌓여 있다. 빈 병인지 아닌지는 잘 모르겠지만 명주(銘酒)가 선반 위에 많이 늘어져 있다. 술집의 계산대인 양 위장하고 있는 것이다. 부엌에서는 풍로를 부치는 소리가 이따금씩 소란스럽게 들려온다. 여주인이 직접 전골이나 계란찜 같은 걸 만든다. 밖에 내건 간판에는 "요리"라고 그럴 듯하게 쓰여 있다. 그것을 곧이곧대로 믿고 배달을 부탁하러 오면 어떻게 될지. 오늘은 재료가 다 떨어졌다고 거절할지, 여자 이외의 손님만 받는다고 얼버무릴지, 어떻든지 간에 곤란한 상황이 벌어질 것 같은데도, 세상은 참으로 오묘해서 사람들은 이 가게가 뭘 하는 곳인지 잘도 알고 있다. 그러니 안주거리나 생선구이를 주문하러 오는 사람도 없다.

오리키는 이 집의 간판이다. 나이는 제일 어린데도 손님을 끌어들이는 솜씨가 능숙하다. 그렇게 애교를 떨거나 비위를 맞추는 것도 아니고 오히려 지극히 제멋대로 행동한다. 좀 용모가 빼어나다고 시건방지게 군다며 동료들한테 욕을 먹는 일도 있지만, 사귀어 보면 의외로 착한 데가 있어서 여자 동료들도 떨어지기 싫은 기분이 되고 만다. 오리키의 표정이 어딘지 뚜렷하게 보이는 것은, 그녀의 본성이 나타나 있는 탓이라고 사람들은 말한다. 마음이라는 것은 감출 수 있는 게 아니라고. 신개발지로 오는 사람들이라면 누구나 기쿠노이(菊の井) 가게의 오리키를 모르는 사람이 없다. '기쿠노이의 리키' 아니면 '리키의 기쿠노이'라고 하니, 기쿠노이로서는 근래에 드물게 굴러 들어온 복이다. '저 애 덕분에 신개발지가 밝아졌어. 가게 주인은 저 애를 신당에 올려 놓고 빌어도 된다고' 하며 주위 사람들은 부러워서 난리다.

오타카는 길거리에 사람들이 없는 틈을 타서 "오리키야, 네 일이니까 어떻게 되든 걱정하지 않지만, 나는 겐시치(源七) 씨가 마음에 걸려. 그야 뭐, 그렇게 초라해져서야 도저히 좋은 손님이라고 할 수는 없어도 서로 좋아했으니까 어쩔 수 없잖아. 나이 차가 나든 아이가 있든 말이야. 그렇지 않아? 부인이 있다고 해서 헤어져야 하는 건 아니야. 상관없으니까 불러내. 내 애인은 그쪽에서 애초에 마음이 변해서 내 얼굴을 보면 도망가는 거니까 이제 어쩔 수가 없어. 싹 잊어버리고 다른 남자를 찾고 있기는 한데, 너는 나와 다르잖아. 네가 어떻게 하느냐에 따라 지금의 부인하고 헤어지게 할 수도 있는 거잖아. 하지만 넌 자존심이 세니까 겐시치 씨 같은 사람이랑 함께 살 생각은 없지? 그렇다면 더더욱 만나는 정도는 문제도 아니야. 그러니까 편지를 써. 이제 곧 미카와야 가게에서 심부름하는 아이가 올 테니, 그 애한테 전해 달라고 해. 요조숙녀도 아니고 사양만 하고 있어도 소용없어. 너는 결심을 너무 잘해서 탈이야. 어쨌든 편지를 써 봐. 겐시치 씨가 가여워"라고 말하면서 오리키를 쳐다보니 담뱃대 청소에 여념이 없는지 고개를 숙인 채 아무 말도 하지 않는다.

이윽고 담배통을 깨끗이 닦은 오리키가 한 모금 빨고 툭 털어 내고 다시 담배를 넣어서 빨고는 오타카한테 건네주며, "조심해. 가게 앞에서 그런 말을 하면 듣기가 거북하잖아. 기쿠노이의 오리키는 공사판 인부를 정부로 가지고 있다고 오해를 사게 되면 곤란하거든. 그건 옛날의 꿈 얘기라고! 이제 완전히 잊어버렸어. '겐'도 '시치'도 생각조차 나지 않는다고. 자, 이제 그런 얘기는 그만, 그만" 하고 말하면서 일어서니 서생들 한 무리가 큰길을 지나간다.

"아아! 이시카와 씨, 무라오카 씨. 오리키의 가게를 잊으신 거예요?" 하고 불러 세우자 "역시 언제나 호탕하게 불러 주네. 그냥 지나칠 수가 없겠어" 하며 서생들이 우르르 들어온다. 갑자기 통로에 쿵쿵거리는 발소리, "아가씨, 술잔" 하고 외치는 소리, "안주는 뭐로?" 하고 답하는 소리, 샤미센 소리, 춤이 시작된 듯한 소리가 기세 좋게 들려왔다.

2

비 오는 날은 오가는 사람도 뜸해서 여자들도 할 일이 없다. 그런 날에 중절모를 쓴 삼십 대 남자가 길을 지나갔다. 저 사람이라도 잡지 않으면 이런 비에 들를 손님도 없겠다며 오리키가 쏜살같이 달려 나가 "이봐요. 들렀다 가세요. 들렀다 가시라니까요. 절대로 안 놔줄 테야!" 하고 남자의 팔을 붙들고 떼를 썼다. 이게 계기가 되어 좀 별난 손님이 기쿠노이에 들어왔던 것이다. 그날 오리키와 손님은 이 층 다타미 여섯 장의 좁은 방에서 샤미센도 없이 줄곧 이야기를 하면서 보냈다.

손님은 오리키에게 나이를 물었다. 이름도 물었다. 그러고서 부모님에 대해서 묻기 시작했다. 무사 계급 출신이냐고 물으니 오리키는 그건 말할 수 없다고 한다. 이번엔 평민이냐고 묻기에 "글쎄요" 하고 대답한다. 그렇다면 화족이냐고 손님이 웃으면서 묻자 "뭐, 그 정도라 생각해 주세요. 화족 아가씨가 손수 술을 따라 드립니다. 부디 받아 주시와요" 하며 오리키는 넘치도록 술을 따랐다.

"저런, 버릇이 없군. 상에 놓은 잔에다 술을 따르다니. 그건 오가사와라 식이냐, 아니면 무슨 식이냐?" 하고 말하자 "오리키 식이라고 해서 기쿠노이 일류의 유파예요. 다타미한테 술을 먹이는 작법도 있고, 커다란 대접 뚜껑으로 단번에 마시는 작법도 있고, 싫어하는 사람한테는 술을 따르지 않는 게 비장의 수단이지요" 하며 주눅도 들지 않고 재치 있는 대답을 하니 손님은 점점 더 흥미가 생겨 "이력을 들려다오. 분명히 엄청난 얘기가 있을 것 같은데. 그냥 평범한 집안에서 자란 것 같진 않은데, 어때?" 하고 묻자 "보시라니까요. 아직 뿔도 나지 않았고 등딱지가 별로 생기지도 않았죠" 하며 오리키는 깔깔 대며 웃는다.

"그렇게 시치미 떼면 안 돼. 사실대로 얘기 좀 해 봐라. 정체를 밝히기가 뭐하면 목적이라도 말해 봐" 하고 나무란다.

"이거 심각해졌네요. 말하면 놀라실 거예요. 천하를 노리는 반역자 오토모노 구로누시(大伴黒主)*란 저를 두고 하는 말이에요" 하며 더욱더 배꼽을 쥐고 웃는다.

"이래 가지곤 아무것도 안 되겠네. 그렇게 딴청만 부리지 말고 조금은 진실을 말해 봐. 아무리 거짓으로 다져진 매일이었다 하더라도 조금은 진실도 섞여 있을 기 아니야. 남편을 위해서 하는 서야, 그렇지 않으면 부모님을 위한 거야?" 하고 손님은 조금 진지한 표정을 지었다. 오리키는 슬퍼져서 "저도 인간이에요. 조금은 가슴에 사무치는 일도 있지 않았겠어요? 부모님은 일찍 돌아가셔서 저 혼자예요. 이런 처지지만 아내로 삼겠다고 말해 주는 분도 없진 않았죠. 하지만 아직 남편은 없어요. 어차피 출신이 안 좋은걸요.

이대로 일생이 끝나겠지요” 하고 내뱉듯이 말했다. 들떠 보이는 외모와 달리 그 말 속에는 냉엄한 절실함이 넘쳐흐르는 듯했다.

“출신이 나쁘다고 남편을 못 갖는 게 어디 있어. 특히 너 같은 미녀가 말이야. 단번에 귀한 집으로 시집갈 수도 있지 않겠어. 그렇지 않으면 사모님 취급 받는 게 비위에 맞지 않는 건가? 역시 시원스럽고 쾌활한 서민의 아내라도 되고 싶은 거야?” 하고 묻자, “글쎄, 그 정도가 뻔하겠지요. 제가 좋아하면 상대편에서 싫다고 하고, 오라고 해 주는 분 중에는 마음에 드는 사람이 없어서……. 바람기가 많다고 생각하실지 모르지만 그날그날 되는대로 살아요”라고 한다.

“아니, 그럴 리가 없어. 상대가 없긴 않겠지. 조금 전에도 가게 앞에서 누군가가 안부 전해 달라고 다른 여자한테 말하고 있던데, 뭐. 뭔가 재미있는 사연이 있지? 뭔지 좀 가르쳐 줘” 하고 말하자 “당신도 꽤나 꼬치꼬치 캐물으시는 분이네요. 네, 단골손님은 얼마든지 있어요. 편지를 주고받는 일이 우리한테는 휴지 조각을 주고받는 거나 마찬가지예요. 쓰라고 하면 사랑의 맹세든 사랑의 증서든 원하는 대로 써 줄 수 있어요. 하지만 말이에요. 저희 같은 것이 부부 약속 따위를 해 봤자 이쪽에서 깨기 전에 상대가 먼저 깨 버리죠. 어딘가에 고용된 사람이면 주인이 무서워서, 부모가 있는 사람이면 부모한테 휘둘려서, 남자들이란 하나같이 근성이 없어요. 상대가 관심을 보여 주지 않으면 이쪽에서 억지로 좇아가도 소용없어요. 그런 식이니 끝내자고 말해 오면 그걸로 끝이라니까요. 그러니 남자는 널렸어도 일생을 의지할 만한 사람은 없어요” 하고 오리키는 쓸쓸한 표정을 지었다.

“이제 그런 이야긴 그만두지요. 신나게 놀아요. 저는 우울한 게 제일 싫어요. 실컷 한바탕 떠들고 놀아요. 지치도록 말이에요” 하며 손뼉을 쳐서 동료들을 불렀다.

“리키야, 꽤나 조용하네” 하며 짙은 화장을 한 삼십 대 여자가 올라왔다.

“있잖아, 이 귀여운 손님은 이름이 뭐야?” 하면서 갑자기 물어오자 “아참, 전 아직 손님의 성함을 여쭙지도 않았네요” 하고 말한다.

“오봉이 다가오는데 거짓말하면 염라대왕한테 참배도 못 가”* 하고 여자가 웃자, “하지만 저도 당신을 오늘 처음 뵌 거잖아요. 지금 막 여쭤 보려고 하던 참이었어요”라고 한다.

“그게 무슨 소리야? 손님 성함 말예요” 하고 여자가 부추기자 “바보, 오리키가 화낼 텐데”라고 손님이 말한다. 자리가 떠들썩하게 흥이 돌아 그런 쓸데없는 농담을 주고받는 사이에 신이 난 오타카가 “손님의 직업을 맞춰 봐 드릴까요?” 하고 말한다. 맞춰 보라고 손바닥을 내밀자 “아니, 손금이 아니에요. 관상으로 볼 거예요” 하며 오타카는 침착하게 손님의 얼굴을 응시했다.

“됐어, 그만해. 그렇게 뚫어지게 보고서 지난 일을 하나하나 들춰내기 시작하면 곤란하니까. 이래봬도 난 관리라고” 하며 말한다.

“거짓말. 일요일도 아닌데 놀러 다니는 관리가 어디 있어요? 오리키, 뭐 하시는 분 같아?” 하며 묻는다.

“도깨비는 아니시다” 하고 매정하게 말하면서 맞추는 사람한테

상을 주겠다며 품에서 지갑을 꺼내자. 오리키는 웃으면서 "타카야, 무례한 말을 해선 안 돼. 이분은 말이야, 부유한 화족이셔. 지금 한창 잠행하고 다니시는 중이란 말이야. 그러니까 직업 같은 건 없어. 그런 건 하지 않아도 되는 신분이시란 말이야" 하고 말하면서 방석 위에 놓아 둔 지갑을 주워 들고 "어르신의 상대인 다카오(高尾)에게 이것을 맡겨 주시오소서!* 모두에게 용돈을 조금씩 나눠 주겠나이다" 하더니 대답도 기다리지 않고 척척 빼내는 것을 손님은 기둥에 기대어 바라보며 잔소리도 없다. 뭐든 알아서 하라고 하는 관대한 사람이다.

오타카는 어이가 없어서 "리키야, 대강 좀 해" 하고 말하지만, "뭐 어때? 이건 네가 받아 두고, 이건 언니한테. 큰돈으로 계산을 하고 남은 돈은 모두 나눠 줘도 괜찮으시대. 감사의 인사를 올리러 오라니까" 하고 뿌려 대는데, 다카오 흉내를 내며 돈을 빼내는 것은 이 유녀의 특기였기 때문에 적당히 사양하다가 "어르신, 받아도 되는지요" 하고 확실하게 다짐을 받고는 고맙다는 말이 끝나기가 무섭게 돈을 낚아채고 나갔다. 그 뒷모습을 보더니 "열아홉 살 치고는 늙어 보이네" 하며 어르신이 웃음을 터뜨렸다.

"남의 흉을 보시면 안 돼요" 하고 말하고는 오리키는 일어서서 장지문을 열고 손잡이에 기대어 두통이 나는 머리를 두드리고 있는데, "너는 어떤 거야. 돈이 갖고 싶은 게 아니야?" 하고 묻기에 "저는 따로 갖고 싶은 게 있어요. 이것만 받으면 아무것도 필요 없어요" 하며 허리띠 사이에서 손님의 명함을 꺼내서 받드는 시늉을 하자 "어느새 빼냈어? 그 대신 사진을 줘야 한다" 하고 졸라 댄다.

"다음 주 토요일에 오시면 함께 사진을 찍지요"라고 하면서 돌아가려는 손님을 그다지 잡으려 하지 않고 손님의 뒤로 가서 겉옷을 입혀 주며 "오늘은 실례가 많았습니다. 또 오세요. 기다릴게요" 하고 말한다.

"어이, 비위 맞추려 하지 마. 헛된 맹세는 싫다고" 하고 웃으면서 재빨리 계단을 내려가자, 오리키는 모자를 손에 들고 뒤에서 바싹 붙어 가면서, "진짜인지 거짓인지, 구십구일 밤을 참고 지내보면 아실 거예요. 기쿠노이의 오리키는 틀에 박힌 여자가 아니에요. 또 다른 어떤 모습으로 변할지 몰라요"라고 한다.

손님이 가신다는 소리를 듣고 오타카나 계산대의 여주인도 뛰어 나왔다.

"아까는 감사했습니다" 하고 모두 입을 모아 인사를 하고 인력거에 오르는 손님을 배웅하며 "또 오시는 날을 손꼽아 기다리겠습니다" 하고 제창한다. 이렇게 모두 상냥한 것은 아까 뿌려진 돈의 효력이다. 손님이 돌아간 뒤에도 여자들은 "리키야, 오리키 대명신(大明神)이시여!" 하며 고맙다고 한바탕 소동이 있었다.

3

손님은 유키 도모노스케(結城朝之助)로 스스로 방탕한 사람이라고 자처하지만, 때로 무심코 진지한 모습을 보인다. 정해진 직장도 처자식도 없으니 이런 곳에서 놀기에 딱 좋은 나이기도 하다. 그런 연유로 그로부터 일주일에 두세 번은 들락거리게 되었다. 오리키도 마음에 두고 있는 듯, 삼 일만 안 보여도 편지를 보낼 정도라 유녀들도 괜한 질투를 부리면서 자꾸 오리키를 놀려 대는데 "리키는 좋겠다. 남자다운 데다가 돈도 잘 쓰고, 머지않아 그분은 출세할 거야. 그러면 넌 사모님이 되는 거니까 지금부터 조금 신경 써서 남 앞에서 발을 내놓거나 술을 찻잔으로 한입에 털어 넣는 것만은 그만 둬. 품행이 나빠 보이니까" 하고 말하기도 하고 "겐시치 씨가 들으면 어쩌나. 미쳐 버릴지도 몰라" 하며 냉소하기도 한다.

"아아, 마차를 타고 데리러 올 때 보기에 안 좋으니까 우선 길부터 고쳐 줬으면 좋겠다. 하수도 덮는 널빤지가 덜커덩거리는 곳이 친정이라면 그거야말로 볼썽사나워서 차를 바싹 갖다 댈 수도 없어. 너희들도 좀 더 품행을 바르게 해. 시중드는 일이라도 할 수 있게 말이야. 명심해 둬야 해" 하고 오리키가 서슴없이 말하자, "정말이지, 얄미워 죽겠네. 그 나쁜 입버릇을 좀 고치지 않으면 사모님다워 보이지 않을 거야. 두고 보라고. 유키 씨가 오면 몽땅 일러바쳐서 혼내 주게 할 테니" 하고 말한다. 그러고는 도모노스케의 얼굴을 보자마자 "이런 얘기를 했었다니까요. 우리가 하는 말은 전혀 듣질 않아서요. 유키 씨께서 꾸짖어 주세요. 무엇보다 찻잔으로 술을 마시면 몸에 해롭잖아요" 하고 이르니 유키는 진지해져서 "오리키, 술만은 좀 적게 마셔" 하고 엄명을 내린다.

"어머나, 평소와 달리 당신답지 않네요. 오리키가 이렇게 무리해서라도 장사할 수 있는 것이 모두 술 덕택이라고 생각하지 않으세요? 저한테서 술기가 빠지면 술자리가 절간 같아질걸요. 그런 걸 좀 알아주세요" 하고 말하자, 유키는 일리가 있다고 생각하여 두 번 다시 말을 꺼내지 않았다.

어느 날 밤, 일 층에 어떤 공장 일꾼들이 사발을 두드리며 「진쿠(甚九)」 같은 민요나 「갓포레」 같은 유행가를 부르며 왁자지껄해서사 대부분의 여자늘이 모여늘었기 때문에 이 층 작은방에는 유키와 오리키 둘뿐이었다. 도모노스케는 누워서 재미 삼아 말을 걸지만 오리키는 귀찮은 듯이 건성으로 대답할 뿐 무슨 생각에 빠져 있는 모습이다.

"무슨 일이야. 또 두통이라도 시작된 거야?" 하고 묻자 "아뇨. 머리도 아무 데도 아프지 않지만 자꾸 지병이 도져서요"라고 한다.

"네 지병은 울화병인가?"

"아뇨."

"부인병이야?"

"아니에요."

"그럼 뭐야?" 하고 묻자 "절대로 말씀드릴 수 없어요" "그래도 다른 사람도 아닌 나잖아. 무슨 말을 한들 상관없잖아. 그러니까 무슨 병이야?" 하고 말하자 "병이 아니에요. 단지 이런 처지가 되어서 이런 생각을 하는 거예요" 하고 말한다.

"곤란한 사람이네. 꽤나 비밀이 있어 보이는데, 아버님은 어떤 분이셨지?" 하고 묻자 "말씀드릴 수 없어요" 하고 말한다.

"그럼 어머니는?" 하고 물으면 "그것도 마찬가지예요" "여태까지 어떻게 살아왔어?" 하고 묻자 "당신한테는 말씀드릴 수 없어요" 하고 말한다.

"흐음, 거짓말이라도 괜찮아. 설령 지어낸 얘기라도 상관없다고. 이렇게 되어 버린 불행한 신세 같은 건 대개의 여자들은 말을 해 준다고. 게다가 한두 번 만난 사이도 아니고 그 정도는 얘기해 줘도 별로 지장 없을 거야. 설령 입으로 발설하지 않아도 네가 뭔가 상념에 빠져 있다는 것 정도는 눈 먼 안마사한테 더듬어서 찾게 해도 알 수 있는 일이야. 안 들어도 알 수 있는 일이지만, 그래도 묻는 거야. 어차피 같은 얘기일 테니까, 지병이라는 것부터 우선 듣고 싶은데" 하고 말한다.

"그만하세요. 들어 보시면 대수롭지 않은 얘길걸요" 하고 오리키는 더 이상 상대를 하지 않았다.

때마침 아래층에서 술상을 날라 온 여자가 오리키한테 뭔가 귓속말로 속삭이더니 아래로 내려가라고 한다.

"싫어, 가기 싫으니까 내버려 둬. 오늘밤은 손님이 몹시 취하셨으니까 만나도 얘기를 나눌 수도 없다고 거절해 줘. 정말 못 말릴 사람이야" 하고 눈살을 찌푸리자 "너 그래도 되는 거야?" "물론 되고말고" 하고 무릎 위에서 술대를 만지작거리고 있자 여자는 이상하다는 듯한 표정으로 나간다. 그 모습을 빠짐없이 지켜본 손님이 웃으면서 "신경 쓰지 않아도 돼. 만나고 오면 되잖아. 굳이 그렇게 예의 차릴 것 없어. 어여쁜 손님을 그냥 돌려보내는 것도 심하고. 뒤쫓아 가서 만나는 게 좋아. 조금 뭐하면 이리로 불러와도 좋고. 구석에 기대서 얘기하는 걸 방해하지 않을 테니까" 하고 말했더니 "농담은 그만하기로 하고, 유키 씨 당신에게 숨겨 봤자 소용없는 일이니 말씀드리죠. 동네에서 꽤 위세가 있었던 이불 가게의 겐시치라는 사람이 있는데 오랫동안 단골손님이었어요. 지금은 옛 모습은 간데없이 몰락해서 야채 가게 뒤에 있는 조그만 집에서 날마다 달팽이처럼 틀어 박혀 있지요. 아내도 있고 아이도 있어 저 같은 것을 만나러 올 나이는 아닌데도 어찌된 인연인지 아직까지 이따금 뭐가 어쩌고 하면서, 지금도 아래층에 와 있을 거예요. 굳이 이제 와서 떨쳐 내려는 것은 아니지만, 만나게 되면 아주 귀찮은 일이 생기니 다가가지도 건드리지도 않고 돌려보내는 편이 나아요. 원망을 사는 것은 이미 각오한 상태라 귀신으로 생각하든 뱀으로 생각하든 상관없어요"라고 말하며 술대를 다타미 위에 놓고 조금 발돋움을 하며 밖을 내다보자 "어이, 그 사람이 보이는 거야?" 하고 놀린다.

"아아, 벌써 간 모양이네요"라고 하면서 멍하니 있자 "지병이란 게 그거였구나" 하고 허를 찌른다.

"네, 뭐 그렇다고 할 수 있죠. 의사도 구사쓰(草津) 온천물도 못 고친다*는……" 하며 쓸쓸히 웃고 있다.

"으음, 본인을 한번 보고 싶은데. 배우로 치면 누굴 닮았지?" 하고 묻자 "보게 되면 깜짝 놀랄걸요. 얼굴이 검고 키가 큰 부동명왕의 화신 같은 사람이죠"라고 한다.

"그럼, 마음씨가 좋은 모양이지?" 하고 묻자 "이런 가게에 재산을 탕진할 정도니, 사람 좋은 것 하나 빼고는 장점이 전혀 없어요. 재미있지도 웃기지도 않은 사람이죠" 하고 말한다.

"그런 사내에게 너는 왜 그렇게 흥분한 거지? 이건 꼭 들어 봐야겠는걸" 하고 손님이 일어나 앉았다.

"대체로 흥분을 잘하는 성격이에요. 당신에 관한 것도 요즘에는 꿈을 꾸지 않는 날이 없어요. 부인이 나오시는 꿈을 꾸기도 하고 딱 발길이 끊어진 꿈을 꾸기도 하고요. 그보다 훨씬 더 슬픈 꿈을 꿔서 베갯잇이 푹 젖은 적도 있어요. 오타카 같은 애는 밤에 잘라치면 베개에 머리를 대자마자 코 고는 소리가 시끄럽고 기분 좋게 잠든 듯 보이는 것이 얼마나 부러운지 몰라요. 저는 아무리 피곤해도 자리에 누우면 잠이 깨 버려서 정말이지 이것저것 상념에 빠지게 되지요. 당신은 제가 고민이 있을 거라고 알아주시니 고맙지만, 제가 도대체 무슨 생각을 하고 있는지 그것만은 모르실 거예요. 생각해도 소용이 없으니, 남 앞에서만은 일부러 활달하게 굴지요. 기쿠노이의 오리키는 한없이 태평스러워 걱정거리 같은 건 모를 거라고 말하는 손님도 계시죠. 정말로 인과응보라 해야 할까요. 제 신세만큼 슬픈 사람도 없을 것 같아요" 하고 눈물을 글썽이니 "드문 일이네. 어두운 얘기를 들려주다니 말이야. 위로해 주고 싶지만 자초지종을 모르니 할 수가 없어. 꿈을 꿀 정도로 날 생각하는 진실함이 있다면 부인으로 맞아 달라는 정도는 말해도 되는데 애당초 그런 말은 하지도 않는 건 왜지? 진부한 말로 하자면 옷깃만 스쳐도 인연이라는데……. 이 일이 싫으면 사양 말고 속을 털어놓으면 되잖아. 나는 너 같은 기질의 여자는 오히려 이쪽이 더 편해서 들뜬 채로 살아간다고 생각했지. 그렇다면 뭔가 이유가 있어서 어쩔 수 없이 이러고 있는 거야? 괴롭지 않다면 그 이유를 듣고 싶은데" 하고 말하자, "당신한테는 들려 드려야지 하고 전부터 생각하고 있었어요. 하지만 오늘밤은 안 돼요" "왜 안 되는데?" "그렇게 물으셔도 안 되는 건 안 돼요. 전 제멋대로라서 말씀드리지 않겠다고 생각할 땐 아무리 다그치셔도 소용없어요" 하고 말하며 갑자기 벌떡 일어서서 툇마루로 나갔다. 구름 한 점 없는 맑은 하늘의 달빛이 시원하게 내리비추는 거리에 달각달각 나막신 소리를 내며 지나가는 사람들의 그림자가 선명하다.

"유키 씨!" 하고 불러서 "무슨 일이야?" 하고 옆으로 다가서자 "잠깐 여기 좀 앉아 보세요" 하고 손을 꼭 잡는다.

"저 과일 가게에서 복숭아를 사고 있는 애가 있죠? 귀여운 네 살 정도 되는 저 애가 아까 말씀드린 사람의 아이예요. 저 어린애의 마음에도 그렇게 미워 보이는지, 저를 귀신이라고 해요. 제가 그렇게 나쁜 사람으로 보이는 걸까요?" 하며 하늘을 올려다보면서 후우 하고 한숨을 짓는데 견디기 힘들어 하는 것이 말투에도 나타났다.

4

　같은 신개발지의 변두리에 채소 가게와 이발소가 처마를 맞대고 있는 좁은 골목길. 길은 비 오는 날에 우산을 쓸 수 없을 정도로 비좁고 발밑은 곳곳에 하수구를 덮은 널빤지에 구멍이 뚫려 위험스럽기만 한데, 그 길을 사이에 두고 양쪽으로 늘어선 쪽방집들. 그중 막다른 골목의 쓰레기더미 옆에 있는 한 칸짜리 집은 현관 문지방이 썩어 있고 덧문은 항상 문짝이 맞지 않는 상태다. 그렇다고 입구가 하나만 있는 건 아니지만 행복감을 줘야 할 뒤뜰은 세 자 정도 되는 툇마루 앞 잡초가 우거진 공터다. 그 모서리에 울타리를 조금 쳐서 심은 깻잎이나 과꽃, 완두콩의 술기들이 성근 대나무에 엉겨 붙어 있는 이곳이 오리키가 연을 맺고 있는 겐시치의 집이다.

　아내는 오하쓰(お初)라고 해서 스물여덟이나 아홉쯤 먹은 것 같지만 가난에 찌들어 일곱 살은 더 먹어 보이는데, 검게 칠한 이빨도 군데군데 색이 바래 있고 멋대로 자란 눈썹이 볼품없기 짝이

없다.* 오래 입은 감색 유카타는 앞뒤를 뒤집어 입었는데 무릎 언저리는 눈에 띄지 않도록 다른 천으로 이어 붙였다. 좁은 허리띠를 단단히 매고 앉아 나막신에 등나무로 겉을 붙이는 부업을 하는데 오봉 전부터 갑자기 더위가 심해져서 땀을 많이 흘리며 눈이 빠지게 일을 하고 있다. 약간의 수고라도 덜고자 가지런히 늘어뜨린 등나무 줄기를 천장에 달아 놓고 한 개라도 많이 만드는 게 기뻐서 한눈도 팔지 않는 모습이 왠지 처량하다.

'벌써 해가 저물었는데 다키치(太吉)는 왜 돌아오지 않지. 또 이 양반은 어디로 나다니고 있는 거지' 하며 일을 정리하고 담배에 불을 붙여 한 대 피우고, 괴로운 듯 눈을 깜빡거리면서 화롯불 밑바닥을 들추어 불씨를 찾아 모깃불 화로에 옮겨 붙여 툇마루로 들고 나간다. 거기에 긁어모은 삼나무 잎사귀를 씌우고 후후 불어대자 뭉게뭉게 연기가 피어오르니 처마 끝으로 달아나는 모기 소리가 꽤나 시끄럽다. 그때 덜그럭거리며 하수도 덮개를 밟고 다키치가 돌아왔다.

"엄마, 다녀왔습니다. 아버지도 데리고 왔어요" 하고 문간에 서서 불러 댄다.

"꽤 늦었구나. 뒷산에 있는 절에 간 게 아닐까 하고 얼마나 걱정했다고. 빨리 들어오너라" 하고 말하자 다키치를 앞세운 겐시치가 기운 없이 불쑥 들어온다.

"어머, 당신도 오셨군요. 오늘 너무 더웠죠. 일찍 돌아올 것 같아 물을 좀 데워 놨어요. 땀을 싹 씻어 내리는 게 어때요? 다키치도 어서 목욕을 하거라" 하고 말하자 아이가 "네" 하고 허리띠를 푼다.

"잠깐 기다려라. 지금도 물이 따뜻한지 보고 올 테니"하고 빨래터에 대야를 놓고 솥에서 퍼낸 뜨거운 물을 붓고는 손으로 휘젓고 수건을 넣어 두며 "그럼 당신이 얘도 목욕 좀 시켜 주세요. 왜 축 처져 있으세요. 더위를 먹은 건 아니에요? 그런 게 아니라면 한 바가지 끼얹고서 산뜻하게 저녁 드세요. 다키치가 기다릴 거예요"라고 하자 "아, 그렇지"하고 생각난 듯이 허리띠를 풀고 빨래터로 내려서니 아홉 자 두 칸의 부엌에서 대야 물로 몸을 씻게 될 줄은 꿈에도 생각 못했던 예전의 자신이 불현듯 떠올랐다. 하물며 막노동판에서 보조일을 하며 짐차 뒤나 밀라고 부모님이 낳아 주신 것도 아닐 텐데. 아아, 헛된 꿈을 꾼 탓에 이런 꼴이 된 게 뼈에 사무쳐서 따뜻한 물도 사용하지 않자 "아버지, 등 좀 밀어 줘요"하고 다키치는 무심히 재촉한다.

"여보, 모기한테 물리니까 빨리 하고 나오세요"하고 아내도 주의를 환기시키자 "응, 알았어"하고 대답을 하고는 다키치도 씻기고 자기도 씻고서 방으로 올라오니 빨아서 말려 놓은 빳빳한 유카타를 내밀며 "옷을 갈아입으세요"라고 한다. 허리띠를 두르고 바람이 통하는 곳으로 가자, 아내는 누런 칠이 벗겨지고 다리도 흔들거리는 낡은 밥상에 "당신이 좋아하는 냉두부를 했어요"하며 작은 그릇에 두부를 띄우고 향이 좋은 깻잎을 곁들여서 들고 나오고 다키치도 어느새 선반에서 밥통을 내려 "영차, 영차"하며 업고 나온다.

"빡빡머리는 내 옆으로 오너라"하고 겐시치는 다키치의 머리를 쓰다듬고는 젓가락을 들었다. 마음은 뭔가를 생각하는 것도 아니지만 혀에 감각이 없고 목구멍이 부어오른 듯해서 "그만 먹겠소" 하고 밥그릇을 내려놓자 "그런 게 어디 있어요. 힘쓰는 일을 하는 사람이 하루 세 끼 밥을 못 먹으면 어쩌려고요. 몸이라도 좀 불편한 거예요? 그렇지 않으면 너무 피곤하세요?" 하고 묻는다.

"아니, 아무것도 아냐. 그냥 먹히지가 않는 것뿐이야" 하고 말하자, 아내는 슬픈 듯한 눈을 하고 "당신 다시 그 우울증이 생긴 거예요. 기쿠노이의 안주가 맛있기도 했겠지만 지금의 처지로 생각한들 무슨 소용이 있어요. 거기는 사고파는 곳이에요. 돈만 생기면 예전처럼 사랑을 받겠지요. 길을 지나가면서 봐도 알 수 있어요. 하얀 분칠에 좋은 옷을 입고, 망설이며 다가오는 남자를 누구랄 것도 없이 끌어들이는 게 그네들의 장사예요. 아아, 우리가 가난뱅이가 되니까 더는 잘해 주지 않는다고 생각하면 아무 문제 없이 해결되잖아요. 원망스럽게 생각할수록 미련이 남는 법이에요. 뒷골목에 있는 술집의 젊은이 알고 계시죠? 후타바 가게의 오카쿠(お角)한테 마음을 빼앗겨 수금한 돈을 한 푼도 안 남기고 다써 버렸는데, 그걸 메운다고 도박판에 손을 댄 것이 폐가망신하게 되어 점차 나쁜 길로 빠져들고 결국 남의 창고까지 부수고 들어갔대요. 지금 그 남자는 감옥에 들어가서 콩밥을 먹고 있는데도, 상대인 오카쿠가 아무렇지도 않은 얼굴로 재미있고 즐겁게 살아가도 헐뜯는 사람 하나 없고 영업도 멋지게 번창하고 있잖아요. 그걸 생각하면 장사하는 사람이 복이 있는 거예요. 속은 쪽이 잘못이지요. 생각해 봤자 소용없는 일이에요. 그보다는 정신을 차리고

성실히 일을 해서 얼마간의 자본금이라도 마련하도록 하세요. 지금 당신이 약해지면 저도 이 아이도 속수무책으로 길바닥에 나앉게 될 수밖에 없어요. 남자답게 과감히 단념하고 돈만 번다면 오리키뿐이겠어요. 고무라사키(小紫)든 아게마키(揚卷)든* 별장을 지어서 같이 지내도 상관없어요. 이제 그런 상념은 그만하고 기분 좋게 식사나 하시죠. 아이까지 우울해졌잖아요" 하고 말한다. 다키치를 쳐다보니 밥그릇과 젓가락을 거기에 놓고 아버지와 어머니의 얼굴을 번갈아 보면서 무슨 영문인지도 모르고 걱정을 하는 모습이다.

"이렇게 사랑스러운 아이도 있는데, 그런 너구리가 잊히지 않는 건 무슨 업보람"이라고 하자 그 말이 가슴속을 휘젓는 듯하다.

"내가 생각해도 미련을 못 버리는 놈이야" 하고 꾸짖으며 "하지만 나라고 해서 이렇게 언제까지고 어리석기만 하지는 않을 거라고. 오리키라는 이름도 꺼내지 마! 그렇게 잔소리를 하면 전에 저지른 실수가 생각나서 얼굴을 들 수 없어. 무슨, 이런 처지에 이제 와서 무슨 생각을 하겠어. 밥을 못 먹는 건 그냥 몸 상태가 안 좋아서 그런 거라고. 너무 걱정하지 마. 그러니 이 녀석이나 충분히 먹여 줘" 하고 냅다 드러누워 기슭 언저리를 닥탁 부채질한다. 모기향 연기에 가슴이 메어져 오지는 않지만 상념에 불타서 몸이 뜨거운 듯하다.

5

누군가 흰 귀신이라고 이름을 붙였다.* 어디랄 것도 없이 무간지옥 같은 광경이 보이는데, 어디에 장치가 있는지는 안 보여도 피의 연못에 거꾸로 떨어뜨리거나 빚더미의 바늘 산에 밀어 올리는 것도 능숙하다고 하는데, "들렀다 가세요"라고 하는 감미로운 목소리도 뱀을 먹는 꿩인 줄 알고 무서워졌다.*

그래도 태내에서 열 달을 보내고서 어머니의 젖가슴에 매달려 있었을 무렵에는 손뼉을 치며 어를 정도로 귀여운데, 지폐와 과자 중에 하나를 고르라고 하면 과자를 달라고 손을 내밀었을 것이기에, 지금의 직업에 진실은 없어도 백 명 중에 한 명은 마음으로 눈물을 흘리며 "내 말 좀 들어 봐요. 염색 가게 다쓰(辰) 씨 말이에요. 어제도 가와다야(川田や) 가게에서 말괄량이 오로쿠(お六)하고 장난치며 돌아다니는데, 꼴도 보기 싫은데도 길가까지 데리고 나와 장난을 치며 몸을 비벼 댄다니까요. 저렇게 떠벌리며 돌아다녀서야 맺어지기나 하겠어요? 그래 몇 살로 보여요? 재작년에 서

른 살이었으니까, 적당히 결혼해서 가정을 꾸릴 준비를 하라고 만날 때마다 충고를 하지만, 건성으로 대답만 하고 그때뿐이라 애당초 신경도 안 써요. 아버지는 나이가 많고 어머니라는 분은 눈이 나쁜 사람이라 걱정을 끼치지 않도록 빨리 행실을 바르게 하면 좋을 텐데……. 전 이래 봬도 한텐(半纏)*을 세탁하고 터진 속옷도 꿰매 보고 싶은 생각이 있어도, 다쓰 씨가 저렇게 들떠 있으니 언제 거둬 주실 지요. 그런 생각을 하면 이런 일이 싫어져서 손님을 부르는 것도 기운이 안 나요. 아아, 울적해요" 하며 평소에는 남도 속이는 입으로 남자의 박정함을 한탄하고 두통을 참으면서 시름에 빠진 유녀도 있다.

"아아, 오늘은 오봉인 십육일이네. 염라대왕님한테 참배하러 줄지어 가는 아이들이 어여쁜 옷을 입고 용돈을 받아 만면에 미소를 띠고 있는 건 틀림없이 둘 다 능력 있는 부모를 가지고 있어서겠지. 내 아들 요타로(與太郎)는 이런 명절에 주인한테서 휴가를 얻어도 어디에 가서 뭘 하며 놀든 틀림없이 남이 부러울 거야. 애비는 술주정뱅이라 여태 사는 곳도 일정하지 않고, 어미는 이런 몸이 돼서 벌건 입술에 하얗게 분칠을 한 부끄러운 모습을 하고 있으니, 설령 내가 있는 곳을 알았다 해도 그 애가 만나러 올 리가 없지. 작년에 벚꽃으로 유명한 무코지마(向島)로 부인네처럼 머리를 틀어 올리고 동료들과 함께 꽃구경 갔을 때, 제방에 있는 찻집에서 우연히 그 애와 마주쳐서 내가 말을 걸었어. 그때도 요타로는 내가 젊게 꾸민 모습에 어이없어 했어. 그러니 이런 시마다 머리에 꽃비녀 같은 걸 하늘거리며 손님을 붙들고 아양을 떨고 있는 꼴을 본다면 어린애의 마음도 애처롭겠지. 견딜 수 없을 거야. 작년에 만났을 때 '지금은 고마카타(駒形)에 있는 양초 가게에서 일하고 있어요. 저는 아무리 힘든 일이 있어도 반드시 견뎌 내고 어엿한 남자가 돼서 아버지도 어머니도 금방 편하게 모실게요. 부디 그때까지 어쨌든 몸 건강하게 혼자서 잘 살고 계세요. 남의 부인만큼은 되지 말고 있어 주세요' 하고 당부했지만 슬프게도 여자의 몸으로 성냥갑 붙이는 일을 해서는 입에 풀칠하기도 힘들었어. 그렇다고 남의 집 부엌살이 하기에도 유약한 몸이라 버텨 내기 힘드니 같은 고생을 할 거면 조금이라도 편한 쪽을 택하는 게 나을 것 같아 이런 일을 하며 세월을 보내고 있는 거야. 이런 일이 좋아서 하는 것도 아닌데, 약속도 안 지키는 어미라고 그 애는 틀림없이 경멸할 거야. 평소에는 아무렇지도 않은 시마다 머리가 오늘만큼은 창피해" 하며 저녁녘의 거울 앞에서 눈물을 글썽이는 유녀도 있다.

기쿠노이의 오리키도 악마가 환생한 것일 리는 없다. 어떤 사정이 있어서 이런 곳에 흘러 들어와서 거짓뿐인 농담으로 하루하루를 보내면서도 인정이라고는 요시노(吉野) 산 닥나무 종이만큼이나 얇고 반딧불이가 반짝하고 빛나는 만큼 한순간이다. 인간다운 눈물은 백 년이나 참으면서 나 때문에 죽은 사람이 있어도 '어머나, 그것 참 안됐네요' 하면서 봐도 못 본 척 외면하는 괴로움. 어떤 일에도 동요하지 않는 것도 몸에 익혔을 것이다. 그런데도 가끔은 슬프고 두려운 일이 가슴에 맺혀서 울고 싶으면 남의 눈을 꺼려 이 층 객실의 도코노마에 몸을 던지고 소리 없이 흐느끼는 눈물, 이것을 동료들한테 들키지 않으려고 그저 숨기고 있으니 고집이 세고 강한 여자라고 하는 사람은 있어도 건드리기만 해도 툭 끊어지는 거미줄같이 덧없는 구석이 있음을 아는 사람은 없었다.

칠월 십육일 밤은 어느 가게나 손님이 넘쳐서 「도도이쓰」나 「하우타」 같은 유행가*가 샤미센 소리와 함께 여기저기서 울려 퍼진다. 기쿠노이의 아래층 연회석에는 상점에서 고용살이하는 사람들 대여섯이 모여서 가락도 맞지 않는 「기노쿠니」*나 천하고 둔탁한 목소리로 "안개 낀 에몬 고개(衣紋坂)"* 하며 제멋대로 불러 대면서 뽐내는 사람도 있다.

"오리키는 뭐 하는 거냐? 항상 하던 것 좀 해 봐. 빨리 빨리" 하고 조르자 "이름은 댈 수 없지만 이 자리에 목숨을 바치고픈 분이 계세요"* 하고 항상 부르던 것을 불러 흥분시키자 손님들은 더욱 들떴다. 이어서 "내 사랑은 호소타니 강(細谷川) 통나무 외다리. 건너긴 무섭지만 건너야 하네"* 하며 노래를 시작했지만 문득 뭔가 생각난 듯 "저 잠깐 실례 좀 하겠어요. 죄송해요" 하고는 샤미센을 두고 일어섰다.

"아니, 어딜 가는 거야? 도망가면 안 돼" 하고 자리가 들썩이자 "데루 씨, 나카 씨, 잠시 부탁해요. 곧 돌아올 테니" 하고 재빨리 복도로 달려 나가더니 가게 입구에서 나막신을 신고 뒤도 돌아보지 않고 반대편 옆 동네의 어둠 속으로 사라졌다.

오리키는 쏜살같이 집을 나가 '갈 수만 있다면 이대로 중국이나 인도의 끝까지 가고 싶어. 아아, 정말 싫어. 싫어. 싫어. 어떻게 하면 사람들 소리가 들리지 않고 아무 소리도 나지 않아 조용하고,

자기 마음이든 뭐든 그저 멍하니 상념도 없는 곳으로 갈 수 있을까. 한심하고 시시하고 재미없고 슬프고 외롭고 울적한 그런 곳에 난 언제까지 머물러 있어야 하는 걸까. 이게 내 일생인가. 내 일생이 이것인가. 아아, 싫어. 싫어' 하며 길가의 가로수에 기대어 잠시 거기에 멈춰 서 있으니 '건너긴 무섭지만 건너야 하네' 하고 자기가 불렀던 노랫소리가 그대로 어딘지도 모르게 울려 퍼졌다.

'어쩔 수 없어. 나도 통나무 외다리를 건너지 않으면 안 되는 거야. 아버지도 헛디뎌 떨어져 버리셨고 할아버지도 그랬다고 하잖아. 어차피 몇 대에 걸친 한을 업고 나온 나니까, 할 수 있는 것을 다 하지 못하면 죽어도 죽을 수 없을 거야. 한심하다고 해 봤자 가엾게 생각해 주는 사람도 없어. 슬프다고 말하면 이 일이 싫은 거냐고 한마디로 입을 막아 버리니까. 이젠 될 대로 돼라. 될 대로 돼. 더 이상 고민해 봤자 내 신세가 앞으로 어떻게 될지 알 수 없으니 모르는 대로 기쿠노이의 오리키로 그냥 살아가지, 뭐. 인정도 모르고 의리도 모른다느니 하는 그런 생각도 하지 말아야지. 생각해 봤자 뭐가 달라지겠어. 이런 처지에 이런 직업에 이런 운명으로 뭘 하든 보통 사람과 같을 수 없으니 평범한 생각을 하려고 애쓰는 것부터가 틀렸어. 아아, 우울해. 어쩌자고 이런 곳에 서 있는 건지. 뭐 하러 이런 곳에 나왔는지 한심하고 미친 것 같아. 나 스스로도 알 수가 없어. 이제 돌아가야지. 돌아가자' 하며 옆동네의 어둠에서 벗어나서 상점이 즐비한 야시장을 터벅터벅 걸으며 생각을 돌리려 하지만, 오가는 사람들의 얼굴이 아주 작아보이고 스쳐 지나는 이의 얼굴은 아주 멀리 보이는 것 같으니 내가 밟고 있는 땅만 한 길이나 위로 쑥 올라와 있는 기분이었다. 사람들이 웅성거리는 소리는 우물 밑에 뭔가 빠뜨린 듯한 울림으로 들려서 남의 소리는 남의 소리로, 내 생각은 내 생각으로 따로따로 나뉜 채로 어떤 것도 마음을 되돌릴 수 있는 것이 없다. 어느 집 앞에 사람들이 몰려들어 부부싸움을 한창 지켜보고 있는데, 그 집 앞을 지나쳐도 나만이 넓은 들판에서 낙엽을 밟으며 걷는 느낌이다. 마음에 남는 것도 없고 신경 쓰이는 풍경도 보이지 않는다. 그럼에도 스스로 몹시 흥분해서 살아 있는 느낌도 없이 불안하니 이대로 미쳐 버리는 게 아닐까 하고 멈춰 선 순간, "오리키야, 어디 가는 거야" 하며 어깨를 치는 사람이 있었다.

6

"십육일에는 꼭 기다릴게요. 와 주세요" 하고 말한 것을 이제까지 까맣게 잊고 있다가 생각지도 않은 유키 도모노스케를 우연히 만나 깜짝 놀란 얼굴이 평소와 달리 당혹스러워 보이는 것이 우스꽝스러워서 남자가 껄껄 웃자, 조금 부끄러운 듯 "뭘 좀 생각하면서 걷고 있는데 갑자기 만나서 당황해 버렸어요. 오늘밤에도 와 주셨네요" 하고 말하자 "그토록 약속을 해 놓고 기다리지도 않다니. 너무하는 것 아냐?" 하고 꾸짖는다.

"무슨 말이든 다 하세요. 변명은 나중에 할 테니" 하고 손을 잡아끌자 "이것 봐. 쳐다보는 사람이 많으니까 그러지 마" "맘대로 지껄이라고 내버려 둬요. 우린 우리니까" 하며 사람들 사이를 헤치고 데려간다.

아래층에서는 여전히 손님들이 심하게 소란을 피우며 오리키가 중간에 빠져나간 것에 화가 나서 실컷 떠들어 대고 있었는데, 마침 가게 입구에서 "어라, 돌아왔구나" 하는 소리가 들리자 "손님을 놔두고 중간에 없어지는 법이 어디 있어. 돌아온 거면 이쪽으로 와야지. 얼굴을 내밀지 않으면 가만두지 않을 거야" 하며 위세를 부리는 것을 들은 척도 안 하고 이 층 방으로 유키를 데리고 올라가면서 "오늘밤도 두통이 나서 술상대가 되어 드리진 못하겠어요. 많은 분들 사이에 있으면 술 향에 취해 정신을 잃을지도 모르니까, 조금 쉰 후면 몰라도 지금은 죄송하지만 쉴게요" 하고 양해를 구한다.

"그래도 되는 거야? 화내지 않을까? 시끄러워지면 귀찮은 일이 생길 텐데" 하고 유키가 주의를 환기시켜도 "괜찮아요. 장사치 풋내기들이 무얼 할 수 있겠어요. 화낼 테면 내라지요" 하며 시중드는 애한테 술상을 차리게 하더니 술이 오는 것도 못 기다리고 "유키 씨, 오늘밤은 저한테 조금 좋지 않은 일이 있어서 평소와는 기분이 다르니까 그런 줄 아시고 곁에 있어 주세요. 술도 실컷 마실테니 말리지 마시고요. 술 취하면 보살펴 줘야 해요"라고 한다.

"네가 취한 걸 아직 본 적이 없는데. 마음이 풀릴 때까지 마시는 건 좋다만, 다시 두통이 시작되는 건 아닐까? 도대체 뭐가 그렇게도 화나시게 했을까? 나한테 말해 봤자 소용없는 일이야?" 하고 묻기에 "아니요, 당신께는 말씀드리고 싶어요. 취하면 말씀드릴테니까 놀라지는 마세요" 하고 빙긋 웃으며 커다란 찻잔을 가져오게 하더니 두세 잔을 순식간에 마셔 버렸다.

평소에는 그다지 마음에도 없었던 유키의 풍채가 오늘밤은 어쩐지 이전과는 달리 보였다. 넓은 어깨와 너무나도 큰 키 그리고 차분하게 이야기하는 여유로운 말투, 날카로운 눈매가 사람을 쏘는 듯한 것도 위엄이 묻어 있는 것 같아 기쁘고, 짙은 머리카락을 짧게 깎아 올려 목덜미 선이 뚜렷이 보이는 것도 이제 와서 눈이 간다.

"뭘 그렇게 보는 거야?" 하고 묻자 "당신의 얼굴을 보고 있는 거예요" 하고 말한다.

"요런, 이것 봐라" 하며 매섭게 노려보자 "아이 무서워라. 이분" 하며 웃는다.

"농담이 아니고 오늘 밤은 행동이 심상치 않아. 물어보면 화낼지도 모르겠지만 무슨 일 있었나?" 하고 묻는다.

"아뇨, 무슨 갑작스러운 일이 있겠어요. 사람들과 옥신각신하는 일이야 있었지만 그건 늘 있는 일이라 신경도 안 쓰니까 무슨 고민이 되겠어요. 제가 가끔 변덕이 나는 것은 남의 탓이 아니고 제 마음이 한심스러운 탓이에요. 저는 이렇게 천한 팔자인데, 당신은 훌륭한 분이잖아요. 제 생각과 다르시더라도 이해해 주실지 어떨지 그것까지는 모르겠지만, 설령 비웃음거리가 돼도 저는 당신이 웃어 주기를 바라요. 오늘은 죄다 말할 테니까요. 무슨 얘기부터 할까. 가슴이 벅차서 입이 떨어지질 않네요" 하며 또다시 커다란 찻잔으로 무섭게 마셔 댄다.

"우선 제가 타락한 여자라는 걸 이해해 주세요. 애초에 양갓집 규수가 아니니까 어렴풋이 눈치채고 계셨겠지만, 얌전하게 말을 하면 여기 사람들이 진흙 속에 핀 연꽃이라는 둥 놀려 대니 나쁜 물이 들지 않으면 장사가 잘 되기는커녕 보러 오는 이조차 없지요. 당신은 좀 다르지만, 제게 오는 손님들은 모두 그렇게 생각하세요. 그래도 가끔은 보통 사람들처럼 이런 일을 하는 게 부끄럽기도 하고 괴롭기도 하고 한심하기도 해요. 아홉 자 두 칸의 집이라도 한 남자와 살아 볼까 생각한 적도 있지만 그게 저한테는 어렵더라고요. 그렇다고 해서 오는 손님들한테 무뚝뚝하게 대하기도 힘드니까 귀엽다느니 그립다느니 첫눈에 반했다느니 하며 말도 안 되는 발림말을 하지 않으면 안 됩니다. 그 중에는 그걸 진짜로 알고 나 같은 때 묻은 여자를 아내로 삼고 싶다고 말하는 사람도 있지요. 아내로 맞아 주면 기쁠지, 같이 사는 게 좋을지 그것을 저는 알 수가 없어요. 본래 저는 처음부터 당신이 너무 너무 좋아서 하루라도 안 보면 보고 싶을 정도였지만, 그런 당신이 저를 아내로 맞고 싶다고 하신다면 어쩔지 모르겠어요. 아내가 되는 건 싫지만 떨어져 있으면 그리운, 한마디로 말해서 바람둥이죠. 아아, 누가 저를 이런 바람둥이로 만들었다고 생각하세요? 저까지 삼대에 걸친 재수 없는 집안 내력이죠. 저의 아버지의 일생도 서러운 것이었어요" 하며 글썽인다.

"그 아버지는?" 하고 물어오자 "아버지는 장인, 할아버지는 한학을 공부한 사람이셨어요. 요컨대 저 같은 미치광이여서 할아버지는 세상에 아무 도움도 안 되는 서술을 했기 때문에 관청으로부터 출판금지 처분을 받았다고 하더군요. 그리고 그것이 풀리지 않자 단식하다 돌아가셨대요. 열여섯 살부터 뜻한 바가 있어 태생이 천한 몸이었음에도 불구하고 일심으로 수행을 닦았으나 예순이 넘도록 아무것도 이루지 못하고 결국에는 비웃음거리가 되어, 지금은 이름조차 아는 사람이 없다고 아버지가 늘 한탄했던 것을 어릴 적부터 들어서 알고 있어요. 제 아버지라는 사람은 세 살 때 툇마루에서 떨어져 한쪽 다리를 절룩거리게 되었어요. 그래서 사람들과 어울리는 것이 싫어서 집에서 금속 장식품을 만들었는데 자존심이 강하고 호감이 가는 사람이 아니었기에 돌봐 주는 이도 하나 없었지요.

아아, 제 기억에 일곱 살 겨울에 있었던 일이에요. 한겨울에 가족 셋이서 낡은 유카타를 입고 있었지요. 아버지는 추위도 못 느끼는지 기둥에 기대어 열심히 장식 일만 하고 있고, 어머니는 빈 아궁이에 깨진 솥을 놓고 저에게 쌀을 사오라고 했어요. 저는 된장 거르는 소쿠리를 들고 몇 푼 되지도 않는 돈을 한 손에 쥐고 쌀집 문까지 즐겁게 달려갔어요. 하지만 돌아가는 길에 추위가 몸에 사무쳐 손도 발도 곱아져서 대여섯 채 떨어진 하수구 덮개 위 얼음에 미끄러져 발로 버틸 만한 곳도 없이 넘어지는 바람에 손에 든 것을 떨어뜨려 쌀이 이가 빠진 하수구 덮개 틈으로 줄줄 흘러 들어가고 말았어요. 아래는 더러운 물이 흐르는 시궁창 흙이에요. 몇 번이나 들여다보았지만 그것을 어떻게 주울 수 있겠어요. 그때 저는 일곱 살이었는데 집안의 분위기나 부모님의 마음도 잘 알고 있어 '쌀은 도중에 쏟았습니다' 하고 빈 소쿠리를 들고 집으로 돌아갈 수는 없었어요. 서서 잠시 울고 있었지만, 왜 그러느냐고 묻는 사람도 없었지요. 물었다 하더라도 쌀을 다시 사 줄 사람은 없었을 거예요. 그때 근처에 강이나 연못이 있었더라면 저는 틀림없이 몸을 던져 버렸을 거예요.

말로는 그때 그 기분을 백분의 일도 전하지 못한 것 같아요. 저는 그 무렵부터 이상해졌던 거예요. 귀가가 너무 늦자 걱정이 된 어머니가 나오셨기에 겨우 집에 돌아가기는 했지만, 어머니도 아무 말도 하지 않았고 아버지도 침묵한 채로 누구 하나 저를 야단치지 않았고 집 안은 쥐 죽은 듯 고요한 가운데 가끔 한숨소리만 흘렀어요. 저는 몸이 잘리는 것보다 한심스러웠는데, 오늘 하루는 단식을 하자고 아버지가 한마디 꺼낼 때까지는 숨 쉬는 것도 참을 정도였어요."

도중에 얘기를 끊고 오리키는 흘러넘치는 눈물을 참을 길이 없어 붉은 손수건을 얼굴에 대면서 그 끝을 입으로 깨물고는 아무 말도 하지 않았다. 그렇게 삼십 분 정도가 지났다. 자리에서는 아무런 소리도 나지 않고 술 냄새에 끌려 날아오는 모기 소리만 시끄럽게 들렸다.

얼굴을 들었을 때 뺨에 눈물자국은 보이지 않았지만, 어딘가 쓸쓸해 보이는 미소마저 띠었다.

"저는 그토록 가난한 집안의 딸이고, 광기는 유전이라 가끔 일어나는 일이니 할 수 없죠. 오늘밤도 이렇게 뭔지 모를 얘기만 해서 틀림없이 당신에게 폐를 끼쳤을 거예요. 이제 얘긴 그만할래요. 기분을 상하게 해 드렸다면 죄송합니다. 누군가를 불러 분위기 좀 바꿀까요?"하고 묻자 "아니, 신경 쓰지 않아도 괜찮아. 아버지가 빨리 돌아가셨어?" "네. 어머니가 폐결핵으로 가시고 나서 일 년도 채 안 돼서 뒤따라 가셨어요. 지금 살아 계셨어도 아직 오십이에요. 부모라서 그런 게 아니라 세공에 관해서는 명인이라고 해도 손색이 없는 사람이었죠. 하지만 아무리 능숙한 명인이어도 우리 집안 같은 데서 태어나면 아무것도 될 수 없는 거예요. 제 신세도 뻔하지요"라며 생각에 잠긴 모습이다.

"넌 출세하길 원하는군" 하고 갑자기 도모노스케가 말하자 "네에?" 하며 깜짝 놀란 듯이 보였지만 이내 "저 같은 신세에 희망을 품어 봤자 된장 소쿠리가 제격이지요. 무슨 꽃가마 같은 건 바라지도 않아요" 하고 말한다.

"거짓말을 하더라도 상대를 가려서 해야지. 처음부터 뭐든 알고 있었으니까. 이제 와서 숨기는 건 촌스럽잖아. 하면 돼. 과감하게 해 보는 거야" 하고 말하자 "그런 부추기는 말은 그만두세요. 어차피 이런 신세인데……" 하며 풀이 죽어 더 이상 말을 하지 않았다.

"밤이 꽤 깊어졌나. 아래층 손님들은 어느새 다 돌아가고 덧문 닫는 소리가 나네" 하고 말하자 도모노스케는 놀라서 돌아갈 채비를 했다. 오리키가 하룻밤 묵고 가라고 애원하면서 어느새 신발을 감추게 하자 "발이 묶여 유령도 아닌 몸이 문틈으로 빠져나갈 수도 없으니……" 하며 여기서 묵기로 했다. 덧문을 닫는 소리가 한바탕 분주한 후에는 그 문틈으로 새어 나오는 불빛도 꺼지고 단지 처마 밑을 오가는 야행 순사의 구두 소리만이 높이 울려 퍼졌다.

7

생각해 봤자 이제 와서 어떻게 되겠는가. 잊어버리자, 단념하자고 몇 번이나 결심했지만, 작년 오봉에 둘이서 같은 유카타를 맞춰 입고 구라마에(藏前)로 참배한 일이 저도 몰래 가슴에 떠올라 오봉이 되고서는 일을 나가고 싶은 기력도 없어졌다.

"당신 그러시면 안 돼요" 하고 꾸짖는 아내의 말도 귀에 따갑기만 해서 "에이, 아무 말 하지 마. 입 다물고 있어" 하고 드러눕지만, "입 다물고 있으면 오늘을 살 수가 없어요. 몸이 안 좋으면 약이라도 먹든가요. 병원에 가더라도 할 수 없지만, 당신 병은 그게 아니니 마음만 나잡으먼 어니가 나쁜 곳이 있겠어요. 이제 정신 좀 차리고 일을 제대로 해 봐요" 하고 말한다.

"허구한 날 똑같은 말을 하니 귀에 딱지가 앉아서 안정이 안 돼. 술이나 사 와. 기분 좀 바꾸게 마셔 보자" 하고 말한다.

"여보, 술을 살 수 있을 형편이라면 굳이 싫다고 하시는데 일하러 나가라고 부탁하지도 않아요. 내가 하는 부업도 아침부터 밤까지 겨우 십오 센이 고작이에요. 세 식구 입에 풀칠도 제대로 못하는데 술을 사 오라니, 당신은 어쩜 잘도 고집불통이 되셨군요. 오봉이라는데 어저께도 아이에게 찹쌀 경단 하나 먹이지 못했어요. 불단에도 아무것도 올리지 못했으니 등불 하나로 조상님들께 사죄하도록 만든 게 누구 탓이라고 생각하세요. 당신이 너무나 바보같이 오리키 같은 년한테 걸려들어 생긴 일이잖아요. 이렇게 말하면 뭐하지만 당신은 불효자에다가 무책임한 아버지예요. 저 아이의 장래를 좀 생각해서 인간이 되세요. 술을 마시고 기분이 풀어지는 건 잠시뿐이고, 진정으로 마음을 다시 먹지 않으면 너무나 힘들어요" 하고 부인이 울부짖는다. 대답도 없이 이따금 한숨만 크게 내쉬며 꼼짝도 않고 드러누운 마음은 또 얼마나 괴로울까.

'그 신세가 되었는데도 아직 오리키를 못 잊다니. 십 년을 자기와 살며 아이까지 낳은 나한테는 이루 다 말할 수 없는 고생을 시키고 아이한테는 누더기를 물려주고, 집구석이라고 해 봐야 다타미 여섯 장 깔린 개집 같은 방 하나라 세상 사람들한테 무시당하고 따돌림을 받는 거야. 봄가을의 피안회(彼岸會)*가 돌아와 떡이라며 돌릴 때도 '겐시치네 집은 주지 않는 게 나아. 답례도 할 수 없으니 가엾다'고 하는데 친절한 건지는 몰라도 이 빈민굴에서도 한 집은 따돌림을 당하는 거지. 남자는 밖으로 나가니까 조금은 마음이 덜 쓰이겠지만, 여자의 마음은 견딜 수 없이 서글퍼서 저도 몰래 어깨가 움츠러들어 아침저녁 인사도 사람들의 눈치를 살피니 한심스러운 생각이 들어. 그런데 이 양반은 그런 건 안중에도 없고 애인한테만 빠져 있으니. 무정한 사람의 마음속이 그다지도 그리운지, 대낮에도 그 여자 이름을 부르며 잠꼬대하잖아. 마누라도 자식도 몽땅 잊어버리고 오리키 하나한테 목숨까지 바칠 셈인가. 정말 한심하고 분하고 괴로운 사람이야 하고 생각하지만 좀체 말은 못하고 한스러운 눈물만이 눈에 고였다.

아무 말도 하지 않으니 좁은 집 안도 어쩐지 쓸쓸해서 어두워지는 하늘이 불안하기만 한데, 뒷골목에 있는 집은 더더욱 어두컴컴하다. 불을 켜고 모기장을 치며 오하쓰가 힘없이 문밖을 내다보자 부랴부랴 돌아오는 다키치의 모습이 보인다. 뭔가 커다란 봉지를 양손으로 안고 "엄마, 엄마. 이런 걸 받아 왔어" 하며 싱긋 웃으며 뛰어 들어온다. 들여다보니 신개발지의 히노데야 가게에서 파는 카스텔라다.

"아니, 이렇게 좋은 걸 누가 줬니? 그래, 고맙다는 인사는 잘하고?" 하며 묻자 "응, 인사 잘하고 받아 왔어. 이건 기쿠노이의 귀신 누나가 준 거야" 하고 말한다. 어머니는 안색을 바꾸고 "낯도 두꺼운 년이 이토록 깊은 늪에 빠뜨려 놓은 것도 모자라 더 괴롭히겠다는 거야? 어린애를 이용해서 아버지의 마음을 움직이려 하다니! 그래, 뭐라고 하며 주더냐?" 하고 말하자 "번잡한 큰길에서 놀고 있는데, 어느 아저씨하고 함께 와서 과자 사 줄 테니 따라오라고 했어. 난 필요 없다고 말했는데 안고 가서 사 줬어. 먹으면 안 되는 거야?" 하고 어머니의 마음을 헤아리기가 어려워 얼굴을 들여다보며 주저한다.

"아아, 아무리 어리다 해도 어쩜 그렇게 뭘 모를 수가 있니? 그 누나는 귀신이잖아. 아버지를 게으름뱅이로 만든 귀신이잖아. 네

옷이 없어진 것도, 네가 살던 집이 없어진 것도 모두 그 귀신 년이 한 짓이라고. 물어뜯어도 시원치 않은 악마한테 과자를 받다니, 먹어도 괜찮으냐고 묻는 것만으로도 한심스럽구나. 더럽고 부정한 이따위 과자는 집에 두는 것도 화가 난다. 버리거라! 버리자꾸나. 너는 아까워서 못 버리겠지? 바보 같은 놈" 하고 욕을 퍼부으며 봉지를 잡아채서 뒤쪽 공터로 던져 버리자 종이가 찢어져 굴러나온 과자가 성근 대나무 담을 넘어 도랑 속으로 빠지기도 했다. 겐시치가 벌떡 일어나 "오하쓰!" 하며 큰 소리로 한마디 하자 "왜 그러세요?" 하고 흘겨보기만 하고 뒤도 돌아보지 않으니 옆모습을 쏘아보면서 "나를 더 이상 우습게 만들지 마. 잠자코 있으니까 물불을 안 가리고 악담을 해 대는데, 도대체 왜 그래? 아는 사람이라면 어린애한테 과자 정도는 사 줄 수도 있는 건데, 받은 게 뭐가 나빠? 바보 같은 놈이라고 욕을 한 건 다키치를 핑계 삼아 나한테 분풀이를 한 거지? 어린애한테 아버지를 헐뜯는 여편네 근성을 누가 가르친 거야? 오리키가 귀신이면 너는 마왕*이야. 술집 여자가 손님을 속이는 것이야 다 아는 사실이니 그런가 보다 하지만 아녀자가 남편한테 대들다니 그냥 넘어갈 줄 알아? 막일을 하든 인력거를 끌든 남편은 남편으로서의 권위가 있는 거야. 정나미 떨어진 년을 집에 둘 수는 없어. 어디로든 없어지란 말이야! 나가라고! 재미도 없는 년!" 하며 고함을 친다.

"그런 말도 안 되는 소리 하지 말아요. 너무하는군요. 뭐 하러 일부러 당신 들으라고 그런 말을 하겠어요. 아이가 너무 뭘 모르고 있고, 오리키의 처신이 너무 얄미워 그만 저도 모르게 나온 말을 트집 잡아서 나가라고까지 하다니 너무해요. 이 집안을 생각해서 마음에 들지 않는 말도 하는 거라고요. 나갈 생각이라면 이렇게 가난한 집에서 고생을 참고 견디진 않을 거예요" 하며 운다.

"가난한 집이 싫으면 마음대로 어디든 가면 되는 거야. 네가 없다고 해서 거지가 되는 것도 아니고 다키치가 안 크는 것도 아니야. 자나 깨나 입만 열면 내 험담을 늘어놓거나 오리키에 대한 질투뿐이니, 진절머리가 날 정도로 들어서 나도 이제 질렸어. 네가 나가지 않으면 아까울 것 하나 없는 아홉 자 두 칸 집에서 내가 아이를 데리고 나가 주지. 그러면 충분히 고래고래 소리치기에도 좋잖아. 네가 나갈래, 내가 나갈까?" 하고 심하게 퍼부어 대니 "당신은 그럼 정말 나와 이혼할 마음인가요?" "물론이지" 하고 말하는 겐시치는 평소의 그가 아니었다.

오하쓰는 분하고 슬프고 한심스러워서 아무 말도 할 수 없을 정도로 솟구치는 눈물을 참으며 "제가 잘못했어요. 용서해 주세요. 오리키가 친절하게 호의를 베풀어 준 것을 저버린 제가 거듭 잘못했어요. 오리키를 귀신이라고 하면 저는 정말이지 마왕이에요. 이제 더 이상 아무 말도 하지 않을게요. 오리키에 대한 말은 앞으로 절대로 하지 않을게요. 몰래 험담도 하지 않을 테니 이혼만은 참아 주세요. 새삼스럽게 말씀드릴 것까지도 없지만, 저는 부모형제도 없이 큰아버지를 수양부모로 여겨 온 몸이라 이혼을 하면 갈 곳이 없어요. 제발 용서해 주세요. 제가 밉더라도 이 애를 봐서라도 있게 해 주세요. 잘못했어요" 하며 손을 바닥에 대고 울부짖지만 "싫어. 절대 그럴 수 없어!" 하고 딱 잘라 말한 겐시치는 아무 말도 하지 않고 벽을 보고 앉아 오하쓰가 하는 말은 들으려 하지도 않았다.

'이토록 무자비한 사람이 아니었는데……' 하며 아내는 어이가 없어서 '여자한테 혼을 빼앗기면 이다지도 한심스러워지는 것인가. 아내를 울리는 것은 말할 필요도 없고 결국에는 가엾은 자식마저 굶겨 죽일 수 있을지도 모르는 사람이야. 지금은 빌었다고 해서 들어줄 사람도 아니야' 하며 각오하고 "다키치, 다키치" 하고 아이를 곁으로 불러 "너는 아버지와 어머니 중 어느 쪽이 좋으냐. 말해 봐" 하고 말하자 "나는 아버지가 싫어, 아무것도 안 사줘" 하고 솔직히 말한다.

"그렇다면 엄마가 가는 곳이라면 어디든 함께 갈 생각이지?"

"응, 가고말고" 하며 아무렇지도 않은 듯하다.

"당신, 들었죠? 다키치는 나를 따라가겠다고 하는 걸. 사내아이라 당신도 같이 있고 싶겠지만 이 애를 당신한테 맡겨 둘 수는 없어요. 어디든 내가 데리고 갈 거예요. 됐지요?" 하고 말하자 "맘대로 해. 애고 뭐고 다 필요 없어. 데리고 가고 싶으면 어디든 데리고 가. 집도 가구도 아무것도 필요치 않으니, 뭐든 맘대로 해!" 하고 드러누운 채 쳐다보려고 하지도 않는다.

"무슨, 집도 가구도 없는 주제에, 맘대로 할 것도 없어요. 이제부터 홀몸이니 뭐든 마음대로 하시면 되겠네요. 나중에 아무리 아이를 보고 싶어 해도 돌려줄 수 없어요. 절대로 돌려주지 않을 거예요" 하고 단호하게 말한 뒤 서랍을 뒤져서 작은 보자기 하나를 꺼내더니 "아이 잠옷 한 벌, 배덮개와 허리띠만 가지고 갈게요. 술에 취해서 한 말도 아니니 깨고 나서 다시 생각할 일도 없겠지만 잘 생각해 보세요. 아무리 가진 게 없어도 부모가 함께 키우는 아이는 부자 인생이라고 하잖아요. 헤어지면 홀어미 슬하에서 자라게 돼요. 뭐니 뭐니 해도 가여운 건 이 아이라는 생각이 안 드세요? 아아, 속이 썩어 빠진 사람은 아이가 귀여운지도 모르겠지요. 이제 헤어집시다" 하고 보따리를 들고 밖으로 나가자 겐시치는 "빨리 나가. 빨리!" 하고 내뱉고는 돌아오라는 말도 하지 않았다.

8

오봉이 지나고 며칠 후, 아직 연등회에서 쓰던 초롱불빛이 옅게 남아 있어 쓸쓸할 무렵에 신개발지를 떠나는 관 두 개가 있다. 하나는 수레로 다른 하나는 사람들이 어깨에 이고 기쿠노이 뒷문에서 아무도 모르게 빠져나갔다. 큰길에서 구경하는 사람들이 소곤거리며 하는 얘기를 들어보니 "저 여자는 참 운도 없지. 시시한 사내한테 재수 없게 걸려들어 불쌍한 일을 당했어"라고 하는 이가 있는가 하면, "아냐, 서로 마음이 통해서 그런 거라고 하던데. 그날 저녁 해질 무렵, 절 뒷산에서 두 사람이 서서 얘기하는 걸 봤다는 사람도 있다니까. 여자 쪽도 열을 올렸던 남자라 의리를 요구해 오니 동반자살한 거겠지"라고 하는 자도 있다.

"에이, 무슨. 저런 계집년이 무슨 의리 같은 걸 알겠어. 목욕탕에서 돌아오는 길에 남자를 만나서 어떻게 도망치지도 못하고 함께 걸으며 얘기 정도야 했겠지만. 어깻죽지에서 비스듬히 등 뒤를 베였고 뺨 주위에는 찰과상이 있고 목덜미에는 긁힌 자국 같은 게 여러 군데 있다니, 아마 도망치다가 당한 게 틀림없어. 그 반대로 남자 쪽은 완벽한 할복이야! 이불 가게를 할 때부터 그렇게 대범한 남자로 보이지는 않았는데, 저거야말로 멋진 죽음 아닌가! 훌륭해 보였어" 하고 수군대기도 한다.

"어쨌든 기쿠노이는 큰 손해를 봤겠어. 저 여자한테 상당한 어르신들이 딸려 있었을 텐데. 놓쳐 버렸으니 얼마나 안타까울까" 하며 남의 근심을 농담으로 지껄이는 자도 있다. 제설이 난무해서 정확히 이거라고 정할 수는 없어도 원망은 오래 남아 영혼인지 뭔지 모를 한줄기 빛이 절 뒷산 나지막한 곳에서 때마침 날아가는 것을 봤다는 자가 있다고 한다.

십삼야

상

평소 같으면 검은 옻칠을 한 인력거를 타고 기세 좋게 들어가면 '어. 현관에서 인력거 소리가 멈췄네. 우리 딸 아닐까' 하며 부모님이 마중을 나왔을 텐데, 오늘밤은 올라 탄 인력거를 사거리에서 돌려보내고 풀이 죽어 격자문 앞에 섰다. 집 안에서 아버지가 변함없이 커다란 소리로 "따지고 보면 나도 행복한 사람이긴 해. 둘다 유순해서 기를 때 힘도 안 들었는데 남한테도 칭찬을 받잖아. 분수에 넘치는 욕심만 부리지 않으면 더 이상 바랄 게 없어. 정말이지 고마운 일이야" 하고 이야기를 하고 있다. 상대는 아마도 어머니일 것이다.

'아아, 아무것도 모르고 저렇게 기뻐하시는데, 무슨 얼굴을 하고 이혼장을 받아 달라고 말할 수 있을까. 혼날 게 틀림없어. 다로(太郎)의 어미 된 몸으로 그 아이를 두고 집을 뛰쳐나올 때에는 여러 가지 생각에 생각을 거듭한 끝에 내린 결론이지만, 이제 와서 늙으신 부모를 놀라게 해서 지금까지의 기대를 물거품으로 만드는 건 괴로운 일이야. 그냥 아무 말 하지 말고 돌아가 버릴까. 돌아가기만 하면 다로의 엄마에다 언제까지나 하라다 사모님이겠지. 부모님도 앞날이 창창한 사위가 있다고 자랑일 테고. 나만 검소하게 살면 가끔은 입에 맞는 과자나 용돈도 드릴 수 있겠지. 그런데 나만을 생각해 이혼하게 되면 다로는 계모 밑에서 불행하게 자랄 테고, 부모님은 자랑거리가 갑자기 사라지겠지. 게다가 입방아 찧기 좋아하는 세상 사람들의 소문이나 변변치 못한 남동생의 장래 같은 것도 걱정이 된다. 아아, 나 혼자 내 멋대로 남의 출세길을 막을 순 없어. 돌아가야 하나. 돌아가야 하나. 저 귀신 같은 남편 곁으로 돌아가야 하나. 저 귀신, 귀신 같은 남편이 있는 집으로. 아아, 싫어. 싫어' 하며 몸을 흔드는 순간, 얼떨결에 비틀거려 격자문이 삐걱 하는 소리를 냈다. 그 바람에 "누구냐?" 하고 아버지가 큰 소리를 내시며 나오셨다. 지나가던 어린애가 장난한 걸로 착각한 모양이다.

밖에 서 있던 세키는 호호 웃으며 "아버지, 저 왔어요" 하며 더없이 상냥한 목소리를 내 본다.

"어, 누구? 누구라고?" 하며 아버지는 장지문을 열더니 "아, 오세키구나. 왜 거기 서 있느냐. 어쩐 일로 이렇게 늦은 시간에 왔느냐. 인력거도 없고 하녀도 데려오지 않고. 아이고, 빨리 안으로 들어가자. 어서. 갑자기 오다니 당황스럽구나. 문은 안 잠가도 된다. 내가 잠글 테니. 어쨌든 안으로 들어가거라. 달빛이 비추는 쪽으로 쭈욱 가거라. 자, 방석에 앉아라. 방석에. 다타미가 좀 더러우니까. 주인집에 말해 두긴 했는데 기술자가 바쁘다고 해서 말이야. 아무 사양도 말아라. 옷이 더러워지니까 방석을 깔거라. 그런데 어째 이리 늦게 나왔느냐? 집에는 모두 잘 계시고?" 하며 평소와 다름없이 기쁘게 맞아 주시지만, 마치 바늘방석에 앉아 있는 것처럼 사모님 대하듯 하는 것이 불편하기 짝이 없어 복받치는 눈물을 삼키면서 "네. 아무 별고 없이 잘 지내고 있어요. 제가 너무 연락을 못 드려 죄송해요. 어머님, 아버님, 건강하시지요?" 하고 물으며 말을 얼버무렸다.

"아, 그게 말이다. 나는 재채기 하나 안 할 정도로 건강하다. 네 엄마도 가끔 예전처럼 피바다를 만들긴 하지만, 그것도 이불 뒤집어쓰고 반나절만 있으면 언제 그랬냐는 듯 나으니 별일도 아니지" 하며 아버지는 껄껄 웃는다.

"이노스케가 보이지 않네요. 오늘 밤 어디에 갔나요? 그 애는 건강하고 성실하게 잘하고 있나요?" 하고 묻자 어머니는 기쁜 듯이 차를 권하면서 말했다.

"이노스케는 지금 막 야학에 갔단다. 그 애도 네 덕택에 지난번에 승진을 했어. 과장이 신경 써 주고 곱게 봐 줘서 얼마나 든든한지 모르겠다. 우리 집에선 이런 것도 다 하라다 씨와의 인연이 있어서라고 매일 말하면서 지낸단다. 오세키야, 네가 빈틈없이 잘하고 있겠지만 앞으로도 하라다 씨가 기분 좋도록 만사에 잘 맞추도록 하거라. 이노스케는 네가 알다시피 말을 잘하는 아이도 아니고, 어차피 하라다 씨를 뵈어도 한심한 인사밖에는 못 할 테니까. 아무쪼록 네가 중간에서 우리의 마음이 잘 전해지도록 해다오. 이노스케를 앞으로도 잘 부탁한다고 말이다. 환절기라 점점 햇볕도

줄어드는데 다로는 잘 놀고 있니? 오늘은 왜 데리고 오지 않았어! 할아버지도 보고 싶어 하시는데" 하며 말을 잇기에, 또다시 새삼스레 서글퍼졌다.

"데리고 오려고 했는데, 그 애는 초저녁부터 곯아떨어져서 그대로 두고 왔어요. 정말 장난만 늘고 말도 잘 듣지 않아요. 밖에 나가면 쫓아다니기 바쁘고 집에 있어도 내 곁을 떠나지 않아 정말 손이 많이 가요. 어째 그런 건가요?" 하고 말을 하다가 아이가 생각나서 마치 눈물이 가슴까지 차서 넘쳐흐르는 것 같다. 아아, 마음을 단단히 먹고 두고 오기는 했지만 지금쯤 잠에서 깨어나 '엄마, 엄마' 하고 찾는 통에 하녀가 쩔쩔매며 밀전병이나 쌀과자를 준다고 달래도 말을 듣지 않을 테니 모두가 손을 놓고 호랑이가 잡아간다고 어르고 있을지도 모른다. '아아, 가엾어라' 하며 소리 내어 울고 싶은 심정이다. 하지만 이렇게 부모님이 기분 좋아하고 계신 것을 두 눈으로 보니 그런 말을 꺼내기가 어렵기만 하다. 상념을 담배 연기로 뿌옇게 하려고 두세 모금 담배를 피우지만 마른기침이 나온 틈에 슬그머니 소매부리로 눈물을 훔쳐 내는 것이 고작이었다.

"오늘밤이 십삼야잖아. 옛날부터 십삼야엔 달님을 본뜬 경단을 만들어 달님에게 바친단다. 이건 너도 좋아하던 거라 이노스케한테 조금이라도 가지고 가라고 하니까, 개도 좀 겸연쩍은지 그런 건 그만두라고 하지, 십오야에는 안 보내고 이번만 보내면 반쪽 달맞이가 되어 안 좋다고 하니 꼭 먹이고 싶으면서도 생각만 할 뿐이지 보낼 수가 없었단다. 그런데 오늘밤 이렇게 와 주니 꿈만 같구나. 정말로 마음이 통한 게야. 하라다 씨 집에서야 단 것은 얼마든지 먹을 수 있겠지만 부모가 해 준 것은 또 다르지. 사모님 행세는 그만하고 오늘은 내 딸이었던 시절로 돌아가 옛날 오세키가 되어라. 체면 같은 건 신경 쓰지 말고 콩이든 밤이든 좋아하는 것을 마음껏 먹는 모습을 보여 다오. 항상 아버지와 오세키의 결혼은 출세나 다름없다고 얘기하고 있단다. 하지만 남들이 그렇게 대단하게 보는 상류층의 고상한 분이나 신분 있는 사모님들과 어울리면서 하라다 씨의 부인으로 사는 것도 마음고생이 많겠지. 식모나 하녀들을 잘 다루고 출입하는 사람들한테도 신경을 써야 하니 윗사람 노릇 하는 데는 그만큼 어려움이 많은 법이다. 게다가 친정이 이렇게 가난한 신세니 더더욱 남이 업신여기지 않도록 마음이 더 쓰일 테지. 그런 것을 곰곰이 생각하면 아버지도 나도 손자 얼굴이 보고 싶어도 자주 드나들면 그게 다 네 발목을 잡을 것 같아 찾아가는 것도 자연히 꺼리게 된단다. 어쩌다 네 집 앞을 지나칠 때가 있어도 면 옷에 면 혼방 양산을 쓰고 있을 때는 힐끔거리며 이 층의 발을 올려다보면서 '아아, 오세키는 지금 뭘 하고 있을까' 그런 생각을 하면서 지나칠 뿐이란다. 우리 집이 조금이라도 나아지면 너도 떳떳해져 마음 편하게 지내련만. 너 무슨 말이 필요하겠니. 달맞이 떡을 보내려고 해도 도시락이 초라해 보이지 않을까 걱정부터 앞서니 말이다."

어머니의 마음 씀씀이를 생각하니 정말이지 기쁘면서도 마음껏 오갈 수 없어서 푸념하는 말 속에서 천한 신분을 한탄하는 것이 느껴져 속상하다.

"정말 저는 불효자식입니다. 그 집으로 시집가 좋은 옷을 입고 인력거도 타고 다니니 제가 정말 대단하게 보일 거예요. 하지만 어머니, 아버지에게 어떻게 해 드리고 싶어도 할 수도 없어요. 그러니까 하라다의 아내라는 건 겉모양뿐이에요. 오히려 이 한 몸 부업이라도 하면서 친정 곁에서 사는 게 훨씬 마음이 편할 것 같아요" 하고 말하자 "바보 같은 소리. 그런 말은 함부로 입 밖에 내지 마라. 시집간 딸이 친정 부모에게 돈을 보내다니. 그런 건 생각하지도 마라. 친정에 있을 때에는 사이토의 딸, 시집간 후에는 하라다의 부인. 여자라는 건 그런 게 아니더냐. 네가 이사오의 마음에 들도록 집안을 잘 꾸려 나가기만 하면 무슨 걱정이 있겠느냐? 힘이 든다고 해도 이렇게 가난한 집에서 하라다 씨 같은 대단한 집으로 시집간 것만 보아도 네가 강한 운명을 타고났다는 것 아니겠니, 그런 너니까 견뎌 낼 수 없는 일이란 건 없다. 여자라는 건 정말로 푸념을 많이 늘어놓는다. 친정 엄마가 돼서 쓸데없는 소리를 하니 곤란해. 경단을 먹일 수도 없다느니 하면서 오늘 하루 괜히 신경질을 냈지. 꽤 정성들여 만든 것이니 많이 먹고 안심시켜 드려라. 굉장히 맛있지?" 하며 아버지가 얼버무리듯 우스갯소리를 하니, 이혼장 얘기는 또다시 꺼내지도 못하고 부모님이 하라는 대로 맛있는 밤과 콩을 감사하게 먹을 뿐이었다.

딸은 시집간 후 칠 년 동안 한 번도 날 저문 뒤에 친정에 온 적이 없었다. 빈손으로 혼자 걸어서 오는 것은 더더욱 생각지도 못할 일이었다. 그래서 그런지 입고 온 옷도 여느 때처럼 곱고 화려한 느낌이 없다. 오랜만에 만난 게 기뻐서 별로 의식하지 않았지만 사위의 안부 인사 한마디 전하지 않는다. 억지로 웃음은 짓지만 가슴속이 편치 않아 보이니 뭔가 문제가 있는 것이다. 아버지는 탁상시계를 바라보며 "벌써 열 시인데, 자고 가도 되느냐? 돌아가려면 지금 돌아가야 하지 않겠느냐" 하고 걱정한다. 그런 부모의 얼굴을 딸은 새삼스러운 듯 올려다보며 "아버지, 제가 부탁이 있어서 찾아왔어요. 부디 들어주세요" 하고 정색을 한 채 다타미 위에 손을 얹고는 비로소 한 방울 눈물을 흘리며 쌓이고 쌓였던 시름을 털어놓는다.

아버지가 불안한 듯 다가앉으며 "정색을 하고 왜 그러느냐" 하자 "저는 오늘밤을 끝으로 하라다 집안에 들어가지 않을 작정으로 나왔어요. 이사오가 허락해서 온 게 아니고, 아이를 재우고 이제 아이의 얼굴도 보지 않겠다고 결심하고 나왔어요. 아직은 저 말고는 다른 사람이 보는 것도 싫어하는 아이를 달래서 재워 놓고 한참 자고 있을 때 저는 마음을 독하게 먹고 나왔습니다. 어머니, 아버지 부디 살펴 주세요. 저는 오늘날까지 하라다 집안이 하는 일에 대해서 말씀드린 적도 없고 이사오와 저의 관계를 다른 사람에게 털어놓은 적도 없습니다만, 백 번, 천 번 다시 생각하고 이 년, 삼 년 울다 지쳐 오늘에서야 이혼하려는 마음을 굳게 정했습니다. 허락해 주세요. 이혼장을 받아 주세요. 지금부터 부업이라도 해서 이노스케의 오른팔이 되도록 노력할 테니까, 평생 혼자서 살아가도록 해 주세요" 하며 소리를 내어 울음을 터뜨렸다. 속옷 소매에 눈물이 스며들자 검은 대나무 무늬가 자주 빛으로 변해 갔다.

"그게 도대체 무슨 소리냐?" 하고 아버지도 어머니도 다그쳐 묻는다.

"지금까지 말씀드리지 못했지만 저희 집에서 부부가 서로 마주하고 있는 것을 반나절만 보시면 대충 짐작하실 거예요. 말을 할 때라고는 용무가 있을 때 퉁명스럽게 내뱉는 것뿐이에요. 아침에 일어나서 기분을 물으면 갑자기 고개를 돌리고 마당에 있는 초목을 일부러 칭찬하시는 거예요. 이런 것도 화가 납니다. 하지만 남편이 그러는 거니까 하며 참고서 아무것도 다투지 않습니다. 그런데 아침식사 때부터 잔소리가 끊이질 않고 일하는 사람들 앞에서 아무렇지도 않게 저의 모자라고 서툰 점을 꾸짖습니다. 그래도 꾹 참지만 두 마디째부터는 '못 배운 것' 하며 저를 멸시합니다. 제가 원래 화족 여학교 의자에 앉아서 자란 규수가 아닌 것만은 틀림없고, 또 그이의 동료 부인네들처럼 꽃꽂이에 다도에, 시에 그림을 배운 적도 없어서 그런 화제에는 상대가 돼 주지 못하는 것도 사실입니다. 하지만 못하면 남몰래 배우게 하면 될 일 아닌가요? 굳이 다 드러내 놓고 친정이 비천하다고 떠들어 대서 식모나 하인들까지 다 알아채게 하시지 않아도 되지 않나요?

시집을 가서 반년 동안은 '세키야, 세키야' 하고 부르며 잠시도 곁을 떠나지 않았어요. 그런데 아이가 생긴 뒤로는 사람이 확 변해 버렸어요. 생각만 해도 무서워요. 저는 칠흑 같은 어둠의 골짜기에 떨어져 버린 것처럼 따뜻한 양지의 햇볕을 쬐어 본 적이 없어요. 처음에는 대수롭지 않은 일이겠거니 했다가 나중에 보니 제가 싫어진 거였어요. 이렇게 하면 제가 나가겠다고 할까, 저렇게 하면 이혼하자는 말을 꺼낼까 하며 너무너무 못살게 굴었던 거예요.

아버지, 어머니도 제 성격을 잘 아시잖아요. 설령 기녀들과 노느라 정신이 없든 첩을 두든, 그런 일에 화를 낼 제가 아니에요. 하녀들한테서 그런 소문을 들은 적도 있지만, 그만큼 왕성하게 활동하시는 분이니까 하고 생각했어요. 남자라면 그 정도의 일은 있겠지요. 그래서 외출복에 더욱 신경을 써서 기분이 나쁘지 않도록 해 드렸는데도 그저 제가 하는 일은 하나부터 열까지 모두 마음에 드시지 않는지 말끝마다 집구석이 재미없는 게 마누라가 살림을 잘못하고 있기 때문이라고 말씀하세요. 그것도 어디가 나쁘고 어디가 재미없는지 구체적으로 말해 주시면 어찌해 보겠는데, 막무가내로 한심하다, 재미없다, 뭘 모르는 년, 도저히 말상대가 되지 않는다느니 다로의 유모 하는 셈치고 두는 거라느니 하며 조롱하실 뿐이에요.

정말 남편이 아니라 그 사람은 귀신입니다. 자기 입으로 직접 나가라고 하시지는 않지만, 제가 이렇게 소심하기도 하고 다로의 재롱에 정신이 팔려 무슨 말을 해도 대들지 않고 무조건 '예, 예' 하고 잔소리를 듣고 있으면, 화낼 줄도 모르는 속도 없는 여자라고 그런 것조차도 마음에 안 든다고 하세요. 그렇나고 만약 제가 하고 싶은 말을 분명히 하며 물러서지 않을 기세로 말대답을 하면 그 말에 꼬투리를 잡아서 나가라고 하실 게 분명해요.

저는요, 어머니. 나오는 건 아무렇지도 않아요. 이름만 번드르르한 하라다 이사오에게 이혼을 당했다고 해도 조금도 안타깝지 않을 것 같지만, 아무것도 모르는 다로가 편부 슬하에서 크는 것을 생각하면 오기도 인내도 아무것도 없어요. 무조건 남편한테 사과하고 기분을 맞춰 가며 아무것도 아닌 일에 주눅이 들어 오늘날까지 아무 말도 못하고 참고 살아왔어요. 아버지, 어머니. 저는 불행합니다" 하며 슬픔과 안타까움을 토로한다. 부모는 생각지도 못한 얘기를 듣고는 서로 얼굴을 마주보고 '그랬던가. 그렇게 식어 버린 사이였구나' 하며 어이가 없어서 잠시 아무 말도 하지 못했다.

어머니란 자식에게 너그러운 법이라 듣고만 있어도 안타까워 "아버지는 어떻게 생각하실지 모르지만 원래 넌 우리가 받아 달라고 매달려 시집보낸 딸이 아니다. 신분이 천하다느니 학벌이 어떻다느니, 잘도 그런 맹랑한 소리를 하는구나. 하라다 씨는 잊었을지 몰라도 이쪽은 날짜까지도 기억하지.

그날은 네가 열일곱 살이 되던 해 정월로, 아직 문 앞에 장식한 소나무를 떼지 않은 칠일 날 아침이었어. 먼저 살던 사루가쿠 정(猿樂町)의 집 앞에서 동네 아이들과 깃털공치기를 했는데 한 아이가 친 하얀 깃털공이 마침 지나가던 하라다의 인력거 안으로 떨어졌지. 그때 그것을 받으러 간 너를 처음 보았다던가 하면서 사람을 보내 결혼을 하려고 했다. 우리는 신분도 맞지 않고, 네가 아직 어린애여서 아무 소양도 쌓게 하질 못한 데다가 준비하려 해도 당장은 어려운 상황이라며 얼마나 거절했는지 모른다. 하지만 시아버지, 시어머니도 안 계셔서 까다로울 것 없고 자기가 좋아서 결혼하려는 것이니 신분 같은 것은 아무 걱정할 필요가 없다. 소양 공부는 결혼한 후에라도 얼마든지 할 수 있으니 그런 걱정은 마라, 어쨌든 허락만 하면 소중히 여길 거라며 그야말로 불이 붙을 정도로 재촉해 오지 않았겠니.

이쪽에서 서두른 것이 아니고 결혼 준비마저 저쪽에서 해 줘서 너는 말하자면 청혼 받아 시집간 사랑스런 아내였지. 아버지와 내가 삼가며 자주 가지 않은 것은 이사오의 신분이 황송해서가 아니야. 너를 첩으로 보낸 것도 아니고 정말로 너무나 안달해서 시집보낸 딸의 부모니까 당연히 으스대며 드나들어도 상관없었다. 하지만 상대편이 저렇게 멋들어지게 잘살고 있는데 이쪽이 이처럼 못살고 있으니 사람들은 너를 시집보내 사위 덕을 보려 한다고 할 것이 분명하지. 억지로 태연한 척하는 건 아니지만 사귐만은 신분에 맞게 한다고, 보통 때는 보고 싶은 딸 얼굴도 제대로 못 보고 지냈는데.

그런데 뭐라고! 어처구니가 없구나. 고아라도 주운 모양으로 허풍을 떨다니. 일을 잘하니 못하니 잘도 지껄이는구나. 참고 있으면 안 된다. 끝도 없이 쌓여서 버릇이 되니까. 무엇보다 아랫사람 앞에서 그런 말을 한다면 사모님의 권위가 무너져 내린다. 그러다 결국에는 네가 하는 말을 듣는 사람이 없어져서 다로마저 엄마를 무시히는 지식이 되면 어떻게 하니. 할 말은 반드시 하고 그걸 가지고 나쁘다고 하면 그래서 어쩌라는 거냐, 나한테도 집이 있다고 말하고 나오면 되지 않니. 정말로 기가 막히는구나. 그런 중대한 일을 여태껏 입 다물고 있는 애가 어디 있니. 네가 너무 착하기만 하니까 속병이 난 거야. 아휴, 듣기만 해도 속상하다.

더 이상 참을 수가 없구나. 신분이 천하거나 말거나 너에게는 아버지도 있고 어머니도 있어. 나이는 어리지만 남동생 이노스케도 있고. 그런데 집에는 아무 말도 안 하고 있었다니. 여보, 일단 이사오를 만나 한번 호되게 야단치는 게 어떨까요?" 하고 어머니는 흥분해서 앞뒤도 돌아보지 않는다. 아버지는 아까부터 팔짱을 끼고 눈을 감고 있다.

"아아, 당신 쓸데없는 소리 하면 안 돼. 나도 처음 듣는 얘기라 어찌 해야 좋을지 앞이 캄캄하구나. 네가 아무것도 아닌 일에 이런 말을 꺼낼 리도 없고. 너무나 힘들어서 집을 나온 건 사실인 것 같구나. 그런데 오늘 밤 사위는 외출했느냐? 뭔가 굳이 집을 뛰쳐나와야만 할 사건이라도 있었느냐? 끝내 이혼하자는 말을 꺼내더냐?" 하며 침착한 목소리로 묻는다.

"그 사람은 그저께부터 나가서 들어오지 않고 있어요. 대엿새 정도는 집을 비우는 게 예사예요. 그렇게 특별한 일도 아니지만 그날 집을 나설 때 제가 옷을 제대로 맞춰 놓지 않았다고 하기에 곧 사과했지만 아무리 해도 용서하지 않고 옷을 벗어 던지더니 자기가 고른 양복으로 갈아입고는 '나처럼 불쌍한 놈은 없을 거야. 너 같은 걸 마누라라고' 하는 말을 내뱉고는 나가 버렸어요. 무슨 뜻인가요? 일 년 삼백육십오 일, 별로 하는 말도 없다가 가끔 한 번씩 이렇게 정떨어지는 말이나 하시고⋯⋯. 그런데도 하라다의 아내라는 말을 듣고 싶은 건지, 다로의 어머니로 떡 버티고 있어야 하는 건지, 제 일인데도 얼마나 더 참을 수 있을지 알 수가 없어요. 이제 더 이상은⋯⋯. 저는 남편도 아이도 없던 결혼 전으로 돌아가고 싶은 생각이 들었고, 그래서 철없는 다로의 얼굴을 보면서도 두고 올 결심까지 하게 되었어요. 무슨 일이 있어도 이사오 곁에는 있을 수 없어요. 부모가 없어도 아이는 자란다고 하잖아요. 나같이 불행한 엄마한테서 크는 것보다 계모나 유모나 그 집 기풍에 맞는 사람이 키우면 아버지도 귀여워할 테니, 어찌 보면 그 애를 위하는 길이 되기도 하겠지요. 저는 오늘밤부터 절대로 하라다의 집으로 돌아가지 않을래요" 하고 의연한 태도로 단언해도 끊으려야 끊을 수 없는 아이에 대한 애정 때문에 목소리는 떨렸다.

아버지는 한숨을 쉬며 "무리는 아니야. 하라다 집안에 있기가 고통스러울 게다. 틀어진 사이가 되고 말았으니" 하며 잠시 오세키의 얼굴을 바라보았다. 금색 띠로 둥글게 머리다발을 묶어 올리고 잔주름을 넣은 고급 비단 겉옷을 자연스럽게 입고 있는 모습이, 내 딸이지만 어느새 사모님다운 풍모가 몸에 배어 있는데, 이 것을 보통사람 머리 모양으로 바꾸고 면으로 된 한텐을 입혀서 어깨 끈을 매게 하고 물일 같은 걸 시키면 어떻게 견딜 수 있을까 싶다. 다로도 있다. 한때의 분노로 백 년의 운을 날리고 남한테 비웃음을 사면서 옛날처럼 사이토 가즈헤의 딸로 되돌아오면 나중에는 울고불고해도 두 번 다시 다로의 엄마로 돌아갈 수 없는 일이다. 남편에게 미련은 없어도 아이를 향한 애정은 끊기 어렵다. 헤어져 살면 더욱더 그리워질 거고 지금의 고생조차 그리운 마음이 들 것이다. 다 신분에 맞지 않게 미인으로 태어나서 좋은 인연을 맺지 못하고 고생하는 것이 애처로울 뿐이다.

"아아, 세키야. 이렇게 말하면 너는 이 아버지가 냉정해서 네 말을 들어주지 않는다고만 생각할지 모르지만 전혀 너를 꾸짖는 것은 아니란다. 집안과 신분이 맞지 않으면 생각하는 것도 자연히 차이가 나게 마련이다. 네가 온 정성을 다했다 해도 경우에 따라서는 대수롭지 않아 보일 수도 있어. 그런데 이사오는 도리를 아는 현명한 사람인 데다 상당한 학자가 아니냐. 네가 무턱대고 비난하지는 않았을 테지만, 흔히들 세상 사람들이 칭찬하는 수완가들은 어처구니없을 정도로 제멋대로인 법이다. 모든 일을 겉으로 티 안 나게 척척 처리하면서 일에서 받은 불평불만 따위를 집에까지 가지고 와서 난리를 치기도 하는데, 그런 분풀이 상대가 되면 견딜 수가 없을 거야. 하지만 그것도 그만한 남편을 가진 아내의 일이야. 도시락이나 들고 구청에서 일하는 패거리들이 아궁이에 불 때 주는 것하고는 얘기가 다르다. 성가시기도 할 거고 까다롭기도 하겠지. 그러나 그런 걸 기분 좋게 바꿔 주는 것이 아내의 역할이다. 겉으로는 드러나지 않지만, 세상에 사모님 소릴 듣는 사람들이 모두 깨가 쏟아지게 살고 있는 건 아닐 게다. 너 혼자만 그렇다고 생각하니까 한탄도 하고 싶어지는 거야. 하지만 그걸 어쩌겠어. 이런 게 다 인생사라는 건데. 특히 이만큼 신분 차가 나는 상대라면 남보다 더 고생스러운 것도 당연한 거다.

어머니는 아무 생각 없이 말하지만, 이노스케가 지금처럼 월급을 받게 된 것도 하라다가 그래도 한마디 해 줬기 때문이지 않느냐. 후광도 이런 후광이 없는데, 간접적이나마 은혜를 안 입었다고 할 수도 없으니 괴로울 테지만 첫째는 부모를 위해, 동생을 위해, 또 다로도 있지 않니. 여태까지 참을 수 있었다면 앞으로도 참지 못할 일이 뭐가 있겠니? 이혼을 해서 시댁을 나오는 것까지는 좋은데, 그렇게 되면 다로는 하라다 집안의 도련님이고 너는 사이토 집안의 딸이 된다. 일단 인연이 끊어지면 두 번 다시 얼굴을 보러 갈 수도 없는 거야. 똑같이 불운해서 우는 거라면 하라다의 아내로서 울거라. 응. 세키야. 그렇지 않으냐? 알았으면 모든 것을 가슴에 묻고 오늘밤 아무 일도 없었던 듯이 돌아가서 이제까지 해왔던 것처럼 조신하게 살거라. 네가 아무 말 안 해도 우리가 알아줄 테고 이노스케도 그럴 거다. 네 눈물은 우리 모두가 나눠 울 테니" 하며 딸을 체념시키고 아버지도 눈물을 닦는다. 세키는 엉엉 울었다.

"이혼하겠다고 말씀드린 것은 너무 제 생각만 했던 것 같아요. 그래요. 다로와 헤어져서 얼굴도 볼 수 없다면 사는 의미도 없어요. 단지 눈앞의 괴로움에서 벗어난다고 해도 어떻게 되는 것도 아닌걸요. 그저 제가 죽은 셈 치고 살면 어디에도 풍파가 일지 않고 어쨌든 아이도 부모 손에서 자랄 수 있으니까요. 어쭙잖은 생각으로 아버지한테까지 안 좋은 이야기를 해서 죄송합니다. 오늘밤부터 저는 죽은 셈 치고 혼 하나로 아이를 지키겠습니다. 그러면 남편이 심하게 구는 것 정도는 백 년이라도 견딜 수 있을 거예요. 아버지의 말씀도 잘 알아들었어요. 이제 이런 얘기는 더 이상 하지 않을 테니 아무 걱정하시지 마세요" 하고 말하면서 닦은 눈가에 또다시 눈물이 흘렀다. 어머니는 소리 내어 "우리 딸이 왜 이렇게 불행한 거야" 하면서 또다시 한바탕 크게 울었다. 그 울음비로 구름 한 점 없는 달마저도 쓸쓸해 보였다. 집 뒤의 제방에 제멋대로 자란 것을 이노스케가 꺾어다 화병에 꽂아 놓은 억새 이삭이 늘어져 손짓하는 듯 보이는 것도 애달프게 느껴지는 밤이었다.

우에노의 새로 조성한 언덕 아래에 있는 친정집에서 스루가다이(駿河臺)로 가는 길은 울창한 숲길이라서 어쩐지 쓸쓸하지만, 오늘은 달도 휘영청 밝아 히로코지(廣小路)*로 나서니 대낮 같다. 사이토의 친정은 도저히 인력거꾼을 고용할 수 없는 집이라 길 가는 인력거꾼을 창문에서 부르며 "애기가 맞으면 무조건 타고 집으로 돌아가거라. 남편이 없는 사이에 무단으로 외출했다고 나무라더라도 변명하지 마라. 조금 늦기는 했지만 인력거를 잡으면 금세 가는 거리다. 얘기는 다시 들으러 가마. 오늘밤은 일단 돌아가거라" 하며 손을 잡아 집에서 데리고 나오는 것도 아마 부모의 마음이란 것이리라. 오세키는 지금까지의 자신은 죽은 것으로 각오하고 "아버지, 어머니. 오늘밤 일은 이것으로 끝입니다. 이제 집으로 돌아가는 이상 저는 하라다의 아내입니다. 남편을 헐뜯는 것은 아내로서 할 짓이 아니니, 이제 아무 말씀도 드리지 않겠습니다. 저는 대단한 집안으로 시집을 갔습니다. 남동생을 위해서도 오른팔이 되어야겠지요. '아아, 안심했다' 하면서 기뻐해 주시면 저는 더 이상 바랄 게 없습니다. 결코 양식을 벗어난 행동은 하지 않을 테니 그것도 걱정하지 마세요. 오늘밤부터 제 몸은 이사오의 것이라고 생각하고 어떻게 하든 그 사람이 바라는 대로 되겠습니다. 그럼 전 이만 물러가겠습니다. 이노스케가 돌아오면 안부나 좀 전해 주세요. 아버지, 어머니. 안녕히 계세요. 다음에는 웃으며 올게요" 하면서 어쩔 수 없는 듯 일어서자 어머니는 돈을 있는 대로 몽땅 넣은 주머니를 들고 스루가다이까지 얼마냐고 인력거꾼에게 물었다.

"아, 어머니. 그건 제가 계산할게요. 고마워요" 하고 공손하게 인사를 하고 격자문을 열고 나왔다. 눈물을 감추려 얼굴을 소매로 가린 채 인력거에 재빨리 오르는 모습은 가엾기 그지없고, 집 안에서 아버지가 기침하는 소리도 눅눅히 울려 퍼진다.

하

그날 밤길은 눈부시게 밝은 달빛 아래 바람 소리도 공허하게 울리고 풀벌레 소리도 자주 끊어져 서글픔을 더했다. 우에노에 들어서 아직 얼마 지나지도 않았는데, 웬일인지 인력거가 갑자기 멈춰서더니 "죄송합니다. 말씀드리기 뭐하지만 여기까지밖에 못 가겠어요. 요금은 필요 없으니 그냥 내리세요" 하고 말한다. 생각지도 못한 일이었기 때문에 오세키는 가슴이 섬뜩했다.

"저어, 여보세요. 그런 말을 하면 곤란하잖아요. 조금 서둘러야 하는데 제가 돈을 더 얹어 드릴 테니 수고 좀 해 주세요. 이렇게 한산한 곳에서는 갈아탈 인력거도 없잖아요. 이건, 여보세요. 사람을 곤경에 빠뜨리는 거예요. 늑장 부리지 말고 가 주세요" 하고 조금 떨면서도 태연한 척하며 애원하듯 말했다. 그러나 인력거꾼은 "요금 때문이 아닙니다. 오히려 제가 부탁드립니다. 부디 내려 주세요. 더 이상 인력거 끌기가 싫어졌어요"라고 한다.

"그러니까, 여보세요. 몸이라도 안 좋은가요? 왜 그러시는 거예요. 여기까지 와서 갑자기 끌기 싫다니. 그걸로 끝날 문제가 아니죠" 하고 목소리에 힘을 주어 인력거꾼을 꾸짖자, 인력거꾼은 "죄송합니다. 더 이상 뭐라 하시든 싫어져서요" 하며 초롱을 든 채로 갑자기 옆으로 비켜섰다.

"댁은 정말 막무가내군요. 정 그렇다면 목적지까지는 부탁도 하지 않을 테니 다른 인력거를 잡을 수 있는 곳까지만이라도 데려다주시면 좋겠군요. 요금은 드릴 테니 어디 가까운 곳까지, 하다못해 히로코지까지만이라도 데려다 주세요" 하면서 세키는 달래듯이 상냥한 목소리로 말했다. 그러자 인력거꾼은 조금 부드러운 얼굴을 하며 "하긴 그렇군요. 젊은 여자 분이 이렇게 한적한 곳에서 내리면 정말 곤란하시겠네요. 제가 나빴습니다. 다시 타시죠. 모셔다 드릴 테니. 너무 놀라셨겠네요" 하고 말했는데, 그다지 나쁜 사람 같지는 않아서 초롱을 다시 들고 인력거를 끌기 시작하니 오세키도 그제야 겨우 가슴을 쓸어내리고 안심한 마음으로 인력거꾼의 얼굴을 보았다. 나이는 스물대여섯에 검은 피부를 하고 몸집이 작고 깡마른 남자였다. 그런데 어딘가 낯익다.

'아, 저 달빛을 등진 얼굴이 누구였더라? 누군가를 닮았는데' 하다가 곧 그 사람의 이름이 오세키의 목구멍까지 튀어나와 "혹시 댁은……" 하며 자기도 모르게 말을 걸고 말았다. 인력거꾼은 "네?" 하며 뒤로 돌아 손잡이를 쥔 채로 오세키를 올려다보았다.

"아아, 댁은 그 사람이 아닌가요? 설마 저를 잊은 건 아니겠죠?" 하며 오세키가 인력거에서 미끄러지듯 내려서 인력거꾼의 얼굴을 골똘히 바라보자 인력거꾼은 깜짝 놀랐다.

"댁은 사이토 가문의 오세키 씨? 이런 꼴로 면목이 없네요. 뒤통수엔 눈이 없으니 전혀 알아채지 못했어요. 하지만 그래도 목소리만 들어도 알 수 있었을 텐데, 저는 아주 둔감한 남자가 되어 버렸나 봐요" 하고 고개를 숙인 채 부끄러운 듯 말했다. 오세키는 인력거꾼을 머리끝에서 발끝까지 바라보며 "아니에요. 저도 길거리에서 스쳐 지나갔으면 설마 댁이라는 것을 몰랐을 거예요. 바로 조금 전까지만 해도 각별히 아는 사이가 아닌 보통 인력거꾼으로만 생각했으니까 당신이 몰라보신 것도 당연해요. 안타까운 일이지만 몰라서 그런 거니 용서하세요. 그건 그렇고, 이 일을 하신 지 얼마나 됐나요? 그렇게 허약한 몸으로 괜찮으세요? 어머니가 시골로 불러 들이셔서 오가와 정(小川町)에 있는 담배 가게를 그만두셨다는 소문은 넌지시 들었는데, 저도 시집을 가고 나서는 여러 가지로 성가신 일이 많아서 편하게 찾아가거나 편지를 보내는 것이 여의치 않았어요. 지금 어디에 살고 계세요? 사모님은 착실한가요? 자녀분은 있으세요? 요즘도 저는 오가와 정의 상점가로 구경 갈 때마다 예전의 가게에 그대로 담배 가게 노토야라는 간판이 걸려 있어서 자연히 마음이 끌려 들여다보곤 해요. 아아, 다카사카 가문의 로쿠 씨가 어릴 때 학교를 오가는 길에 들러서는 엽권련 부스러기를 얻어다 폼 재며 피웠는데, 지금은 어디서 무얼 하고 있을까. 마음씨가 고운 사람이어서 이렇게 험한 세상을 어떻게 살아가고 있을까 조금 걱정이 되었지요. 친정에 갈 때마다 소식을 알고 있는지 물어봤지만, 사루가쿠 정을 떠난 게 벌써 오 년도 넘었어요. 처음부터 안부를 알 정도의 사귐도 아니어서 결국은 당신의 소식을 잘 모른 채 있다가 오늘밤 이렇게 만나게 돼서 얼마나 반가운지 모르겠어요"하며 자신의 처지도 잊은 채 이야기를 건 넨다. 남자는 흐르는 땀을 손수건으로 닦으면서 "부끄러운 처지가 돼서 지금은 집도 없어요. 자는 곳은 아사쿠사 정에 있는 싸구려 하숙집 무라타의 이 층에 머물면서 마음이 내키면 오늘처럼 늦도록 인력거를 끌 때도 있고, 그것이 싫으면 하루 종일 빈둥거리며 연기처럼 멋대로 살고 있지요. 당신은 언제 봐도 예쁘시군요. 사모님이 되셨다는 소식을 들었을 때부터 그래도 한번은 뵐 수 있을까, 죽기 전에는 한마디 건넬 수 있을까 하고 꿈처럼 생각했어요. 오늘까지 불면 날아갈 듯한 목숨이라 생각하며 자포자기로 살았는데, 정말로 목숨이 붙어 있으니 이렇게 당신을 다시 만나 이야기라도 나누게 되네요. 아아, 제가 다카사카 로쿠노스케(高坂錄之助)라는 것을 기억하고 계시다니 송구스럽습니다" 하고 말하면서 고개를 숙인다. 오세키는 엉엉 울고 싶은 기분이 되어 '누구나 다 이렇게 힘든 세상을 혼자서만 사는 건 아니라는 것을 알아주세요' 하고 생각한다.

"그런데 사모님은요?" 하고 세키가 묻자 "아실 거예요. 우리 가게 건너편 스기타야 가게 딸인데 피부가 희다느니 멋있다느니 하면서 세상 사람들이 무조건 칭찬하던 여자입니다. 제가 방탕한 생활만 하고 도무지 집에 정을 못 붙이는 것을 결혼할 때가 됐는데도 장가를 못 가 그런 거라고 친척들 중에 잘 모르는 누군가가 착각을 해서 말이죠. 저 정도면 괜찮겠다며 어머니의 눈에 찬 거지요. 꼭 아내로 맞으라며 막무가내로 밀어붙이는 것이 너무 성가셔서 그저 될 대로 되라는 식으로 아내를 맞은 것은 마침 당신이 임신했다는 소식을 들었을 무렵이었어요.

일 년째에는 저에게도 축하받을 일이 생겨 닥종이 개 인형이나 바람개비를 늘어놓게 되었지만, 그런 걸로 저의 건달 기질이 없어진 것은 아니었지요. 다른 사람들은 예쁜 아내를 맺어 주면 빈둥거리지 않겠지, 아이가 생기면 정신을 차리겠지 하고 생각했을지도 모르지만, 설령 오노노 고마치(小野小町)나 서시(西施)가 손을 이끌고 소토리히메(衣通姬)*가 춤을 추어도 제 방탕 기질은 어쩌지 못했을 텐데, 어찌 죶내 나는 어린애 얼굴을 본다고 마음이 돌아서겠습니까.

질리도록 놀고 또 질리도록 마시며 집도 가업도 뒷전으로 하다가 젓가락 한 짝 없는 신세가 된 것이 재작년입니다. 어머니는 시골로 시집간 누나 집으로 가시고 아내는 어린애를 들려서 친정으로 보낸 후 소식이 끊겼지요. 계집애였으니까요. 대를 이을 것도 아니어서 아깝지도 않았습니다만, 그 애가 작년 연말에 장티푸스에 걸려 맥없이 죽었다고 합니다. 딸애는 이상하게 조숙한 편이어서 죽을 때 아마 아버지라든가 뭐라던가 하는 말을 했겠지요. 지금 살아 있으면 다섯 살이 되는데……. 뭐 하나 좋을 것 없는 시시콜콜한 개인사는 이야깃거리도 안 됩니다."

남자는 왠지 쓸쓸한 얼굴로 미소를 지으며 "당신이라는 것도 모르고 엄청난 실례를 하고 말았어요. 자, 타시죠. 모셔다 드리겠습니다. 많이 놀라셨죠? 인력거를 끈다는 것도 말만 그렇지, 뭐가 기쁘다고 끌대 같은 거 잡고 소나 말의 흉내를 내고 있겠어요. 돈을 받으면 기쁜가요. 술을 마시면 유쾌한가요. 하나하나 따져 보면 뭐든 간에 하나부터 열까지 모조리 싫은 거예요. 그렇게 되면 손님을 태우든 빈 채로 달리든 싫은 건 가차 없이 싫어지는 거예요. 나 스스로도 내 모습에 어이가 없어요. 정나미가 떨어지지 않나요? 자, 어서 타세요. 모셔다 드리지요" 하며 재촉하자, "아아, 몰랐을 때는 어쩔 수 없어도 알았는데 어떻게 이 인력거를 탈 수 있겠어요. 그래도 이렇게 한적한 곳을 혼자서 걷는 건 불안하니까 히로코지로 나갈 때까지만 그냥 길동무나 돼 주세요. 이야기나 나누면서 걷지요" 하며 오세키는 옷자락을 조금 끌어올린다. 옻칠한 나막신 소리가 처량한 듯 울려 퍼진다.

'옛 친구 중에서도 이 남자는 절대로 잊을 수 없는 인연이 있는 사람이었다. 오가와 정의 다카사카라고 하면 아담한 담배 가게의 외아들로, 지금은 이렇게 얼굴도 검고 차마 정면에서 보기 안타까운 모습이 되었지만, 기억에 남아 있는 로쿠노스케는 감색 줄무늬 옷을 맞춰 입고 잘 어울리는 접대용 앞치마를 두르고서 비위도 잘 맞추고 상냥하면서도 틀림없는 사람이어서 그의 아버지가 살아 있을 때보다 오히려 장사가 잘 된다고 평판이 자자했다. 그야말로 똑똑한 사람이었다.

그런데 지금은 어쩌다가 이렇게 되었나 싶을 정도로 변해 버렸다. 내가 시집을 간다는 소문이 났을 때부터 자포자기하여 흥청망청 술에 취해 곤드레만드레가 되어 야단법석이었다. "다카사카의 아들이 완전히 딴 사람이 된 것 같아." "마가 끼었나 봐. 그렇지 않으면 무슨 벌을 받은 걸까. 정말 보통 일이 아니야." 그 무렵 이런 시답잖은 소문들이 있었지만 오늘밤 직접 만나 보니 정말로 비참하기 짝이 없다. 싸구려 하숙집에서 밤이슬을 피하는 신세가 되어 있을 줄은 생각도 못했다. 이 남자는 나에게 연정을 품어 열두 살부터 열일곱 살까지 자나 깨나 얼굴을 마주할 때마다 언젠가는 저 담배 가게의 저기에 앉아서 신문을 보면서 장사하겠구나 하고 생각했는데 갑작스레 생각지도 못한 사람과 결혼이 결정되고 말았다. 부모가 모두 권하는데 여자의 몸으로 어떻게 감히 거역할 수가 있겠는가. 담배 가게 로쿠노스케와 함께 하고자 했던 것은 확실히 어린 아이의 마음이었다. 저쪽에서 그런 말을 꺼낸 적도 없을 뿐더러 하물며 이쪽에서도 아무 말도 하지 않았다. '이것은 정말로 손에 잡을 수 없는 꿈 같은 사랑이야. 단념해. 단념하라니까.' 마음을 굳게 먹고 단념하기로 하고 하라다 집안으로 시집을 갔지만, 그 순간까지도 눈물이 멈추지 않을 정도로 잊을 수 없는 사람이었다. 내가 생각하고 있는 만큼 이 사람도 생각하고 있어서 그로 인해 저렇게 몸을 망가뜨렸는지도 모르지만, 내가 이렇게 사모님 머리를 하고 얌전한 모양으로 걷고 있는 게 얼마나 미울까. 눈곱만치도 그런 팔자 편한 신세는 아닌데' 하고 오세키는 뒤를 돌아 로쿠노스케를 바라보았다. 그는 무슨 생각을 하는지 멍한 표정을 한 채 어렵사리 만난 오세키에 대해 그리 기뻐하는 것 같지도 않았다.

히로코지로 나가면 네거리라 인력거도 잡을 수 있다. 오세키는 지갑에서 지폐를 몇 장 꺼내어 가슴에 품은 작은 국화가 그려진 종이로 살짝 쌌다.

"로쿠 씨, 이건 정말 실례인 줄 알지만 코휴지라도 사서 쓰세요. 오랜만에 뵈어 뭔가 하고 싶은 얘기가 많을 줄 알았는데 제대로 말도 못한 걸 이해해 주세요. 그럼, 저는 여기서 실례하겠습니다. 몸조심하시고요. 어머니를 빨리 안심시켜 드리세요. 뒤에서 저도 기도할게요. 부디 예전의 로쿠 씨로 돌아가셔서 멋지게 가게를 여는 것을 보여 주세요. 그럼 안녕히 계세요." 세키가 그렇게 인사를 하자, 로쿠노스케는 종이 뭉치를 손에 든 채 "거절해야 하겠지만 당신이 직접 전한 것이기에 감사하게 받아 두겠습니다. 헤어지는 게 아쉽지만 이것이 꿈이라도 할 수 없는 일이죠. 자, 어서 가세요. 저도 돌아가겠습니다. 밤이 깊어지면 길도 적막하지요" 하며 머리를 떨군 채 빈 인력거를 끌고 세키에게서 등을 돌렸다.

한 사람은 동으로, 또 한 사람은 남으로. 큰길의 수양버들도 달빛에 너울거리고, 힘없는 나막신 소리가 달빛 가득한 길에 탁탁 울려 퍼진다. 무라타 하숙 이 층도 하라다의 안채도 덧없이 서로를 향한 그리움이 쌓인다.

갈림길

상

"오쿄 누나. 계세요?" 하고 창문 밖에서 창 덮개 나무판을 똑똑 두드리는 소리가 난다.

"누구야? 벌써 잠들었으니 내일 보자" 하고 거짓말을 하자 "잠들었어도 괜찮아. 일어나. 우산 가게 기치야. 나라고" 하며 조금 높은 소리로 말한다.

"밉살스러운 애네. 이 한밤중에 도대체 무슨 일이니. 또 떡 구워 달라고 조르는 거지?" 하고 웃더니 다시 "지금 열어 줄 테니 조금만 기다려" 하고 말하면서 만들고 있던 옷에 바늘을 꽂고 일어나는 것은 스무 살이 조금 넘은 다부진 여자다. 일이 많아 숱 많은 머리를 하나로 묶고 다소 긴 듯한 하치조(八丈) 산 명주로 만든 앞치마를 두르고 잔주름을 넣은 고급천이 무색할 정도로 다 낡아빠진 한텐을 입은 채 재빨리 댓돌로 내려가 격자문에 붙은 덧문을 연다.

"실례합니다" 하고 말하면서 거침없이 들어오는 것은 꼬맹이라는 별명으로 통하는 동네 말썽꾸러기라 누구나 속 썩는 우산 가게 기치다. 나이는 열여섯인데 언뜻 보면 열하나나 둘로밖에 안 보인다. 좁은 어깨에 얼굴은 작고, 콧날이 오똑 서 있어 영리해 보여도 키가 작은 탓에 사람들이 놀리며 그런 식으로 부른다. 그는 미안하다며 화로 곁으로 성큼성큼 다가선다.

"이런 불로는 떡을 못 구워. 부엌 재항아리에서 숯을 가져와서 네 맘대로 구워 먹으렴. 난 오늘밤 안에 이 옷을 다 만들어야 하거든. 길모퉁이 전당포집 주인 아저씨가 입을 설빔이야" 하고 말하면서 바늘을 들자 기치는 "흐응" 하면서 "그 대머리에게는 아까운 옷이네. 그 새 옷 내가 먼저 입어 봐야겠다" 하고 말한다.

"바보 같은 소리 하지 마. 남의 새 옷을 입으면 출세 못한대. 그 나이에 일부러 출세를 단념할 생각이야? 그런 짓은 다른 데서도 하면 안 돼" 하며 일단 주의를 줘도 "어차피 나 같은 건 출세하고는 인연이 없어. 남의 것이든 뭐든 입을 수만 있으면 괜찮아. 누나가 전에 이런 말을 했었지? 행운이 찾아오면 나한테 명주천으로 옷을 만들어 주겠다고. 정말이야?" 하며 진지한 얼굴로 묻는다.

"으응. 물론 기꺼이 만들어 주고말고. 그렇게 되기만 한다면야 얼마든지. 하지만 나를 좀 봐라. 이런 꼴로 대머리 어르신의 옷이나 꿰매고 있어야 하는 처지인걸. 그런 바람은 꿈속에서나 이루어질 거야" 하며 씁쓸히 웃자 "힘들 때 만들어 달라고 떼쓰진 않을 거야. 그런 건 행운이 찾아왔을 때 얘기야. 난 약속하는 것만으로도 만족이야. 이런 놈이 명주옷을 한 벌 빼입어 봤자 웃음거리일 뿐이라고" 하며 쓸쓸히 웃는다.

"그렇다면 기치야, 네가 잘되면 나한테도 뭔가 해 줄 거야? 그 약속도 해 둬야겠다"하며 용기를 주려고 웃으며 말하자 "그건 안 돼. 난 무슨 일이 있어도 출세 같은 건 하지 않을 거야" "왜? 왜 그러는데?" "왜냐고 묻지 마. 어느 누가 와서 손을 붙들고 끌어 올려도 난 여기서 이러고 있는 게 좋아. 우산 가게에서 종이에 기름이나 바르는 게 제일 좋다고. 어차피 옅은 줄무늬의 감색 통소매 옷에 석 자 길이 허리띠를 짊어지고 태어났을 테니까. 감물을 사러 갈 때 슬쩍한 잔돈으로 활 쏘는 가게에서 한 발이라도 맞추면 운이 좋은 거야. 누나는 원래 신분이 높았던 사람이라고 하니 언젠가 행운이 마차를 타고 마중 오겠지. 하지만 첩이 된다거나 뭐 그런 식을 말한 건 아니니 오해하지는 마"하고 그는 불을 뒤적이며 자신의 처지를 한탄한다.

"글쎄. 마차 대신에 지옥의 불차라도 오겠지. 곧잘 화가 치밀어 오르기도 하니 말이야"하고 말하며 오쿄(お京)는 눈금자를 지팡이처럼 짚고 뒤돌아서 기치조(吉三)의 얼굴을 빤히 바라본다.

평소처럼 부엌에서 숯을 가지고 나와 "누나는 안 먹어?"하고 묻자 오쿄는 고개를 좌우로 흔든다.

"그럼 나 혼자 먹어 볼까. 정말이지, 우리 구두쇠 주인 놈은 시끄럽게 잔소리만 해 대고 사람 다룰 줄을 전혀 몰라. 죽은 할머니는 그러지 않았는데. 이번에 들어온 녀석들은 한 명도 얘기가 통하지 않아. 오쿄 누나, 우리 한지(半次) 놈 인상 어때? 참 아니꼬운 인상에다 알랑대는 바보잖아. 주인집 아들이지만 난 도무지 그 놈이 주인이라는 게 믿어지지가 않아. 사사건건 시비를 걸어 꼼짝을 못하게 만드는데, 그게 꽤 통쾌하단 말이야" 하고 이야기하면서 석쇠 위에 놓은 떡을 집으면서 "아아, 뜨거워, 뜨거워!" 하고 손가락을 호호 불어 가며 먹기 시작한다.

"난 누나가 도무지 남이라는 생각이 들지 않는데 왜 그런 거지. 오쿄 누나는 혹시 남동생 없어?"

"난 혼자야. 형제자매는 한 사람도 없어. 그러니까 남동생도 없는 셈이지."

"그럴까? 그럼 역시 아무것도 아닌 것 같군. 어딘가에서 스윽 누나 같은 사람이 내 진짜 누나라면서 나타나면 얼마나 좋을까. 난 그러면 목덜미를 끌어안고 당장 죽어도 기쁠 거야. 정말 나는 나무 가랑이에서 태어난 걸까? 친척이란 건 만나 본 일이 없어. 그래서 몇 번이고 생각해 봤는데 앞으로도 평생 아무도 만날 수 없는 거라면 지금 저세상으로 가는 게 편안할 것 같기도 해. 그런데도 자꾸 욕심이 생기는 게 이상해. 느닷없이 이상한 꿈 따위를 꾸기나 하고, 평소에 그냥 상냥한 말 한마디라도 해 주는 사람이 있으면 어머니나 아버지나 형이나 누나 같아 보이고. 좀 더 살아 볼까? 일 년 더 살면 누군가가 진실을 말해 줄지도 모르지. 그런 생각을 하며 지루한 기름칠을 하고 지내지만, 나 같은 뒤틀린 사람이 세상에 또 있을까. 오쿄 누나. 어머니도 아버지도 도무지 알 도리가 없어. 부모 없이 태어난 아이가 있을까? 정말 이상해서 견딜 수가 없어, 난" 하고 말하면서 다 구운 떡을 두 손으로 치면서 평소의 입버릇처럼 계속 푸념한다.

"그래도 너, 조릿대 넝쿨무늬의 면으로 된 부적 주머니라든가

하는 출생의 증거가 될 만한 것이 있지 않을까? 어딘가에 단서가 될 만한 것이 있을 것 같은데" 하며 말하자 그런 오쿄의 말을 묵살하듯 "뭐라고? 그렇게 신경을 쓴 흔적은 있지도 않아. 태어나자마자 다리 밑의 앵벌이로 보냈다며 친구 놈들이 험담을 해 대는데 어쩌면 그게 정말인지도 모르겠어. 그렇다면 난 거지의 자식이야. 어머니도 아버지도 거지일지 모르고, 누더기를 걸치고 큰길을 지나가는 놈들 역시 내 친척일지도 몰라. 그리고 아침마다 구걸하러 오는 절름발이 애꾸눈의 그 할망구가 나와 무슨 관계가 있을지 알게 뭐야. 더 말하지 않아도 누나는 대충 무슨 말인지 알겠지? 지금 일을 하기 전에 나는 짐작하는 대로 가쿠베의 사자머리를 쓰고 구걸하며 다녔으니까" 하고 풀이 죽어서 말한다.

"오쿄 누나, 내가 정말 거지의 자식이라면 누나는 더 이상 날 귀여워하지 않을 테고 돌아보지도 않겠지?" 하기에 "농담하지 마. 네가 어떤 사람의 자식이든 어떤 신분이든 나는 싫을 것도 좋을 것도 없어. 아까부터 평소의 너답지 않게 한심한 소리만 하는데, 내가 만약 너라면 천민 출신이건 거지건 전혀 상관하지 않을걸. 부모가 없어도 형제가 없어도 자기 힘으로 출세한다면 할 말 없는 거야. 왜 그런 맥 빠지는 말만 하니?" 하며 다독이자 "난 절대로 안 돼. 아무것도 하고 싶지 않아" 하고 대답하고는 고개를 푹 숙인 채 얼굴을 보이려고 하지도 않는다.

중

지금은 고인이 된 우산 가게 전 주인인 오마쓰(お松)는 통이 크고 자수성가한 사람으로 여자 씨름 선수 같은 노파인데, 육 년 전 겨울에 절에서 공양을 드리고 돌아오는 길에 가쿠베 패의 아이를 주워 왔다.

"괜찮아. 주인이 시끄럽게 소동을 부리면 그건 그때 가서 생각하면 돼. 가엾게도 다리가 아파서 못 걷는다고 하는데도 몹쓸 패거리 놈들이 내팽개치고 갔다고 하지, 뭐. 그런 곳으로 돌아갈 필요 없다. 조금도 무서울 거 없으니 우리 집에 있거라. 걱정할 것 없어. 뭐 이렇게 쪼그만 아이 두세 명쯤 부엌에 상을 늘어놓고 밥 좀 먹인다고 뭐라 하겠어? 고용살이 계약서를 쓰고도 어디론가 종적을 감춘 자도 있고 금품을 훔쳐서 달아난 약은 놈도 있어. 마음먹기 나름이야. 옛말에도 말은 타 봐야 안다잖아. 도움이 될지 안 될지는 여기에 두고 지켜보지 않으면 모르는 법이야. 신아미(新網)*로 돌아가는 게 싫다면 이곳에 뼈를 묻을 각오로 열심히 일하지 않으면 안 돼. 단단히 일을 해야 한다" 하며 타이르고는 그때부터 "기치야. 역시 기치구나" 하며 열심히 기름칠 하는 것을 가르쳐 어른 셋이 할 일을 혼자서 도맡아 콧노래를 부르며 다 해치울 정도의 솜씨가 되었다. 과연 사람 보는 눈이 있었다고 누구나 죽은 마쓰를 칭찬했다.

은인은 이 년 만에 죽고 지금의 주인도, 부인도, 자식 한지까지도 마음에 들지 않는 사람들뿐이지만, 여기서 죽을 때까지 일하기로 마음을 먹었기 때문에 싫다고 어디 다른 곳으로 갈 수도 없다. 울화가 뼈에 사무친 탓인지 남한테서 '꼬맹이, 꼬맹이' 하고 놀림받는 것도 분하다. 코흘리개 패거리들은 일에서는 못 따라가니까 "기치야. 너는 부모 제삿날에 비린내 나는 것을 먹었지? 꼴좋다. 떠돌이 꼬마 중아!"* 하며 이런 식으로 복수를 하는데, 센 주먹으로 때려눕힐 용기는 있어도 실제로 부모가 언제 돌아가셨는지, 언제가 비린 것을 피하고 나물을 먹는 날인지 알 수 없어서 마음이 허전해져서는 건조실의 우산 속에 숨어 땅을 베개 삼아 드러누워서 흘러내리는 눈물을 삼킨다. 사시사철 기름칠을 해서 번들거리는 낡은 작업복 소매를 흔들며 일만 하는 폭탄 같은 아이라고 동네 사람들도 거북해 할 정도로 난폭한데, 아무한테도 위로받지 못하는 괴로움이 너무 커서 조금이라도 따뜻하게 말을 건네는 사람이 있으면 달라붙어서 떨어지려 하지 않는다.

바느질 일을 하는 오쿄는 올 봄에 이 뒤쪽으로 이사를 왔는데 매사에 솜씨가 있고 이웃 사람들과도 잘 사귀는데, 집주인이라서 그런지 우산 가게에는 특별히 붙임성 있게 "얘들아, 옷이 해지면 우리 집으로 가지고 오렴. 너희 집은 사람 수도 많고 사모님도 바늘 같은 거 쥐실 틈이 없을 거야. 난 일이라서 항상 바느질 도구를 쥐고 있으니 한 땀 꿰매는 건 일도 아니야. 혼자 사니까 말 상대도 없고 밤낮으로 외롭게 지내고 있어. 짬이 날 때는 언제든지 놀러 오렴. 나는 이렇게 덤벙대는 성격이어서 기치같이 난폭한 애가 좋아. 그러니 기치야, 울화가 치밀 때는 큰길에 있는 쌀가게 흰둥이를 발로 차는 심정으로 우리 집 빨래방망이로 다듬이질이라도 하러 오라니까. 그러면 너도 남한테 미움 받지 않고 나도 큰 도움을 받고. 정말로 일석이조야" 하면서 농담 삼아 얘기를 하니 언제나 마음이 편해진다. "오쿄 누나, 오쿄 누나" 하며 뻔질나게 드나드는 것을 동료들이 "허리띠 가게 주인하고는 뒤바뀌었네. 가쓰라강의 장면이 나올 때는 오한이 초에몬을 업고 건너간다고 불러야겠어.* 저 허리띠 위에 벌렁 올라타고 나갈까? 이건 우스꽝스러운 명 촌극이군" 하며 놀려 대면 "남자라면 흉내 내 봐. 바느질 집 찬장 속 과자 통에 오늘은 뭐가 얼마나 들어 있는지까지 아는 건 아마 나 하나뿐일걸! 전당포 대머리 자식은 오쿄 누나한테 홀딱 빠져서 옷을 주문하느니 어쩌느니 귀찮게 들러붙으며 앞치마의 장식용 깃에 대는 겉 띠를 선물하거나 하며 비위를 맞추려고 하지만 아직 한 번도 기뻐하며 인사를 한 적이 없어. 하지만 저녁이든 한밤중이든 우산 가게 기치가 오기만 하면 잠옷 차림으로 격자문을 열고 '오늘은 하루 종일 놀러 오지도 않고. 무슨 일이 있었어? 걱정했잖아' 하면서 손을 이끌고 맞아주는 사람이 달리 있겠어. 안 된 얘기지만 땅두릅의 거목은 도움이 안 돼.* 산초는 알맹이가 작아도 모두 소중히 여긴다니까" 하며 거드름을 피우면 "이 녀석!" 하며 등짝을 아프게 후려쳐도 "고맙습니다" 하고 시치미를 떼는 얼굴을 한다. 보통 키라면 농담이라도 가만 두지 않겠지만, 어차피 꼬맹이가 건방 떤다고 상대도 하지 않으니 좋은 놀림감으로 담배 피며 쉴 때의 애깃거리가 되었다.

하

　십이월 삼십일 밤에 기치조는 언덕 위에 있는 단골집으로 주문한 상품이 납품기한에 늦은 것을 사과하러 갔다. 돌아오는 길에는 품속에 손을 찔러 넣은 채 잰걸음으로 달리며 짚신 앞코에 톡톡 부딪치는 돌멩이들을 재미 삼아 차 댔다. 데굴데굴 굴러가는 것을 좌우로 쫓아 가다가 큰 도랑으로 차 버리고선 혼자서 큰 소리로 웃는다. 그 소리를 듣는 이도 없고 달빛은 유난히 밝게 땅 위를 비추는데, 추위도 잊은 몸이라 다만 기분 좋고 상쾌한 느낌이다.

　언제나처럼 창문을 두드리려고 마음을 먹으면서 골목길을 돌자 갑자기 뒤에서 누군가가 쫓아와 두 손으로 눈을 가리며 키득키득 웃기에 "누구야, 누구?" 하고 그 손가락을 만져 본다.

　"뭐야, 오쿄 누나야? 새끼손가락 끝이 굽은 걸 보고 알아챘어. 놀라게 하면 안 돼" 하고 말하며 뒤를 돌아보자 "얄밉게 맞춰 버렸네" 하며 웃는다.

　오쿄는 방한용 오코소 두건(お高僧頭巾)*을 깊숙이 눌러쓰고 안

팎이 반대로 되게 짠 고급천으로 만든 겉옷을 걸치고 있는데, 평소와는 전혀 다른 옷차림이어서 기치는 오쿄를 위아래로 훑어보았다.

"누나, 어디 갔다 오는 거야? 오늘 내일은 바빠서 밥 먹을 시간도 없다고 말하지 않았어. 어디에 불려 갔다 온 거야?"하고 의심쩍어한다.

"날짜를 앞당겨 새해인사 간 거야" 하면서 시치미를 떼니 "거짓말 마. 삼십일에 새해 인사를 받는 집이 어딨어. 친척이라도 방문한 거야?" "그래 친척, 그것도 어처구니없는 곳이야. 나 내일 뒷골목길 집에서 이사해. 너무나 느닷없어서 깜짝 놀랐지? 나도 좀 갑작스러운 일이라서 아직 실감이 나지 않아. 하지만 기뻐해 줘. 나쁜 일은 아니니까" "정말, 정말이야?" 하고 기치는 어안이 벙벙해졌다.

"거짓말. 농담이지? 그런 말까지 해서 놀라게 할 거 없잖아. 나는 누나가 없어지면 절망할 거야. 그런 끔찍한 농담은 사절이야. 정말이지 쓸데없는 소리 좀 그만 해"라고 말하며 머리를 흔든다.

"거짓말 아니야. 일전에 네가 말한 대로 행운이 마차를 타고 마중 와서 저 뒷골목에는 더 이상 있을 수 없어. 기치야, 명주천으로 옷을 한 벌 만들어 줄 수 있을 거야. 꿈이 아니란다."

"싫다니까. 난 필요 없어. 오쿄 누나. 그 행운이란 게 별 볼일 없는 곳에 간다는 거 아냐? 그저께 주인집 아들 한지가 '바느질하는 오쿄 씨는 야채 가게 골목에서 안마를 하는 사람이 주선을 해서 어디 부잣집 고용살이로 간다고 하더라. 뭐, 심부름하러 다닐 나이도 아니고 주인 마님 옆에서 시중이나 들고 바느질을 하는 것도 아닐 테니, 세 갈래로 머리를 묶고 술이 달린 히후(被布)*를 입고 첩으로 들어가는 게 틀림없다고. 어떻게 그 미인이 바느질만 하면서 평생을 보낼 수 있겠어?' 하며 지껄여 댔지만 나는 절대로 그럴 리가 없다고 생각하니까 잘못 들은 거라고 해서 큰 싸움을 했는데, 설마 누나가 정말 거기에 가는 거야? 그 저택으로 가는 거냐고?"하며 다그치자 "나도 그렇게 가고 싶은 건 아니야. 하지만 가지 않으면 안 돼. 기치야, 이젠 너를 더 이상 만날 수 없게 되는구나" 하고 대답하는 말에 힘이 하나도 없는 듯하다.

"어떤 출세인지는 모르겠지만, 거기 가는 거 그만두면 되는 거야. 여자 혼자 사는데 바느질해서 못 먹고살 것도 없잖아? 그렇게 솜씨가 좋은데, 왜 그런 시답잖은 짓을 벌인 거야! 너무나 한심하잖아" 하며 기치는 자신의 청렴함과 비교하면서 "그만두고 거절해!" 하고 말해 보지만 "정말 난감하네" 하며 오쿄는 멈춰 섰다. "기치야, 나는 옷을 빨아서 말리고 수선하는 일에 질려서 이젠 첩이고 뭐고 다 괜찮아. 어차피 이런 하찮은 일뿐이니까, 오히려 멋대로 잔주름을 넣은 고급 비단옷을 입고 화려하게 살고 싶어" 하며 과감한 얘기를 자기도 무슨 말을 하는지 모른 채 내뱉고는 맥없이 웃었다.

"어쨌든 우리 집으로 가자꾸나. 기치야, 어서" 하고 재촉해 보았지만, 기치는 "왜 그럴까? 난 전혀 재미있지 않아. 누나 먼저 가" 하며 뒤에서 걸으며 땅 위에 길게 뻗은 그림자를 쓸쓸한 듯 밟고 간다.

어느새 우산 가게 골목으로 들어와 예의 오쿄의 창문 밑에 다다랐다.

"이리로 매일 밤 와 주었었지. 하지만 내일 밤에는 이제 네 목소리도 들을 수 없을 거야. 세상이 참 싫어" 하고 탄식하자 "그건 누나가 마음먹기에 달린 것 같은데" 하며 불만스럽게 기치조가 말했다. 오쿄는 방에 들어서자 램프에 불을 켜고 화로에 군불을 일으켰다.

"기치야, 어서 불 쬐라" 하고 말을 걸지만 "됐어" 하며 기둥 옆에 서 있기만 한다.

"추워서 감기 드니까" 하고 걱정을 해도 "걸리면 어때. 상관없다고!" 하며 고개를 숙인다.

"너 왜 그러니. 뭔가가 좀 이상해. 나한테 화내는 거야? 그렇다면 확실하게 말해. 아무 말도 안 하고 그런 얼굴을 하고 있으면 신경이 쓰여서 견딜 수가 없어."

"신경 쓰지 마. 나는 우산 가게의 기치조라고. 여자 신세는 안 진단 말이야" 하고 말하며 기대선 기둥에 등을 부비면서 "모든 게 최악이야. 나는 정말이지 너무 운이 없어. 누구든지 좀 좋은 얼굴을 보인다 싶으면 금방 별 볼일 없이 끝나 버린다니까. 우산 가게 전 주인 할머니도 친절했고 염색집 오키누(お絹)라는 곱슬머리 누나도 귀여워해 주었는데, 할머니는 중풍으로 돌아가셨고 오키누 누나는 시집가는 게 싫어서 뒤뜰에 있는 우물에 몸을 던졌어. 좋은 게 없어. 누나마저 인정도 없이 나를 버리고 가 버린다니 이젠 모든 게 다 최악이야. 우산 가게에서 기름칠 잘해서 뭘 해. 백 명

분의 일을 해내도 칭찬 한마디 듣지 못하고, 아침부터 밤까지 꼬맹이라고 놀림이나 받고. 그렇다고 해서 평생이 걸려도 이 키가 커진다는 보장도 없어. 기다리면 언젠가 좋은 날이 온다고? 웃기지 마! 나한테는 매일 매일이 울화가 치미는 일뿐이야. 그저께도 멍청이 한지와 대판 싸우며 오쿄 누나만은 남의 첩이나 되는 양심이 썩은 사람이 아니라고 외쳤는데 닷새도 지나기 전에 싸움에 진 거라고! 이런 거짓말쟁이에다 욕심 많은 사람을 누나처럼 생각한 게 분해. 이제 누나와는 만나지 않을 거야. 무슨 일이 있어도 안 만날 거야. 그동안 신세를 많이 졌어. 진심으로 고마워. 맘대로 하라고. 이제 아무도 믿지 않을 거야. 안녕" 하고 일어서서 댓돌로 내려가서 짚신을 꿰신는 것을 보고는 "아니야, 기치야. 그건 네 오해야! 내가 여기를 떠난다고 해서 너를 버리거나 한다고는 하지 않았어. 난 너를 진짜 동생같이 생각하고 있는데, 그렇게 정떨어져 하는 건 너무해" 하고 등 뒤에서 겨드랑이로 팔을 넣고 부둥켜 안으며 "성미가 급한 애로구나" 하고 타이르자 "그럼, 첩으로 가는 것 그만둘 거야?" 하며 뒤돌아보고 묻는다.

"누구든 좋아서 그런 곳에 가지는 않지만 나는 이미 결심이 섰어. 그만두지 않을 거야. 네가 아무리 붙잡아도 이젠 바꿀 수 없어" 하고 오쿄가 대답한다.

그 말을 들은 기치조는 눈물이 촉촉한 눈망울로 오쿄를 응시하며 어쩔 줄 몰라 이렇게 말한다.

"오쿄 누나. 부탁이니 제발 이 손을 놔 줘!"

나 때문에

1

서리 내리는 깊은 밤, 베갯머리에 부는 듯 마는 듯한 바람이 출입문 틈으로 들어와 창호지가 바스락바스락 소리를 내는 것도 왠지 쓸쓸한 바깥어른의 부재. 침실에 있는 시계가 열두 번을 칠 때까지 사모님은 아무리 애를 써도 잠이 오지 않았다. 몇 번이나 뒤척이니 조금은 울화가 치밀기도 해서 쓸데없는 세상만사가 떠오른다. 그 중에서도 바깥어른이 작년 이맘때쯤 홍엽관(紅葉館)*에 뻔질나게 드나들었을 때의 일이다. 본인은 감추셔도 외출복 소매에서 가장자리에 자수를 박은 손수건이 나온 순간 너무 미워서 실컷 괴롭히고 또 괴롭히자 "디시는 그런 짓 안 할게. 고향 친구 사와키(澤木)가 '이'랑 '에'를 구별해서 발음할 줄 아는 세상이 와도 이 약속은 결코 어기지 않을게. 제발 용서해 줘" 하고 사죄하셨을 때의 통쾌함이란, 몇 달 동안 막혀 있던 게 쑥 내려가서 숨통이 트일 정도로 기뻤는데 요즘 또다시 외박이 잦아졌다. 수요회 사람들이나 클럽 동료들 중에는 바람둥이 분들이 많다 보니 그들한테 이끌려서 본인도 품행이 나빠지셨다. 근묵자흑이라고 꽂꽂이 선생님이 늘상 말씀하셨는데 정말로 그것은 거짓말이 아니었다. 예전에는 저렇게 말만 앞세우는 남자가 아니었다. 오늘 어디어디에서 기녀를 불렀는데 이런 요상한 춤을 보고 왔다며 배가 뒤틀릴 정도로 우스꽝스러운 이야기를 진지한 얼굴로 말씀하시곤 했던 것이다.

요즘에는 심보가 고약해져서 얄미울 정도로 말을 잘 둘러대시면서 나같이 세상물정 모르는 풋내기를 손바닥에 올려놓고 주무르니 어떻게 막을 수도 없는 분이 되었다. 아아, 오늘밤은 어디서 묵으시고 내일 무슨 핑계를 대며 돌아오실지. 저녁에 클럽으로 전화를 했더니 세 시쯤 돌아가셨다는 것이다. 또 요시와라의 시키부(式部)*한테 간 것이 아닐까. 거기는 발을 끊겠다고 말씀하신 지 벌써 오 년이 지났는데……. 바깥양반이 나쁜 게 아니라, 한여름에 안부편지를 보내거나 해서 얄미운 짓을 해 보이니 그만 마음이 들뜨서서 저도 모르게 발길을 향하신다. 정말이지 장사꾼들이란 대단해서 점점 더 얄미운 생각이 많이 드니 갈수록 잠이 오지 않는다. 사모님은 잔주름을 넣은 비단 솜옷을 걸치고 군나이(郡內)산 비단 이불 위에 일어나 앉아 계셨다.

다타미 여덟 자 방에 여섯 쪽짜리 병풍을 두르고 베갯맡에는 오동나무 통 화로에 다기도구, 자단으로 만든 담배합에 놓인 설대가 빨간 담뱃대가 꽤 멋스럽다.* 베갯잇의 화려한 모양이나 베개에 달린 빨간 술에서 평소의 취향이 거의 드러나 있고, 강한 향이 배어 있는 방 안에는 초롱불이 희미하다.

사모님은 화로를 끌어당겨 불씨가 있는지를 살펴본다. 초저녁에 몸종이 묻어 둔 사쿠라(佐倉) 산 숯이 반은 재가 되었고 용케도 남은 것 중에는 그대로 검게 식어 버린 것도 있다. 담뱃대를 물고 한두 모금 빨아 연기를 뱉어 내며 귀를 기울이자, 마침 이 방 처마 밑으로 옮겨 와서 암컷을 애타게 찾는 고양이의 울음소리가 들린다.

'저건 다마가 아닐까. 아아, 이렇게 서리 내리는 밤에 지붕을 옮겨 다니다가는 요전처럼 감기에 걸려 괴롭게 울어 댈 텐데. 저것도 역시 바람둥이야' 하며 담뱃대를 내려놓고 일어선다. 고양이를 부르러 간다며 초롱에 불을 옮기고는 평상복인 하치조(八丈) 산 서생 웃옷*을 걸쳐 입었는데 허리에 묶은 연황색 잔주름 비단 띠는 유난히 근사해 보였다.

맨발로 밟기엔 차가운 나무 복도를 지나 긴 옷자락을 끌면서 툇마루로 나서서 비상문으로 얼굴을 내밀고는 "다마야, 다마야" 하고 두 번 정도 불러 본다. 그리움에 미쳐 제정신이 아닌 고양이는 주인의 목소리도 구별 못하고 몸에 사무치듯이 요염한 울음소리를 내면서 큰 지붕 쪽으로 간다.

"이런 말도 안 듣는 고집불통! 맘대로 해" 하며 내뱉고는 저도 몰래 뜰을 바라본다. 칠흑같이 캄캄한 어둠에 뒤덮여 아무런 분간도 할 수 없는데, 산다화가 핀 낮은 울타리 너머 서생 방문 틈으로 희미한 빛이 새어 나오고 있었다.

'치바(千葉)는 아직 안 자나 보다.'

비상문을 닫고 침실로 돌아오셨지만, 다시 일어나서 과자 선반에서 비스킷을 꺼내어 종이에 싸고는 한 손에 초롱을 들고 툇마루로 나가자, 천장에서 쥐들이 덜커덩거리면서 소란을 피워 댄다. 족제비라도 들어왔는지 찍찍거리는 소리가 무시무시하다. 길을 밝히는 등불이 흔들려 복도는 무척 어둡고 무서웠지만, 어쨌든 자기 집이라 아무렇지도 않게 시녀와 하인이 단잠에 빠져 있는 사이에 사모님은 서생 방으로 가셨다.

"아직 안 자고 뭐 하니?" 하고 장지문 밖에서 말을 건네며 사모님이 곧장 안으로 들어가시자 방 안에 있던 남자는 책을 읽다가 느닷없이 놀라 어안이 벙벙한 얼굴이었다. 그 표정이 재미있어 사모님은 웃으면서 서 계셨다.

2

흰 면포를 씌운 흔하디흔한 나무 책상 위에 습자용 가는 붓, 쥐색 털 붓, 펜이나 나이프가 같이 들어 있는 권공장(勸工場)*에서 파는 붓꽂이, 목이 없는 거북 모양의 물통, 빨간 잉크병이 죽 늘어져 있다. 양치질 상자도 위세를 부리며 잡다하게 놓여 있는 책상에 기대어 여태까지 서양 책을 읽고 있는 서생은 지금 스물셋이 안 됐을 것이다. 머리는 짧게 깎았는데 얼굴은 길지도 않고 각이 지지도 않았다. 눈썹은 짙고 눈은 검은 편이라 전체적인 용모는 좋은 편이지만 너무나도 촌티가 난다. 가는 줄무늬 솜옷에 면으로 된 흰 허리띠를 하고 파란 담요를 무릎 아래에 깔고 몸을 앞으로 숙인 채 양손으로 머리를 감싸 쥐고 있었다.

사모님은 아무 말 없이 비스킷을 책상 위에 올려놓으면서 "너 밤을 샐 거면 춥지 않게 단단히 준비하는 게 좋을 거야. 물 주전자는 차게 식어 있고 불씨라고는 반딧불이 같은데, 용케 이걸로 춥지 않은가 보네. 귀찮더라도 내가 불씨를 살려줄 테니 숯 통을 이리 가져와 봐" 하고 말씀하신다. 서생은 송구스러워 "늘 게으름을 피워 죄송합니다" 하며 고맙기도 하고 난처하기도 해서 숯 통을 내밀며 쭈뼛쭈뼛한다.

"이건 내가 좋아서 하는 거니까" 하며 사모님은 숯을 넣기 시작했다.

다소 자랑 섞인 것이긴 하지만 친절하게 잿불을 조심스럽게 퍼 올려 쌓아 놓은 숯 위에 올려놓고 신문지를 서너 번 접어 모퉁이 쪽에서 부채질을 했다. 어느새 이쪽에서 저쪽으로 불이 옮겨 붙어 타닥타닥하는 소리가 활기차고 파란 불꽃이 하늘하늘 타올라 화로 주변이 조금씩 따뜻해지자, 부인은 큰일이나 해낸 것처럼 "치바야, 어서 불을 쬐거라" 하며 살짝 밀어 주었다.

"오늘은 유난히 춥네" 하며 반지가 반짝이는 하얀 손가락을 등나무로 엮은 화로 가장자리에 올려놓았다.

서생인 치바는 너무나 송구스러워 "이거, 정말 고맙습니다" 하며 고개를 숙일 뿐이다. 고향에서 지낼 때는 누이가 어머니를 대신해서 돌봐 주었다. 본래 화려한 치장을 좋아하는 사모님이 시골에 사는 누이와 닮았을 리 없지만, 중학교 시험을 치르기 위해 계속 밤을 샜을 때 똑같은 말과 똑같은 것을 해 주고 게다가 밀떡까지 해 주며 "따뜻해질 거야"라고 말해 주던 시절도 있었다. 그리운 건 그 옛날이고 고마운 건 지금의 사모님의 마음씨라서, 평소에 보살펴 준 것까지 모두 생각나서 치켜세운 어깨를 오므리며 송구스러워하는 모습을 사모님은 추워하는 줄 아시고 "너, 아직까지도 겉옷이 안 된 거야? 옷 짓는 일꾼한테 부탁해서 급히 만들어 달라고 하거라. 이렇게 추운 밤을 솜옷 하나로 견뎌 낼 수는 없어. 감기라도 걸리면 어떡하려고. 정말로 몸을 돌보지 않으면 안 돼. 요전에 있었던 하라다(原田)라는 공부벌레도 너랑 똑같이 자나 깨나 책만 보는 책벌레여서 놀러도 안 다니고 만담 하나 듣는 일이 없었어. 그건 그것대로 감탄스러우면서도 무서울 정도였는데 특별 허가로 졸업하는 문턱까지는 상처 없이 잘 갔는데, 아깝게도 애야, 뇌에 병이 생겨 버렸잖아. 고향에 계신 어머니가 와서 이 집에서 두 달이나 간병했지만 결국에는 뭐가 뭔지도 모르고 제정신이 아니어서, 말하자면 미쳐서 죽어 버리고 만 거지. 생각만 해도 어처구니가 없는 일이지. 난 그런 걸 봐서 그런지 공부벌레 하면 겁을 먹게 돼. 게으름 피우는 것도 곤란하지만, 어쨌든 병이 나지 않도록 조심해. 특히 너는 외아들에다 부모님도 안 계시고 형제도 없다고 했잖아. 치바 가문을 짊어지고 서 있는 기둥에 이상이 생기면 다시는 일어날 수가 없지. 그렇지 않아?" 하고 사모님이 피붙이처럼 말하니 "네, 네" 하고 대답할 뿐 말이 없었다.

사모님은 일어서며 "많이 방해한 것 같아 미안해. 그럼 되도록 빨리 쉬도록 해. 난 돌아가서 자기만 하면 되는 몸이고 방에 돌아가는 동안은 추워도 대수롭지 않으니 이걸 입고 있어. 사양하면 서운하니까 뭐든 가만히 나이 먹은 사람이 하는 대로 따르면 되는 거야" 하고 살포시 웃옷을 벗어 치바의 등에 걸쳐 주었다. 체온이 느껴져 등골이 따스해지고 짙은 향기가 온몸을 덮쳐서 인사도 제대로 못하고 있는데 사모님이 "잘 어울리는걸" 하고 웃으면서 초롱불을 손에 들고 일어서시자 초가 어느새 삼분의 일 정도밖에 남아 있지 않았다. 처마 끝에 높기만 하네, 초겨울 찬바람은.

3

　낙엽을 태운 연기가 피어오르는 것은, 아니 그게 아니라 말라 버린 정원수를 스치며 뒷골목 집 쪽으로 아침마다 연기가 나부끼는 것은 가나무라(金村) 집안의 사모님이 일어나신 거라며 사람들은 험담을 해 댄다. 하지만 습관은 무서운 거라서 아침식사 전에 목욕을 하지 않으면 수저를 들 맛도 안 나고 하루라도 거르면 하루 종일 기분이 예사롭지 않고 뭔가 허전한 느낌이 든다. 듣는 사람은 멋쟁이나 하는 도락으로 치부해 버리지만 본인한테는 정말로 어쩔 도리가 없는 버릇일 뿐이다. 이제 와서 귀찮을 때도 있지만 하녀들이 언제나 그런 걸로 알고 명령이 없어노 땔감을 지피며 "온도를 다 맞춰 놓았습니다" 하고 잠자리로 와서 고하면 '이제 그만두지요' 하고 몇 번이나 말을 할까 생각하면서도 여전히 포기할 수 없는 사치의 하나가 되었다. 무거리를 넣은 쌀겨 주머니로 씻어 내고 나와 하얀 분으로 두꺼운 화장을 하는 일도 이제는 그만둘 수 없는 습관이 되어 버렸다.

나이를 말하면 스물여섯. 늦게 핀 꽃도 나뭇가지에서 시드는 시절이지만 능숙한 화장술과 타고난 미모 두 가지가 합쳐져 다섯 살은 젊게 보이는 건 덕이 많은 천성이다.

"아이가 없으니까" 하며 머리 올리는 도메(留)가 말하는데 있으면 조금은 안정감이 있으려나. 지금도 소녀의 마음을 잃지 않았는데 금니를 넣은 입으로 이래라저래라 하며 분별 있게 수많은 하인을 다루지만, 바깥어른을 앞세워서 짓켄다나(十軒店)*로 인형을 사러 가는 걸 보면 여염집 부인 같지는 않다. 사모님이라 불리는 몸이지만 오코소 두건에 어깨걸이를 걸치고 남편과 함께 가와사키(川崎)에 있는 절로 참배하러 가는 도중에 정류장에 몰려 있는 군중들이 "저게 신바시(新橋)나 어딘가에 있는 기녀인가?" 하며 속삭이는 말을 듣고 이것을 꽤나 기뻐하여 어느새 취향도 그렇게 되었는데, 그것도 다 용모가 그렇게 만든 탓이다.

눈과 코의 생김새부터 머리 모양, 하다못해 좋은 치열까지 어머니를 그대로 닮았다. 사모님의 아버지라는 자는 붉은 귀신 요시로(與四郎)라고 하여, 십 년 전까지는 대단히 눈이 빛나셨는데 남의 생피를 짜낸 응보인지 오십도 되기 전에 갑자기 뇌출혈로 쓰러져 하루아침에 이 세상의 세금을 다 내게 되었다. 아무리 장례식의 조화가 화려하고 훌륭하게 장사를 지내도 네거리에 서서 지켜보는 사람들한테 비난을 받으니 내세가 어떨지 걱정될 지경이었다.

이 사람은 처음에는 대장성(大藏省)에서 월급 팔 엔을 받는* 꾀죄죄한 양복에 공단 양산을 쓰고 큰 비가 올 때도 인력거조차 탈수 없는 신세였다. 그런데 일대 결심을 하고 모자도 신발도 벗어

던지고는 이마가와(今川) 다리 옆에 야간 영업을 하는 메밀떡집을 개업했다. 그 무렵의 기세란 천 근 무게를 들쳐 업고 큰 바다라도 뛰어넘을 듯했다. 당시에는 혀를 차며 놀라는 사람도 있었고, 앞뒤 생각도 없이 무모하게 달려드니 머지않아 밑천이 바닥이 나서 망할 게 뻔하다며 험담을 늘어놓는 사람도 있었다. 금은보화로 가득 찬 수미산을 뛰어넘을 정도로 벼락부자가 된 요시로의 젊은 시절을 조금 이야기하면, 가시나무처럼 거친 요시로에게도 이슬 같은 사랑이 있었다. 어릴 적부터 친했던 아내는 미오(美尾)라는 이름에 걸맞게 자태도 품위 있고 아름다웠다. 열일곱이 될까 말까 한 그녀를 천지에 둘도 없는 것처럼 받들던 그는, 퇴근 길에 손에 든 반찬 꾸러미를 보고 사람들이 너무나도 무르다고 험담을 해도, 아내가 기다리는 저녁 무렵 까마귀 소리를 들으며 둘이서 먹을 반찬을 사 오고 아침에 출근하기 전에 물병 밑바닥을 청소하고는 하루 종일 물지게를 지지 않도록 우물물을 길어다 두었다. "여보, 점심밥을 지을게요"라고 하면 "알았어" 하며 쌀 씻는 통에 계량해서 내주는 물러빠진 짓도 해 댔다. 이렇게 끝났으면 천년만년 아름다운 꿈속에서 살았을 텐데.

그렇게 지내며 오 년이 지난 봄 매화가 필 무렵, 남편은 토요일 오후부터 동료 두세 명과 함께 가쓰시카(葛飾) 부근의 유명한 매화 저택을 거닐다 돌아오는 길에 히로코지(廣小路) 주변의 요릿집으로 몰려갔다. 술도 많이 마시는 편이 아니어서 가볍게 마시고 동료들한테 빈축을 사면서도 특별히 선물 꾸러미까지 주문하고는 혼자 먼저 나와 터벅터벅 걸어 혼고(本鄕) 쓰케기다나(附木店)에 있는 집으로 돌아왔다.

그런데 격자문도 잠겨 있지 않았고 방 안으로 들어가니 등불도 그대로였고 화롯불은 검게 식어 재가 밖으로 펄펄 날리고 있었다. 부엌 천장에 난 창문을 열어 놓은 탓에 아직 음력 이월의 바람이 불어 들어와 온몸에 사무친다. 도대체 무슨 사정인지 짐작조차 안 가는 일이라서 램프를 꺼내 놓고 곰곰이 생각에 잠겨 있자, 인기척을 듣고 바로 옆집에 사는 소학교 교원의 아내가 황급히 앞문으로 들어오더니 "돌아오셨네요. 부인께서는 아까 세 시를 좀 지났을까요. 친정에서 보내신 좋은 인력거가 와서 집 좀 봐 달라고 말씀하시고는 그대로 외출하셨어요. 불씨가 없으면 가지러 오세요. 따뜻한 물도 있어요" 하며 친절하게 돌봐 준다. 의심의 그림자가 가슴을 뒤덮어 어떤 차림으로 무슨 말을 하고 나갔느냐고 묻고 싶었지만, 질투 많은 남자로 보이는 것이 싫어서 "여러 가지로 폐를 끼쳐서 죄송합니다. 제가 돌아왔으니 이제 걱정 마시고 쉬세요" 하며 딱 잘라 말해 옆집 부인을 돌려보내고 나서 혼자 쓸쓸히 램프 빛 아래서 담배를 피웠다.

'얼어 죽을 선물 꾸러미는 쥐나 먹어라' 하며 꾸러미를 끈이 묶인 채로 부엌에 휙 내던졌다. 그날 밤은 잠자리에 들어도 화를 참을 수가 없었다.

'설령 그 어떤 용무가 있어도 그렇지. 내가 없는 틈에 무단 외출이라. 일부러 문도 열어 놓고 나가다니, 이게 결혼한 여자가 할 짓인가' 하고 생각하자 화가 끓어오르는 것 같았다. 그 다음 날은 일요일이라 하루 종일 드러누워 있어도 뭐라 할 사람이 없었다.

바깥 격자문에 자물쇠를 잠근 채 누가 찾아와도 기척도 내지 않고 베개를 상대로 애벌레 흉내를 내며 아무 하는 일 없이 오후 네 시가 되었다.

인력거가 문에서 멈추더니 우아한 나막신 소리가 들려오는데, 알면서도 모른 척 자는 시늉을 하자 미오는 격자문을 밀어 보더니 "이게 어찌 된 일이지? 빗장이 걸려 있네" 하고 혼잣말을 중얼거리며 옆집 소나무 울타리를 따라서 좁은 샛길을 통해 부엌으로 들어갔다.

"어제 오후 야나카(谷中)에 계시는 어머니가 갑자기 화병으로 경련을 일으켜 쓰러져서 한때는 이제 다시 돌아오지 못할 거라고 했지만, 의사 선생님께서 피하주사인지 뭔지로 처치해서 무사히 넘겨 오늘은 혼자서 화장실에 가실 수도 있게 되었어요. 이런 연유로 경황이 없어 어제 집을 나설 때도 가슴이 두근두근 아무 생각도 못하다가 나중에서야 문단속도 못하고 대문도 열어 놓고 나왔다는 걸 알았어요. 당신이 많이 화가 나셨겠구나 하며 걱정이 돼서 견딜 수가 없었는데도 병자를 버리고 돌아올 수도 없어 오늘도 이렇게 늦게까지 있었어요. 어디까지나 제가 나빴어요. 이렇게 용서를 빕니다. 제발 사과를 받아 주세요. 언제나처럼 환한 얼굴을 보여 주세요. 기분을 푸세요" 하고 사죄하자 '아, 그럴까' 하며 조금은 화가 꺾여서 "그렇다면 그렇게 됐다고 왜 엽서라도 보내지 않았어. 바보처럼" 하고 꾸짖고는 "어머님은 병도 없고 건강한 사람인 줄 알았는데 화병이라니 처음 듣는 이야기군" 하며 금슬 좋게 이야기를 나눴다. 요시로는 무슨 비밀이 있는지도 몰랐던 것이다.

4

세상에 거울이라는 게 없다면 자기 얼굴이 예쁜지 추한지도 모르고 그저 자신의 처지에 만족하고 아홉 자 두 칸 집에 양귀비나 오노노 고마치를 숨겨 두어도 앞치마를 두르고 우아하게 지냈을 텐데. 경솔하고 얕은 여자의 마음을 흔들어 깨우는 남들의 칭찬에 저도 몰래 크게 흥분하여 어제까지는 내버려 두었던 머리 모양을 요염하게 틀어 올리고 손거울을 꺼내 보니 눈썹도 무성하게 나 있어 옆집에서 면도칼을 빌려 얼굴을 다듬는다. 애초에 외양에 신경 써서 들뜨게 되면 속옷의 소매도 갖고 싶고 한텐의 옷깃이 너무 닳아서 실처럼 된 것도 슬프다. 요시로의 아내 미오도 우선은 남들이 부추긴 탓이다. 신분이 높지는 않아도 진실한 남편의 정을 기뻐하며 다다미 여섯 장과 네 장의 방 두 칸 집을 고대광실처럼 여기고 살아왔다. 언젠가 사 정목(丁目)에 있는 약사당(藥師堂)에서 사다 준 은반지를 소중히 여겨 뱅어 같은 흰 손가락에 끼고, 말 발톱으로 만든 빗도 위세를 떨치는 사람들이나 한다는 별갑(鼈甲)만큼이나 기뻐했다. 하지만 보는 사람마다 극구 칭찬하면서 "이 정도의 용모는 묻어 두기 아까워. 화류계에 나가면 아마 시마바라(島原)* 최고의 미인이 되어 견줄 만한 이도 없을 텐데" 하면서 말에는 세금이 안 드니까 재미 삼아서 남의 아내를 이러쿵저러쿵 평하는 바보도 있다. 두부를 산다며 찬통을 들고 밖에 나가면 지나가던 젊은 남자들이 뒤돌아보며 "미인인데, 아쉽게도 옷차림이 저게 뭐야" 하며 와락 웃어 댄다. 생각하면 메이센(銘仙) 비단*을 흉내 낸 면 옷에 좁고 얇아 빠진 빛바랜 자주색 허리띠를 매고 있는데, 팔 엔 버는 하급관리의 아내로서 이 이상 차려입을 수 없는 일인데도 젊은 마음에는 한심스러워 테가 헐거워진 찬통에서 두붓물이 떨어지는 것은 아랑곳 않고 몰래 눈물을 떨구었던 것이다.

어쨌든 마음이 산란해서 옷깃이나 소맷부리만 신경이 쓰이는데, 엎친 데 덮친 격으로 작년에 봄비가 그치고 난 어느 날 꽃이 활짝 피었을 때의 일이다. 우에노를 비롯해 스미다 강 주변을 부부가 함께 구경했는데 있는 대로 꽤나 멋을 부려 소중하게 간직하는 비장의 한 벌을 입고 외출했다. 남편은 검은 명주로 가문의 문양을 새긴 겉옷을 걸치고, 아내는 하나뿐인 하카타(博多) 허리띠를 하고 어제 졸라서 산 검은 옻칠한 나막신을 신었다. 비록 신발은 최고급품인 난부(南部) 다타미 바닥의 모조품이었지만 고를 것도 없었기에 만족하며 외출했다. 동쪽의 히에이(比叡) 산이라 불리는 우에노의 관영사(寬永寺)의 사월, 구름으로 착각할 정도로 흐드러지게 핀 꽃들이 오늘내일로 딱 보기 좋은 십칠일이다. 히로코지에서 바라본 돌계단을 오르내리는 사람들의 모습이 마치 개미가 탑을 쌓고 있는 것 같았다. 나무에 핀 꽃과 화려한 옷이 경쟁하는 것을 무심히 바라보기만 해도 눈이 즐거운 다시없을 경치였다.

둘이 사쿠라가오카(櫻が岡) 언덕에 올라 지금의 앵운대(櫻雲臺) 근처까지 왔을 때, 반대편에서 대여섯 대의 인력거가 우렁찬 구령 소리와 함께 다가왔다. 사람들이 멈춰 서서 "어머나, 어머" 하며 말한다. 보아하니 어느 곳의 화족인 듯하다. 노인과 젊은이가 섞여 있는데 화려한 사람은 소맷자락이 긴 연홍색 정장 차림에 진홍색 속옷을 겹쳐 입었다. 늙어 보이는 이는 꽃나무 사이로 보이는 소나무색 옷을 입고 있다. 언제 봐도 질리지 않는 것은 검은색 옷에 별갑 머리 장식이었다. 지금 유행으로 말하면 회중시계의 쇠줄이 옷깃 사이에서 반짝이는 것과 같을 것이다.

인력거가 유명한 요정인 야오젠(八百膳) 앞에 서자 일행은 안으로 들어가 버렸다. 밉살스러운 험담을 하며 지켜보는 자도 있고 그럭저럭 멋있다며 지나치는 사람도 있었지만, 미오는 무엇을 느낀 건지 멍하니 서서 그것을 바라보는 모습이 어딘지 쓸쓸하고 수심에 잠긴 듯했다.

"어느 화족이겠지. 화장이 굉장히 짙네" 하며 요시로가 뒤돌아서 말하는 것도 들리지 않는 모양이었다. 자신의 신세를 들여다보고 풀이 죽어 있자 요시로는 걱정이 되어 왜 그러냐고 묻는다.

"갑자기 기분이 안 좋아져서요. 저는 무코지마에 가는 건 그만두고 여기에서 그냥 집으로 돌아가고 싶어요. 당신은 천천히 구경하다 오세요. 먼저 인력거로 돌아갈게요" 하고 힘없이 풀이 죽어서 말하자 "그러면⋯⋯" 하고 요시로가 걱정을 시작한다.

"혼자서 무슨 재미가 있겠어. 나중에 다시 오기로 하고 오늘은 그만두지" 하며 미오가 하자는 대로 친절하게 따라 주는 기쁨도 이때만큼은 대수롭지 않게 느껴진다. "하다못해 돌아가는 길에 닭요리라도 먹자"고 하며 요시로가 기분을 돌리려 할수록 미오는 왠지 슬퍼져서 도망치듯이 재빨리 귀로를 서두른다. 흥이 모조리 깨져 버린 요시로는 오로지 오미오의 병에 가슴이 아팠다.

허무한 꿈에 마음을 빼앗기고 나서 오미오는 이전의 자신이 아니었다. 남이 보이지 않는 곳에서는 눈물로 소매를 적시거나 누군가를 그리워하는 것도 아니건만 멍하니 수심에 잠겼고, 죄스러운 걸 알면서도 요시로를 대하는 것도 어제와는 달랐다. 잔소리를 할 때는 건성으로 대답하고, 남자가 화를 내면 자기도 화가 나서 "마음에 들지 않으면 이혼하면 되잖아요. 무리해서 있게 해 달라고 부탁하진 않아요. 저한테도 태어난 집이 있다고요" 하며 고자세로 나오니 남자도 견디다 못해 한순간 흥분해서 빗자루를 휘두르며 나가 버리라고 해서 부부 사이가 위험해지기도 하니 여자의 마음도 슬퍼져 가슴이 막혀 온다.

"당신은 나를 괴롭혀 내보내시려는 건가요? 제 몸이야 애초부터 당신한테 드린 것이니까, 그렇게 미우면 때리세요. 죽이시라고요. 여기에서 뼈를 묻을 생각으로 온 몸이니 죽어도 여기를 떠나지 않을 거예요. 자, 어떻게든 해 보세요" 하고 울면서 소맷부리를 잡고 매달리며 몸부림을 쳤다. 처음부터 미울 것이 없는 아내여서 이혼 같은 것은 겁을 주려고 그랬을 뿐이라, 막상 매달려

우는 것을 보게 되면 고집을 부리기는 했지만 허물없는 사이라서 응석을 부린 것이려니 하고 용서하니 애틋함은 날이 갈수록 커져만 간다.

5

요시로는 다른 마음이 없어 하루도 백 년도 같은 날처럼 보냈지만, 그 무렵부터 미오의 행동은 어딘가 석연치 않았다. 멍하니 하늘만 바라보며 아무것도 손에 잡히지 않는 듯 수상쩍었다. 요시로가 주의 깊게 살펴보니 마치 사랑에 마음을 빼앗겨 얼빠진 사람 같았다.

"오미오, 오미오!" 하고 부르면 "무슨 일이에요?" 하고 대답하는 소리에 힘이 없고, 하루하루를 아무렇게나 의무감으로만 보내면서 몸은 여기에 있는데 마음은 어디를 헤매고 있는 건지 알 수가 없다. 마음에 걸리는 게 한두 가지가 아닌 데다 아내를 남한테 뺏기고도 모르는 것은 남편이 아내한테 무르기 때문이라며 손가락질당하는 것도 분했다. 이윽고 정말로 그런 일이 밝혀지면 어떻게 될까 하면서도 무서운 계획까지 세워 미오의 그림자가 된 것처럼 일거수일투족을 지켜보았다. 하지만 이렇다 할 흔적도 없고 단지 무심코 상념에 빠져들어 어느 때는 갑자기 서럽게 울면서

"당신은 언제까지 쥐꼬리만 한 월급에 목매고 사실 셈이에요. 건너편 저택의 바깥양반은 옛날에는 하급관리만 오래 해 왔던 분인데, 일대 결심을 하고 저렇게 출세를 하셨잖아요. 마차에 타고 있으면 어떠한 털북숭이라도 멋지게 보이지 않겠어요. 당신도 남자잖아요. 한시라도 빨리 이런 누더기 옷에 도시락을 싸들고 다니는 짓을 그만두고, 길을 걸을 때 지나가는 사람이 뒤를 돌아볼 정도로 훌륭한 사람이 되어 주세요. 저한테 반찬을 사다 주는 진심으로 직장에서 귀가하는 길에 야학이든 뭐든 해서 부디 세상 사람들한테 뒤지지 않는 어엿한 사람이 되어 보세요, 제발 부탁이에요. 저는 그걸 위해서라면 부업이라도 해서 어떡하든 반찬값을 벌도록 할게요. 그러니 제발 공부를 하세요. 이렇게 빌게요" 하며 진심으로 이 변변치 못한 생활을 타박하자, 요시로는 자신을 매도하는 것 같아 화가 났다.

'나를 위하는 척하면서 실은 자기를 위해서 들먹이는 야학이란 내가 없는 틈에 즐기기 위해서 그러는 걸 거야' 하고 생각하니 너무나 분해서 "어차피 나란 인간은 보는 바와 같이 패기가 없다고. 마차 같은 건 생각도 못해 봤어. 앞으로 거리에서 인력거나 끄는 신세가 될지도 모르니까, 지금이라도 장래를 생각해서 영리하고 능력 있는 학자나 호남형의 젊은 사람으로 갈아타는 게 좋을 거야. 건너편 주인도 네 용모를 칭찬한다고 하던데" 하며 시답잖게 비아냥거린다.

"게으름뱅이야. 게으름뱅이라고. 난 게으름뱅이에다 패기도 없다고" 하면서 대자로 벌렁 누워 야학은커녕 아침에 출근하는 것도 싫어하며 한시도 오미오의 곁을 떠나지 않으려고 했다.

"아아, 당신은 어째서 그렇게 말귀를 못 알아듣는 건가요" 하며 못마땅하게 여기니 서로의 마음이 서먹서먹해져서 무슨 말만 하면 결국 싸움의 단초가 되어 울고 원망하며 계속 싸워 댔다. 아무리 그래도 미워할 수 없는 부부는 그때그때의 추억을 잊지 못해 "당신, 이렇게 하세요, 저렇게 하세요" 하면 "오미오, 오미오" 하며 눈에 넣어도 아프지 않을 정도로 애틋해하니, 근처에 사는 이웃들은 부부싸움에 끼어들려 하지 않았다.

이전에 매화를 구경하러 외출했을 때, 친정에서 보냈다며 금빛 가문이 새겨진 인력거가 온 뒤로부터 오미오는 언제나 상념에 빠져 남편을 심하게 헐뜯지도 않고 멍하니 하루를 보냈다. 친정에 가는 일도 갈수록 잦아졌는데 돌아와서는 옷깃에 턱을 묻고 처량하게 한숨만 토해 낸다. 남편이 수상쩍어 하면 그저 기분이 안 좋다고만 하면서 식사도 제대로 못하고 나른하기만 해서 낮잠을 자기가 일쑤니 날이 갈수록 얼굴이 파래졌다. 요시로는 오로지 병인 줄만 알고 한없이 슬퍼져서 의사한테 진찰을 받으라는 둥 약을 먹으라는 둥 하며 질투도 잊고 온통 사력을 다했다.

하지만 오미오의 병은 임신이었다. 삼사월경부터 그것이 분명해져서 어느새 매실이 떨어지는 장마철이 되자, 이웃사람들에게 축하한다는 말을 확실히 듣게 되었다. 때마침 조금 더워졌지만 부끄러워 한텐을 벗지 못했다. 요시로는 너무 기쁜 나머지 꿈을 꾸는 듯했다. 이번 시월이 출산 예정인데, 남한테 말은 못해도 손꼽아 기다리며 마음으로는 사내아이가 태어났으면 좋겠다고 덧없이 점을 쳐 본다. 겉으로는 태연한 척하지만 무사히 출산하도록 기원하는 것이라면 부적이든 뭐든 사람들한테 들은 말을 곧이곧대로 받아들여 출산에 관해서는 아무것도 모르면서 쓸데없는 것만을 사 모으고는 미오의 어머니한테 이것저것 부탁하다가 "자네보다는 내가 이 방면은 더 잘 안다네" 하는 얘기를 듣고는 수긍하며 입을 다물었다.

6

"월급 팔 엔은 아직 오른다는 소식도 안 들리는군. 이제 어린애까지 태어나면 돈도 더 들어가고 남의 손도 빌려야 하는데 자네는 어쩔 셈인가. 미오는 몸이 허약하니 남편을 도와 부업을 하는 것도 어려울 거야. 셋이서 꼼짝도 못하고 거렁뱅이 같은 생활을 하는 것도 별로 칭찬해 줄 일이 아니잖은가. 지금부터라도 뭐든 새로운 일자리를 찾아서 좀 더 돈이 되는 직업으로 바꾸지 않으면 앞으로 생활하기 힘들어질 거야. 무엇보다 어린애를 키워야 하지 않은가. 그리고 미오는 내 외동딸이니 결혼을 시킨 이상 내 노후도 자네가 돌봐 줬으면 하네. 호화로운 생활을 할 생각은 없지만 절에 갈 때 용돈 정도는 받고 싶어. 나를 돌봐 주겠다는 약속을 해서 시집을 보냈건만, 애당초 용돈을 못 주는 건 괘씸한 게 아니라 그저 내가 못난 탓이니 그건 단념했네. 대신 나는 그저 입에 풀칠이라도 하려고 이 나이에 부끄럼을 무릅쓰고 알선업도 하고 남의 집 일도 하러 다닌다네. 그래도 아무 기댈 곳도 없으면 고생도 할 수 없는 법이라네. 자네 부부의 벌이를 눈여겨보고 있네만, 내가 수족을 못 쓰게 되어 조금이라도 신세를 져야 할 날이 온다고 해도 월급 팔 엔으로 뭘 하겠나. 그런 걸 생각하면 지금이라도 각오를 해서 조금은 서로 괴롭더라도 당분간 부부가 헤어져서 살도록 하게. 미오는 아이랑 같이 내가 맡을 테니, 자네는 혼자 지내면서 관리라고 어깨에 힘만 주지 말고 멀리 객지에 가서라도 이렇다 할 벌이를 해서 남들처럼 살 수 있도록 하는 게 좋지 않겠어. 미오는 내 딸이니 내 마음대로 따라 줄 걸세. 이제 모두가 자네의 생각 하나에 달려 있네" 하고 어머니는 오미오가 출산하기 전부터 돌볼 일이 너무 많다며 이 집으로 아예 들어와서는, 걸핏하면 요시로를 나무랐다. 이가 갈릴 정도로 화가 나서 이 늙은이를 때려 눕히는 건 일도 아니라고 생각하면서도 홀몸도 아닌 미오의 마음이 아프면 뱃속의 아이한테도 영향이 미칠 거라며 자신을 달랜다.

"저도 이래봬도 남자입니다. 처자식 정도는 먹여 살릴 수 있습니다. 그리고 기나긴 인생인데 죽을 때까지 팔 엔만 받겠습니까. 그러니 그 점은 그다지 걱정하지 않으셔도 돼요" 하고 멋지게 말하자, 어머니는 검은 칠이 군데군데 벗겨진 이빨을 드러내면서 "아아, 참 훌륭한 말씀이네. 그렇게 나오지 않으면 기쁘지가 않지. 과연 사내 대장부로군. 그 정도로 생각을 하고 있다니. 그래, 그래" 하며 마음에도 없으면서 고개를 끄덕거리니 밉살스럽기만 하다. 미오는 "어머니, 그런 말씀 마세요. 그이가 기분 나빠지면 곤란하잖아요" 하며 허둥대자 요시로는 자신만만해져 '할망구가 아무리 갈라놓으려 해도 미오는 내 사람이야. 부모가 시킨다고 헤어질 박정한 여자가 아니라고. 게다가 이제 곧 귀여운 자식이 생기니 우리 사이는 만만세야. 하늘을 가르는 천둥도 우리를 떼어 놓을 수 없어' 하니 어머니를 깔보며 절대 헤어지지 않겠다고 자기 혼자서 결심한다.

시월 십오일. 요시로가 퇴근하기 직전에 무사히 여자아이가 태어났다. 바라던 사내아이는 아니었지만 귀여운 건 마찬가지다.

"아, 자네 왔는가" 하며 어머니가 맞아 주는데 과연 첫 손녀를 얻은 기쁨이 뺨에 생긴 주름에 뚜렷이 나타나 "여기 좀 보게나. 얼마나 예쁘게 생겼는가. 아아, 이렇게 귀여울 수가" 하며 손으로 가리키며 새삼스레 기뻐서 허둥댄다. 손을 내미는 것이 다소 어색해서 어머니한테 안게 하고는 살짝 들여다보니 누구를 닮았는지 정확하게 분간은 못해도 이상하게도 귀엽다. 우는 소리는 어제까지 옆집에서 들리던 것과는 다른 느낌이고, 그토록 걱정스러웠는데 어쨌든 무사히 끝나서 무거운 짐을 벗어 놓은 것 같았다. 산모의 상태가 어떤지 들여다보니 높은 베개를 베고 헝클어진 머리를 머리띠로 동여매고 있었다. 가슴이 미어질 정도로 지쳐 있었지만 그 아름다움은 성스러울 정도였다.

일곱째 날에는 몸조리도 끝내고 참배도 가고 해서 그냥 분주하게 지나갔다. 어린애 이름을 종이에 써서 마을의 수호신 앞에서 제비를 뽑듯이 집어내니, 영원히 변함없는 소나무, 대나무, 봉래산의 학, 거북 같은 건 안 나오고, 요시로가 이런 이름도 부르기 쉽다며 휙 갈겨쓴 마치(町)라는 이름이 뽑혔다.

"여자는 자고로 얼굴이 예뻐야 다른 사람한테 사랑을 받고 운명이 더없이 좋은 법이야. 오노노 고마치는 아니라도 오마치는 아름다운 이름이야"라고 하며 가족들은 몹시 기뻐서 "마치야, 마치야!" 하고 서로 안으려 했다.

7

오마치가 큰 소리로 웃게 되었을 때는 새해가 밝았다. 오미오는 날마다 뭔가 걱정스러운 얼굴을 하고 가끔은 눈물을 흘리기도 했다. 출산과 관계된 부인병이라고 스스로 말했기 때문에 요시로는 그다지 의심도 않고, 그저 아이가 자라는 이야기만 하면서 예의 양복 차림으로 후줄근한 직장에 도시락을 싸들고 어제도 오늘도 나갔다.

오미오의 어머니는 도쿄 살이도 우울하고 무료하게 하루하루를 보내는 것도 싫증이 났는지 "일단은 너희들 뒷바라지도 이젠 그만하고 싶다. 그리고 언제나 친절히 대해 주시는 종심품 군인 나리께서 교토 방면으로 영전되신다는 소식이 있는데, 다행히 저택을 그쪽에 지으셨다니 거기서 일하는 하녀들 관리나 하면서 죽을 때까지 있을 생각이다. 노후에도 부양해 주신다는 약속도 돼 있으니 이제 여기에 머물지 않겠다. 또 올 일이 있으면 하룻밤 재워다오. 다른 폐는 끼치지 않으마" 하고 말했다. 요시로는 그래도 미오의 어머니인 만큼 아내가 허전해 할 것 같아서 "장모님도 이제 연세가 많이 드셨어요. 아무리 좋은 일자리라 하더라도 남의 집에서 일하게 하면 자식 된 저희들이 얼굴을 들 수 없어집니다. 제발 여기에 계셔 주세요" 하고 말하지만 "아닐세. 그런 말은 자네가 출세하고 난 뒤에 해 주게! 지금은 무슨 말도 듣기 싫다네" 하고 말하고는 혼자서 보따리 하나를 들고 야나카의 집은 세를 놓는다는 종이를 붙이고 배를 타고 유유히 그쪽 땅으로 향했다.

한 달이 지나가고 구름도 검고 달빛도 어두운 저녁녘, 요시로가 조사해야 할 일이 남아 있어서 이를 처리하고 귀가한 것은 날이 저문 여덟 시였다. 여느 때 같으면 어슴푸레한 램프 아래에 바람개비나 장난감 강아지가 어지럽게 널려 있고, 아직 어머니라는 이름이 걸맞지 않은 미오가 가슴을 풀어 헤치고 아이한테 젖을 물리는 아름다운 모습이 보일 텐데, 격자문 밖에서 들여다보니 불빛은 희미하고 장지문에 비치는 그림자도 없다.

"오미오, 오미오!" 하고 이름을 부르며 들어섰더니 대답은 옆집 쪽에서 들려왔다.

"지금 갑니다" 하는 대답은 닮았지만 말투는 미오가 아니었다.

이웃집 여자가 들어오는 것을 보니 품에는 마치를 안고 있었다. 요시로는 가슴이 뛰는 것을 억누르며, "미오는 어디에 갔습니까? 이렇게 날도 저물었는데 불을 켜 놓은 채로 시장에라도 갔나요?" 하고 묻자 옆집 부인은 눈살을 찌푸리며 "글쎄요"라고 하다가 잠에서 깬 마치가 품속에서 칭얼대며 보채는 것을 "아아, 착하지, 착하지" 하고 달래느라 말이 끊겼다.

"등불은 방금 켰어요. 실은 지금까지 제가 집을 봐 주고 있었는데요. 저희 집 말썽꾸러기가 떼를 써서 잔소리를 하느라고 잠시 집을 비웠어요. 사모님이 오늘 점심 전에 '큰길까지 장을 보고 올게요. 돌아올 때까지 이 아이를 좀 봐 주세요' 하고 말씀하기에 잠시만 봐 주면 될 줄 알았는데, 두 시가 되어도 세 시가 되어도 소식은 감감하고 지금까지 그림자도 비치지 않아요. 어디까지 시장을 보러 가신 건지. 집을 봐 달라고 해 놓고는 날이 저물도록 오지 않으니 걱정이 되네요. 정말 어찌 된 일일까요?" 하며 물어 와서 "그건 제가 여쭙고 싶은 말이에요. 평상복을 입고 갔나요?" 하고 묻자 "글쎄요. 겉옷만 갈아입은 것 같기도 하네요" "뭔가 들고 가던가요?" "아니요, 그런 것 같지는 않았어요"라고 한다.

"그럼 어찌 된 걸까" 하고 팔짱을 끼지만 이렇게 늦게까지 어디에 있을지 짐작조차 할 수 없다.

"서투르셔서 아이를 돌보시지는 못하시겠죠? 돌아오실 때까지 제 젖을 먹일게요" 하고 차마 보기가 딱했던지 이웃집 여자가 아이를 안고 나갔다.

"아무쪼록 잘 부탁드립니다" 하고 말하면서도 미오의 행방에만 마음을 뺏겨 마치에 관한 것은 안중에도 없었다.

'설마, 설마' 하고 생각해 보지만 풀리지 않는 의구심은 구름처럼 부풀어 올라서 단 하나뿐인 서랍장에서부터 버드나무 옷상자까지 뒤져 보며 혹시나 흔적이라도 있을까 찾아보아도 먼지 한 톨도 바뀐 데라곤 없었다. 장신구 중에서 언제나 보물처럼 소중히 간직하며 가장 좋아했던 허리띠를 고정하는 얼룩덜룩한 헝겊도 그대로 있었다. 그러다 항상 용돈을 넣어 두는 경대 서랍을 열어 보았는데, 어찌 된 일인지 손을 베일 것 같은 빳빳한 새 지폐가 거의 스무 장이나 겹쳐져 있고 그 위에 편지 한 통이 놓여 있었다. 요시로는 보자마자 너무나 놀라 가슴에서 커다란 파란이 일어나는 것 같았다.

'과연 사정이 있었군' 하며 미친 듯이 그 편지를 펼쳐 보니 단한 마디뿐이었다.

미오는 죽은 거나 다름없습니다. 찾지 마세요. 이건 마치의 우유 값으로 쓰시기 바랍니다.

요시로는 갑자기 안색이 울긋불긋해졌고 입술을 떨면서 "나쁜 할망구" 하며 외쳤다. 그의 마음 깊은 곳에서 분노가 끓어올라 몸에서 검은 연기가 피어오르는 것 같았다. 지폐도 편지도 갈기갈기 찢어 버리고 벌떡 일어서는 모습을 미오가 봤다면 어땠을까.

8

덧없는 세상의 욕망을 돈에 모아서 십오 년간 발버둥친 탓으로 남들한테는 붉은 귀신이라는 별명까지 들은 요시로는 오십이 채 안 되어 한줌의 재로 생애를 끝냈다. 그의 유산은 수만금이었다. 지금의 가나무라 교스케(金村恭助)는 그 요시로의 데릴사위였다.

'저 사람은 저 정도의 신분이면 남의 성을 따르지 않아도 괜찮을 텐데' 하고 비방하는 이도 있었지만, 마음 편히 뜻한 길을 달리면서 번잡스럽게 집안에 신경 쓸 일이 없는 것은 모두 장인의 선물인 셈이다. 그래서 부인인 마치코는 자연스레 총애를 받았는데 무턱대고 남편을 업신여기지도 않았다. 시부모님이 계셔서 모든 일에 눈치 보는 다른 며느리와 달라서 보고 싶어지면 작품이 바뀔 때마다 연극을 보러 가도 뭐라 하는 이가 없었다. 꽃구경이나 달맞이를 하자며 바깥어른을 재촉해서 함께 팔짱을 끼고 다니는 것을 좋아했는데, 그의 귀가가 늦어지면 어디든 전화를 거느라 밤이 깊도록 주무시지도 않았다. 너무나 그립고 보고 싶어질 때는 스스로도 조금은 부끄럽긴 하지만, 무슨 영문인지 바깥어른이 계시지 않을 때는 허전해서 견딜 수가 없었다. 오빠 같기도 하고 부모 같기도 한 남편이 믿음직스러웠다.

그렇기는 했지만 가끔 지방 유세 같은 것을 해서 석 달이나 반 년 정도 집을 비울 때도 있다. 병을 고치기 위해 온천관광을 하는 것도 아니라서 이때만큼은 응석도 통하지 않았다. 그래서 부질없이 편지나 주고받았는데 서로의 봉투 안에 든 내용 중에는 남한테 보여 줄 수 없는 것이 많았다.

이 부부 사이에는 웬일인지 아이가 없다. 결혼한 지도 십 년이 넘었건만 전혀 그러한 기미조차 없어서 기요미즈 당(淸水堂)의 목우한테 수없이 기도를 올려 보아도 다 허사였다. 바깥어른은 너무 쓸쓸한 나머지 양자라도 들이자고 말씀하셨지만 사모님의 취향이 까다로워서 이것도 인연이 없이 지나간다.

낙엽에 낀 서리가 날이 갈수록 깊어지고 찬바람이 흠씬 몸에 사무친다. 초겨울비가 내리는 밤엔 여자들이 고타쓰 주위에 모여서 세상 이야기나 소설 이야기를 주고받았다. 들떠서 떠들어 대는 하녀는 재미있게 허풍을 떨어 가며 얘기를 하는데 마음에 드시면 선물로 이것저것을 준다. 남한테 물건을 주시는 것은 어릴 적부터 즐겨 온 도락인데 아버지는 이것을 가장 걱정했다. 한마디로 말하면 '기분파'라고나 할까. 조금이라도 마음에 느끼는 바가 있으면 앞뒤 생각하지 않으니, 인력거를 끄는 모스케(茂助)의 외아들 요타로(與太郎)한테 올 봄에 바깥어른이 새로 맞춘 고급 겉옷을 주신 것도 깊은 연유가 있어서가 아니다. 잠깐 봄에 입을 것이 없다고 넋두리하는 것을 듣고 불쌍히 여겨 내린 선물이었다. 모스케는 깊은 감사를 올렸고 다른 사람들은 옷에 찍힌 매의 날개 가문에 쓸데없이 주목했다. 사모님이 별 생각 없이 서생인 치바가 추워할 거라며 재봉하는 사람한테 겉옷을 만들어 주라고 명령하니 거절할 수도 없어서 조금은 대충 만드는 것 같았다. 희끗희끗한 모양에 솜을 넣은 겉옷을 금세 만들어서 그 다음 날 밤에 입혀 주었다. 치바는 그 은혜가 눈물이 핑 돌 정도로 너무 따뜻해서 일일이 말로 고마움을 표현하지는 않았지만, 소심한 남자였기에 안채와 부엌 사이에서 일하는 후쿠(福)한테 부탁해서 고마움을 전해 달라고 했다. 가뜩이나 엉덩이도 가벼운데 혀까지 잘도 돌아 "이러저러해서 여차여차했는데 치바는 글쎄 눈물을 흘렸어요" 하며 말씀드리자 귀여운 사내라며 사모님의 총애는 더욱더 깊어져서 물건을 전보다 더 많이 내리셨다.

십일월 이십팔일은 바깥어른의 생일이어서 매년 친구 분들을 초대하시는데, 이런 자리에는 이런저런 기녀들 중에 예쁜 여자를 골라 진수성찬에 화기애애한 분위기를 만드신다. 털보인 도리이(鳥居) 씨의 입에서 "만난 순간부터 귀여움이 어쩌고" 하는 송구스러운 가사가 흘러나오는 것도, 예의 사와키 씨가 "우메가와(梅川)와 함께 도망쳐서 당신의 아버님인 마고이몬 님과……"* 하면서 사투리를 섞어 가며 읊으시는 것도 모두 이때의 숨은 장기다. 그래서 화려한 것을 좋아하는 사모님은 이날을 공식행사로 잡아 소매를 세 장 겹친 기모노를 새로 맞춰 올해 유행을 알리신다. 세상은 겨울이라 떨어져 버린 단풍잎에 정원은 쓸쓸해도, 춘삼월 같은 분위기에다 담장의 산다화가 시절을 아는 듯이 향기롭고 소나무의 푸르름이 짙어 술에 취하지 않은 이는 아무도 없는 날이었다.

올해는 특히 오후 세 시부터라고 적힌 초대장이 단 한 장도 헛되지 않아 손님이 꽤 많았다. 저녁 무렵부터는 북적거리기 시작했는데 연회석이 모자라서 응접실 구석으로 밀려난 사람들도 있었고, 이 층 난간에 오카루(お輕) 같은 양장을 입은 여성이 안경이 공중에 떠 있다고 해서 비웃음을 사기도 했다.*

마치코는 사람들의 입에 오르내리는 것이 번거로워서 "사모님, 사모님" 하면서 술잔에 비가 내려도 "용서해 주세요. 저는 잘 마시지 못해요" 하며 잔을 씻는 그릇에 비우지만, 그래도 한두 잔은 피할 수 없었기 때문에 어느새 귓불이 뜨거워지고 가슴도 뛰어 괴로워졌다. 자리를 뜨는 것은 실례지만, 살짝 알아채지 못하게 뜰로 나와 연못의 돌다리를 건너 가산 뒤쪽에 있는 이나리 신사의 새전함 위에 잠시 앉아서 숨을 돌렸다.

9

이 집은 마치코가 열두 살 때 아버지인 요시로가 저당으로 흘러들어온 집을 잡아서 수리한 이후 물의 흐름, 가산의 모양, 소나무를 스치며 불어오는 바람소리도 그냥 옛날 그대로다. 마치코가 술에 취해 꿈꾸듯이 뒤를 돌아 바라보니, 구름 사이로 달이 어슴푸레 빛나고 신사 앞의 낡은 종에는 홍백의 줄이 길게 드리워져 있고 오래된 거울이 성스럽게 빛나는 것이 보인다. 거센 밤바람이 널판을 댄 격자문에 부딪치는 소리가 나자, 사람도 없는데 방울이 딸랑거리고 금줄에 달린 종이가 흔들리는 것이 쓸쓸하다.

마치코는 갑자기 무서워져서 얼른 일어나 두세 발자국 안채로 놀아가려다가 누군가에게 잡힌 듯 그 자리에 멈췄다. 이번에는 사자상의 받침돌에 기대어 나뭇가지 사이로 아련히 새어 나오는 연회석의 아우성을 들으며 '아아, 저 목소리는 남편이네. 샤미센은 고우메(小梅)일 테고. 언제 저렇게 흥겹게 노래하는 멋쟁이가 된걸까? 마음을 놓아선 안 되겠어'하고 생각하면서도 허전해서 견딜 수가 없어서 죄어 오는 듯한 고통이 가슴속 한 구석에서 뿜어 나왔다.

얼마쯤 지나 취기가 사라지자 사모님은 갈기갈기 흐트러지는 이상한 마음을 스스로 자책하며 되돌아갔다. 연회석에 접시며 잔이 여기저기 나뒹굴고 있다. 돌아가는 손님들을 맞으러 온 인력거가 문 앞에 기라성처럼 늘어서 있고 "아무개 님, 출발합니다" 하는 소리가 소란스러운데 연회가 끝나자 초겨울비가 내리기 시작했다.

교스케는 너무나 지쳐서 예복을 벗지도 않고 누워 있다. 사모님은 "어머나, 당신. 옷만은 갈아입으셔야죠. 그러면 안 돼요" 하고 겉옷을 벗기고 허리띠도 손수 풀고는 부드러운 비단에 플란넬을 겹친 잠옷으로 갈아입혔다.

"자아, 그럼 안녕히 주무세요" 하며 손을 잡고 거들자 "아냐, 그렇게 취하진 않았소" 하고 말씀하시고 비틀거리면서 침실에 드셨다. 사모님은 불조심하라는 말을 건네고는 모두에게 자라고 말씀하시고 같은 침실에 드셨지만 왠지 마음이 편치 않았다. 바깥어른은 무슨 말을 하지는 않지만 표정이 심상치 않은 것을 반쯤 감긴 눈으로 보시고 "왜 안 자는 거요. 무슨 생각을 하는 거요?" 하고 물으셨다. 사모님은 "뭐라 대답드릴 만한 것도 없지만, 단지 조금 이상한 생각이 들어서요. 왜 그럴까요. 저도 잘 모르겠어요" 하고 말하자 바깥어른이 웃으면서 "너무 마음을 써서 그럴 거요. 신경만 안정되면 곧 좋아지겠지" 하고 말씀하신다.

"아니요. 저는 말로 표현할 수 없는 쓸쓸한 마음이 들어요. 아까 너무 술들을 권하시는 것이 성가셔서 혼자서 뜰로 도망쳐서 이나리 신사에서 술기운을 가라앉히고 있었는데 아주 아주 이상한 생각이 들었어요. 웃으면 안 돼요. 어떻게 말로는 표현하기 어려운 기분이 들었어요. 당신한테는 비웃음을 사고 꾸지람을 들을 일이에요" 하며 고개를 숙이신다. 들여다보니 눈물방울이 무릎에 떨어져 수상쩍어 보였다.

사모님은 평소와 달리 시름에 잠겨서 "저는 당신한테 버림을 받지 않을까 하는 생각이 들어서, 그래서 이다지도 쓸쓸해졌어요" 하고 이야기를 꺼내자 "또 그 얘기야?" 하고 바깥어른은 대수롭지 않게 웃어넘기고는 "누가 무슨 말을 한 거야, 혼자서 생각한 거야? 그런 말도 안 되는 일이 있을 리가 없잖아. 당신이 생각해 주는 만큼 세상은 나를 쳐 주지 않으니, 그러니까 안심하라고" 하며 어처구니없다는 듯 내뱉었다.

"제가 질투 같은 걸 하는 게 아니에요. 오늘 시끌벅적한 연회에 오신 많은 분들 중에 누구 하나 세상에 이름을 날리지 않은 분이 없었잖아요. 그분들 모두가 당신의 친구들이라고 생각하면 기쁨을 억누를 수가 없을 정도라 뒤에서나마 절을 올리고 싶을 만큼 송구스럽지만 곰곰이 제 처지를 생각하면……. 당신은 이제부터 점점 출세를 하시고 사귐이 넓어지면 점차로 기량도 훨씬 훌륭해지시겠지요. 오늘밤에 고우메의 샤미센에 맞춰 「권진장(勸進帳)」* 한 구절을 하셨잖아요. 저는 그 정도로 실력을 쌓으신 것도 모르고 언제나 옛날 그대로의 당신이라고 생각했어요. 천박한 마음이 어렴풋이 드러나면 싫어지실 이유도 늘어나겠지요. 끝도 없이 넓은 세상에 나서면 보는 것도 듣는 것도 안목이 쌓여 가시는 게 당연하잖아요. 하지만 저는 손바닥만 한 집안에서 밤낮 아무런 고민도 없이 그냥 우두커니 지내는 몸이니 결국에는 권태로워져서 슬픈 결과를 맞이할까 봐 벌써부터 괴롭네요. 제게는 당신 이외에 의지할 부모형제도 없어요. 아버지가 살아 계실 때 어땠는지 당신도 알고 계시죠. 어머니를 닮은 제 얼굴을 보면 화가 치민다며 저를 옆에 오지도 못하게 하셔서 밤낮 외롭게 지냈잖아요. 그러다 기쁘게도 당신과 인연이 닿아서 지금 이렇게 제멋대로 굴어도 용서해 주시니 아무 걱정도 없는 나날이에요. 그건 송구스러울 정도로 고마운 일이지만, 혹여 제 분수에 맞지 않는 것은 아닌지 걱정이 되고 이런 생각을 하니 오늘 저녁에 느꼈던 고독감이 안절부절 못할 정도로 깊어져 해서는 안 될 말이라고 생각하면서도 그냥 이렇게 털어놓고야 마네요. 어차피 부질없고 쓸데없는 걱정이겠지만, 아무리 그러지 않으려 해도 이런 기분이 드는 건 어쩌면 좋을까요. 그냥 허전하기만 하네요" 하며 울어 댄다. 바깥어른은 "불만도 오해도 조리에 맞지 않는다는 걸 아셔야지. 질투 탓이야" 하며 재미있어 했다.

10

스스로의 신세를 고민하다가 사모님은 이유도 없이 마음이 심란해졌다. 늘상 보는 하늘빛은 맑을 때도 흐린 것 같더니 그 색깔이 몸에 스며들어 이상한 느낌이 들었다. 초겨울비가 내리는 소리는 누가 찾아와서 문을 두드리는 것 같다. 쓸쓸한 마음에 거문고를 꺼내 혼자서 좋아하는 곡을 타고 있자니, 스스로도 자기가 타는 가락이 구슬프게 들려 계속 타지 못하고 눈물을 흘리며 거문고를 밀어 냈다. 어떤 때는 하녀들한테 결리는 어깨를 주무르게 하면서 마음이 들뜨는 사랑 이야기 같은 것을 시켜서 들었는데, 다른 사람은 턱이 빠질 정두로 재미있어서 대굴대굴 구르는 어처구니없는 이야기조차도 자기한테는 모두 슬프게 들려 마치 자신이 슬픈 사랑을 불태우고 있는 것 같았다.

어느 날 밤, 안채와 부엌 사이에서 일하는 후쿠가 목소리를 가다듬고 "말하지 않으면 아무도 모를 일, 말해도 내 덕이 되지도 않을 일을 입 다물고 있지 못하는 게 수다쟁이의 버릇이에요. 들으시고는 모르는 척해 주세요. 지금부터 흥미로운 이야기를 들려 드릴게요" 하며 조금 들떠서 목소리를 높인다.

"그게 뭔데?" 하고 묻자 "들어 보시라니까요. 서생 치바의 애달픈 첫사랑 이야기랍니다. 고향에 있었을 때 남몰래 반해 버린 아가씨가 있었대요. 시골처녀라고 하면 낫을 허리에 차고 짚신을 신고 손에는 베어 낸 풀 다발을 들고 있을 것처럼 생각하시겠지만, 실은 그렇지 않고 꽤나 예쁜 촌장의 여동생이었다고 해요. 소학교를 다니는 동안 더욱 좋아져서요" 하고 말하자 "그건 누구 쪽에서?" 하며 잔심부름하는 요네(米)가 입을 열었다.

"입 다물고 듣기나 해. 물론 치바 쪽이지" 하고 말하자 "어머나, 그런 무뚝뚝한 사람이?" 하며 웃어 댄다. 사모님이 쓴웃음을 지으며 "안됐네. 실패한 옛날 얘기를 찾아 낸 거야?" 하고 말씀하시자 "아뇨, 그렇게 옛날 얘기만은 아니에요. 자, 얘기가 계속됩니다" 하고 옷깃을 여미고 헛기침을 한다. 치바와는 비슷한 또래라서 그런지 잔심부름하는 아이는 약간 얼굴이 빨개져서 입이 험한 후쿠가 무슨 말을 내뱉는지 쩨려보았지만, 그런 것에 상관없이 입술에 침을 바르고서 "자, 들어 보세요. 치바는 그 애한테 반한 후에는 아침에 등교할 때는 반드시 그 집 창 밑을 지나치면서 '목소리가 나나? 벌써 갔나?' 보고 싶고 듣고 싶고 얘기하고 싶다면서 여러 가지 생각을 했다고 상상해 주세요. 학교에서는 얘기도 했을 거예요. 얼굴도 보았겠지요. 하지만 그런 것만으로는 재미가 없어서 애가 탔는데 일요일만 되면 그 집 앞 개천으로 항상 낚시를 하러 갔답니다. 하지만 붕어나 납자루가 달갑지는 않았지요. 낚으면 낚

을수록 석양이 서쪽으로 기울어 돌아가기가 아쉬워지고, 혹시 그 애가 나오면 물고기를 몽땅 주고 기뻐하는 얼굴을 보고 싶다고 생각한 거겠죠. 그래 봬도 꽤나 마음고생을 한 사람이에요" 하고 말한다.

"그건 그러니까 몇 살 때 일이야? 그 사랑은 이루어졌어?" 하고 사모님이 말씀하시자 "맞춰 보세요. 저쪽은 촌장의 여동생이고 이쪽은 물만 먹는 극빈한 농민이에요. 구름에 놓인 다리나 봄 안개 속의 겨울새마냥 뜬구름 잡는 얘기로 끝날 일이었지요. 혹시 그야말로 천양지차이긴 했지만 사랑에 상하가 없는 법이라 잘됐다고 생각하세요? 오요네야. 어땠을 것 같아?" 하고 물어 오자 '무슨 말을 하게 해서 비웃을 셈이겠지' 하고 곱게 보지 않고는 "난 모르겠어" 하고 고개를 돌린다. 사모님이 빙그레 웃으며 "잘 안됐으니까 여기에 있는 거겠지. 만약 그런 사람이 있다면 그렇게 덥수룩한 머리에 몸치장도 안 하고 있을 수 있겠어? 공부벌레가 된 것도 자포자기한 탓일까" 하고 말씀하시자 "아니에요. 천만에요. 그 남자가 자포자기 같은 걸 할 남자로 보이세요? 인생무상을 깨달은 거예요" 하고 말한다.

"그렇다면 그 여자는 죽은 거야? 가엾어라" 하며 사모님이 측은해 하신다. 후쿠는 의기양양해서 "이 사랑은 고백하고 말고도 없었어요. 아이였으니까 마음속으로만 생각하고 겉으로는 아무 일도 없는 나날이 얼마나 오래됐을까요? 지금 치바의 모습을 보셔도 그의 어린 시절 일이 거의 짐작이 가지요. 그 여자는 병으로 앓아누웠는데 결국엔 죽어서 절간의 신세를 지게 되었지요. 그 후에 어떻게 되었는지를 물으면 대답하는 것은 솔바람뿐이니, 어쩔 수 없지 않겠어요. 그런데 그 후가 가장 중요한 알맹이에요" 하고 웃자 "후쿠가 적당히 얘기를 꾸며 가지고 그럴 듯한 거짓말을 하는구나" 하고 사모님이 나무라신다. "어머나, 뭐 하러 거짓말을 하겠어요. 게다가 이런 말씀을 드렸다고 하면 제가 좀 곤란해져요. 이건 본인한테 직접 들은 얘기라고요" 하고 변명하자 "거짓말 마라. 그 애가 뭐 하러 그런 말을 하겠니. 설령 그런 일이 있었다고 해도 떫은 얼굴로 가만히 있을 애야. 더더욱 거짓말 같아" 하고 말씀하시니 "정말이지 답답하네요. 그렇게 제 말을 믿어 주시지 않다니. 어제 아침에 치바가 저를 불러서 사모님이 요 사오 일 편찮아 보이는데 어떻게 되신 거냐고 너무나도 걱정스럽게 묻기에 사모님은 가끔 우울증이 있으셔서 정말로 안 좋으실 때는 어두운 곳에서 우시는 게 타고난 성격이라고 했더니 꽤나 놀라며 "그러면 안 돼. 그것은 끔찍한 신경과민이어서 악화되면 돌이킬 수 없다고" 하고 말했는데 그때 이 이야기를 들은 거라고요. "내 고향 어렸을 적 친구 중에 이러이러한 아이가 있는데, 신경질적이고 또랑또랑한 것이 이 집 사모님과 꼭 닮은 아이였어. 어머니가 계모여서 평소에 너무 많이 참고 살아서 그것이 쌓여 병이 되어 죽고 만 가엾은 아이야"라며, 아무튼 치바답게 진지한 얼굴을 하고 말한 것을 제가 꿰맞춰서 생각해 내니 지금 말씀드린 줄거리가 된 거예요. 그 아이와 사모님이 닮았다고 한 건 거짓말이 아니지만, 탄로가 나면 치바한테 혼날 거예요. 듣지 않은 걸로 해 주세요" 하며 혀를 굴리자, 맞장구를 치는 북소리가 시끄럽게 울려 퍼졌다.

11

금년도 오늘로 십이월 십오일이다. 연말이 다가오자 오가는 사람들로 큰길이 분주한데, 저택을 드나드는 상인들이 새해 선물을 들고 와서 부엌이 분주하고 성미가 급한 집에서는 떡을 치는 소리까지 들렸다. 저택에서는 그을음을 닦을 조릿대 잎이 방 안에 넘쳐흐르고 짚신이 복도 여기저기에 어지럽게 흩어져 있는데, 걸레질하는 이, 다타미를 터는 이, 가구를 짊어지고 옮기는 이, 접대용 술에 취해 비틀거려서 짐이 되는 이도 있다. 평소에 신세를 지고 있는 사람들이 "도와야지, 도와야지" 하며 찾아와서 시끄러워졌는데, 절반은 거절하고 모인 사람들에게만 옅은 남색 수건을 나눠 주시자 모두 일제히 수건을 머리에 둘렀다. 호박을 머리에 인 아가씨 모양으로 두른 사람, 뺨까지 덮어 쓴 사람 그리고 머리만 살짝 덮어 쓴 사람도 있다. 바깥어른은 아침부터 집을 비우셨고, 사모님이 지시하시는 모습을 보니 옷자락을 한 손에 잡은 채 그 아래에는 유젠 염색을 한 긴 속옷이 있고 빨간 끈에 삼을 댄 나막신을 신으시고 이래라저래라 하고 말씀하신다.

한바탕 일이 끝난 오후에 다과를 푸짐하게 날라 오고 큰 접시에 김밥을 담아 와서 마음껏 먹게 하고, 부인은 이 층 작은방으로 올라가 잠시 피곤한 몸을 쉬신다. 감정의 기복이 심한 사람이어서 가슴이 답답해지는 것을 견디지 못하고 베개와 솜이불을 꺼내 누워 계셨는데, 심부름하는 요네 이외에는 전혀 알아차리지 못했다.

부인이 녹초가 되어 눈을 떴을 때 머리맡의 툇마루에서 남녀가 얘기하는 소리가 들려오는데 별로 거리낌 없이 이 집 바깥양반이 어떻다는 둥 안주인이 어떻다는 둥 하면서 마치 인력거 영업소 이 층에서 이야기하듯 하는데, 아무도 사모님이 여기에 있을 줄은 꿈에도 몰랐을 것이다.

한쪽은 안채와 부엌 사이에서 일하는 후쿠의 목소리였다.

"꼼꼼히 꼼꼼히 하라고 말씀하시지만 하루 가지고 어떻게 그렇게 할 수 있겠어. 구석구석까지 빈틈없이 하다간 견딜 수 없을걸. 눈에 띄는 곳만 싹 해치우고 나머지는 어쨌든 상관없지, 뭐. 그것으로 딱 알맞게 지치는 거야. 너 말이야, 그렇게 정직하게 해서 배겨 낼 수 있을 것 같아?" 하고 비웃듯이 말하자 "정말이지 그 말이 맞아" 하고 말한다. 상대방은 모스케 밑에서 일하는 야스고로(安五郎)의 목소리다.

"정직하다고 하니까 말인데, 이 집 바깥양반의 그 여자 이다마치(飯田町)의 오나미(お波)에 대해서 알고 있어?" 하고 말을 걸자 오후쿠는 '백 년도 전부터'라고 말할 듯한 기세로 "그것을 모르는 사람은 이 집 사모님 한 사람뿐일 거야. 모르는 건 남편뿐이라는

속담하고 정반대지. 아직 난 본 적은 없지만, 피부가 약간 검고 얼굴이 길어서 고상하다고 하잖아. 넌 감독 대신에 주인 아저씨를 모신 적도 있지. 인사한 적 있어?" 하고 묻자 "인사만 했게. 현관에 달린 방울종이 울리면 도련님이 먼저 뛰어 나오고 뒤따라 나오는 사람이 그 여자야. 자랑거리인 머리카락은 빗으로 간단히 감아 올리고 산뜻한 화장을 엷게 하고 깃을 덧댄 앞치마까지 걸치고 바지런한 모습으로 "어머나, 당신!" 하고 말하는 게 아니겠어. 그러면 이쪽에서 입을 헤벌리고 "오랫동안 못 왔어. 미안해" 어쩌고저쩌고 하며 입구 문지방에 걸터앉으면 그 여자가 달려 내려와서 신을 벗겨 주는 거야. 민망스러울 정도로 사이가 좋다는 건 그런 걸두고 하는 말인가 봐. 주인이 안방으로 들어가면 잠시 돌아와서 "모시고 오느라 수고 많았어요. 이걸로 담배라도 사서 피우세요" 하며 입막음도 하는 거야. 정말이지 그게 순진한 여자라니, 놀라워" 하며 칭찬하자 "순진해도 그렇게 순진할 수 없지. 처녀가 그대로 첩이 됐다잖아. 바깥양반하고는 십 몇 년을 사귀고 아들이 올해로 열 살인가 열한 살은 됐을 거야. 운 나쁘게도 이 집에는 자식이라곤 없는데 저쪽은 당당한 사내아이가 있으니, 장차를 생각하면 불쌍한 건 여기 사모님이지. 아무래도 이것만큼은 점지해 주는 거라서" 하며 한 사람이 말하자 "할 수 없는 일이지. 돌아가신 어르신이 남의 피눈물을 짜내며 손에 넣은 재산이니까, 남의 재산이 되어 버려도 할 말이 없다고!" "그래도 너 말이야, 정직하지 못한 건 이 집 바깥양반이잖아" 하고 말한다.

"남자들은 모두 그런 거야. 마음이 잘 변하잖아" 하고 오후쿠가 웃어 댄다.

"너무 심하게 빈정대시는데. 귀가 따가울 거야. 난 말이지, 이래 봬도 도리에 어긋나거나 하는 짓은 한 번도 한 적이 없는 인간이 야. 아내를 속이고 첩한테 다 갖다 주는 몰인정한 짓은 하고 싶어 도 못한다고. 저렇게 배짱이 있고 지체가 높아도, 따지고 보면 이 집 바깥양반도 귀신 같은 사람이야. 이 대에 걸쳐서 더욱더 깊이 뿌리가 내리는군" 하며 듣는 사람이 없는 것처럼 거리낌 없이 높 은 소리로 말한다. 후쿠도 맞장구를 치면서 "그럼 슬슬 한 번 더 일을 해치울까. 야스 씨는 뜰 쪽을 해 주세요. 나는 한 번 더 여기 를 닦아 내고 이번에는 창고로 가야지" 하며 걸레질 하는 소리가 시작되자 사모님은 문을 꼭 잡으며 '열지 말고 갔으면. 얼굴을 보 이는 건 너무 괴로워' 하며 생각하셨다.

12

십육일 아침에 어제 청소를 마친 뒤라 산뜻한 다타미 여섯 장 방에서 고타쓰를 사이에 두고 바깥어른과 사모님이 마주앉아 있다. 조간신문을 펼쳐 들며 정계의 화제, 문학계 소식 등을 서로 얘기하며 대화가 끊이질 않으니 남이 보면 부럽기도 하고 재미있어 보일 것이다. 바깥어른은 얘기를 꺼내기에 마침 적당할 것 같아서 "오래 전부터 무엇 하나 부족한 게 없는 집이건만 아이가 없어서 섭섭할 뿐이구려. 당신한테 생기면 더 바랄 나위 없이 기쁘겠지만 만일 결국 생기지 않는다면 지금부터 양자를 들여 교육을 시키면 어떨까 하고 이걸 밤낮 마음에 두고 있다오. 아직 좋은 자리는 없지만 새해가 밝으면 나도 초로의 사십 언덕이니 말이요. 노인네 같은 얘기를 하는 것 같지만 집안의 후계자가 정해지지 않으면 왠지 불안하오. 요즘에 늘상 당신이 하는 것처럼 외롭다 외롭다 하고 말하지 않고서는 살 수가 없구려. 다행히 해군에 있는 친구 도리이가 아는 사람의 아이가 있는데 태생도 나쁘지 않고 영리한 남자아이라고 하오. 당신이 반대만 하지 않으면 그 애를 집안에 들여 정성껏 공부를 시키고 싶소. 모든 신병인수는 도리이가 하고 양부모도 그 집이 될 거요. 나이는 열한 살이고 용모가 좋다고 하더군" 하고 말하자, 사모님은 얼굴을 들고 남편의 표정이 어떤지 살폈다.

"아, 그거 좋은 생각이시네요. 제가 어찌 이래라저래라 할 수 있겠어요. 좋은 것 같으시면 그렇게 정하세요. 여기는 당신 집이니까, 뭐든 당신 뜻대로 하세요" 하며 편안히 말하면서도 '만일에 그 애라면 어쩌지?' 하는 무정한 생각이 저절로 얼굴에 드러나자 "그렇게 서두를 건 없으니 잘 생각해 보고 마음에 들면 그때 정합시다. 너무 울적해져서 병이라도 나면 안 되니까. 조금은 위로가 될까 해서 해 본 말이었는데, 그것도 너무 경솔했던 것 같소. 인형이나 병아리도 아니고 사람 하나를 장난감처럼 들일 수는 없는 일이고, 나중에 됨됨이가 좋지 않다고 쓰레기더미 한켠에 버릴 수도 없으니. 집안의 디딤돌로 들이는 일이니까 다시 한번 잘 듣고 알아보기도 한 후에 정합시다. 다만 요즘처럼 우울한 상태가 계속되면 건강에도 좋지 않을 것 같구려. 이건 급한 일이 아니니까 그냥 만담이라도 들으러 가면 어떻겠소? 하리마(播磨)* 가 근처에 와 있다니, 오늘밤은 어떻소? 함께 가지 않겠소?" 하며 비위를 맞추신다.

"당신은 왜 그렇게 친절히 대해 주시나요. 나는 전혀 그런 말 듣고 싶지 않아요. 우울할 때는 우울한 상태로 내버려 두세요. 웃고 싶을 때 웃을 테니까. 맘대로 하게 해 주세요" 하고 말했지만, 정작 노골적으로 원망을 드러내지는 못하고 마음속에 담아둔 채로 뭔가 걱정거리라도 있는 듯한 표정이어서 남편도 적잖이 신경이 쓰였다.

"왜 그렇게 될 대로 되라는 식으로 말을 하는 거요. 요전부터 뭔가 솔직하게 말을 안 해서 이것저것 마음 쓰이는 일이 많아. 사람은 자주 오해도 하는 법이야. 뭔가 마음속에 품고 감추는 거 아니오? 저번에 고우메하고 있었던 일 때문이오? 그거라면 정말로 오해도 그런 오해는 없소. 그럴 마음이 전혀 없으니 걱정할 필요 없소. 고우메는 야기타(八木田)가 오래전부터 사귀는 여자라 다른 사람한테는 말도 못 붙이게 하오. 그렇게 깡말라서 꽃이라고는 이미 다 떨어진 매실 같은 여자를, 꽤나 독특한 취향을 갖지 않고서야 누가 손을 대겠소. 쓸데없는 상상도 적당히 해 두시오. 그 일이라면 아무런 관계가 없는 결백한 사람이오!" 하며 미소를 머금고 턱수염을 꼬신다. 이다마치의 격자문은 꿈에도 모를 거라 생각하시고 이에 대비한 방어책은 강구하지 않았다.

13

　여러 가지 일을 생각하시면 사모님은 이따금 발작을 일으켜 심할 때에는 벌렁 나자빠져서 지금이라도 숨이 끊어질 것같이 괴로워한다. 처음에는 피하주사 같은 의사의 처치를 기다렸지만, 밤낮없이 반복되자 힘센 사람이 세게 몸을 눌러서 발작이 잠잠해질 때까지 기다리는 수밖에 없었다. 남자가 아니면 소용도 없어서 발작이 일어나면 저녁이든 한밤중이든 즉각 치바를 불러들여 뒤로 휘는 등을 억눌렀는데, 무뚝뚝하고 진지하기만 한 남자가 자기를 잊고 간호하는 모습이 다른 사람들의 눈에는 수상쩍게 비쳤는지 소곤대는 얘기가 이윽고 불편한 소문으로 번졌다. 안쪽의 다타미 여섯 장 방을 사람들은 사모님의 발작 방이라 이름 붙이고 음란한 짓이 보기 흉하다는 식의 소문을 냈다. 그래서 그런지 요전의 일도 수상쩍게 여겨져 서리가 내렸던 밤 사모님이 측은해 하시던 마음에 겉옷을 준 일까지도 이상하게 부풀려졌다. 아무 일도 아닌 것을 가지고 떠들어 대는 판에 시시콜콜한 것조차 겉으로 드러나서 사모님은 더욱더 괴로운 입장이 되었다.

안채와 부엌 사이에서 일하는 후쿠는 사모님이 물려주신다고 했던 진짜 유키(結城) 산 명주가 자기 것이 되리라고 잔뜩 기대하고 있었는데, 여러 가지로 신세를 졌다며 사모님이 이것으로 치바한테 설빔을 만들어 주라고 하니 그 원망이 골수에 사무쳤다. 여자들의 머리를 만지는 도메를 붙잡고는 방금 큰일이 일어났다는 표정을 지으며 예의 혀를 잘도 놀려 대자 이 소문이 삽시간에 퍼져 한 마을을 지날 때마다 눈덩이처럼 불어났다.

그러다 어느새 교스케 님이 듣게 되니 가만 둘 수 없는 소문에 가슴이 복받쳤다. 호주 상속 딸이라서 이혼장을 꺼내 들 수도 없고, 세상의 눈이 있으니 마치를 별거시킬 수도 없다. 그렇다고 이대로 뒀다가는 집안에서 일어난 추문이 구실이 되어 자기한테도 만만치 않은 불똥이 덮칠 것이므로 염려스러워서 어떻게 해야 할지 고심했다.

내키는 대로 하는 것도 그대로고 멋대로 하는 것도 그대로인데 무엇을 문제 삼아 꾸짖을 수 있겠는가. 가나무라의 아내로서 세상에 부끄러운 일이 없다고 할 수는 없지만, 그래도 그냥 놔 두면 안 될 사태가 이래저래 생긴 데다가 친한 친구들노 부추기는 바람에 오늘 내일 하면서도 여전히 실행에 옮기지 못하고 지나간다. 해가 바뀌는 아침부터 대문에 놓은 소나무 장식을 떼어 내고 나면 하겠다고 하다가 소나무를 치우고 나면 보름쯤에 해야지 하고 생각한다. 스무날이 지나고 한 달이 헛되이 지나고, 이월의 매화꽃에도 마음이 선뜻 가지 않는다. 다음 달은 소학교의 정기시

험이 있어서 이다마치 쪽에서는 싱글벙글 웃으며 그날을 기다리고 있었다. 하지만 그런 모습을 보아도 마음이 즐겁지가 않았다. 집안의 상황이나 마치코를 어떻게 해야 할지에만 온 신경을 쏟는다. 야나카에 아는 친구의 집을 사서 그곳에 가구 일체를 마련하게 하고 그쪽으로 옮기게 하려는 생각도 해 봤지만 마치코의 인생이 비참해질 것은 뻔했다. 남몰래 눈물을 삼키고는 자신의 부덕함을 돌아보지 않는 것도 아니지만, 이제 결심을 해야겠다고 마음먹은 것이 사월 초순, 만발한 꽃들 위로 봄비가 내리는 밤에 별거를 통보했다.

그 이전에 치바는 쫓겨났다. 먹라천(汨羅川)에 몸을 던진 굴원(屈原)은 아니지만 맺힌 한을 어떻게 풀면 좋을지. 오명을 뒤집어쓰고 에이다이바시(永代橋)에서 기선에 올라타고 고향으로 돌아가는 모습을 봤다는 사람이 있었다.

고통스러운 일은 그날 밤에 일어났다. 인력거 등을 준비하게 한 후에 "할 말이 있소. 이리로 오시오" 하고 남편이 말하자, 이제 와서 무서운 생각이 들어 서재 밖에 서 있자 "오늘 밤부터 당신은 야나카로 옮겨야 하오. 이 집을 집으로 여기지 마시오. 돌아올 수 있다는 생각도 해서는 안 되오. 죄는 당신도 알고 있겠지. 빨리 나가시오" 하고 말한다.

"그건 너무 심한 말씀이세요. 내가 흠이 있다면 왜 말해 주지 않으셨어요? 갑자기 이런 말씀을 하시니 납득할 수 없어요" 하고 운다. 교스케는 뒤를 돌아보려고도 하지 않고 "이유가 있으니까 남들처럼 대할 수 없는 거야. 일일이 죄상을 열거하는 것도 괴로울 거야. 인력거도 준비해 놨으니 그저 타기만 하면 돼"라고 말하고 벌떡 일어서서 방 밖으로 나가는 것을 마치가 뒤쫓아 가서 소매에 매달리자 "놓지 못해, 몹쓸 년!" 하고 뿌리친다.

"당신은 어떻게 해서든지 그렇게 하실 건가요? 저를 세상에서 버림받은 사람으로 만드실 작정인가요? 저는 혼자예요. 세상에 도와줄 사람도 없어요. 이렇게 하찮은 몸을 버리시는 건 쉬운 일이겠지요. 보기 좋게 버리고 이 집을 당신 걸로 하실 생각인가 본데, 해 볼 테면 어디 해 보세요. 저를 버려 보라고요. 각오한 바가 있으니까" 하고 갑자기 노려보는 마치를 냉정하게 밀쳐 내고 뒤도 돌아보지도 않은 채 소리친다. "이제 널 다신 안 볼 거야!"

12 **이마를 판 삼아** 자신의 성인 '쇼지키(正直)'를 '정직한 사람의 이마에는 신이 머문다'는 속담과 연결시켜 장사 홍보를 한 것을 말한다.

15 **불멸일** 달력의 주기 중 하나로, 만사가 흉하다고 믿는 불길한 날이다.

17 **이마가와 과자** 엿을 밀가루 반죽에 싸서 구워 낸 과자.

23 **깃털 공을 쳐 대느라** 하고이타(羽子板)라는 손잡이가 달린 장방형의 나무판으로 깃털 공을 치는 놀이로, 근세 이후 여자들의 설날 놀이가 되었다.

24 **돈을 건넸다** 인력거꾼의 초롱에 넣는 양초를 말하는데, 일반적으로 밤길을 달리는 심부름꾼들에게 주는 수고비를 의미한다.

31 **오몬** 요시와라 유곽(아래 사진)의 출입문. 요시와라 유곽은 사방형 토지로 주위를 '오하구로 도랑'이라는 용수로로 둘러싸고 있고, 군데군데 개폐식 다리가 놓여 있었다. 중앙로 양 옆으로는 손님을 기방으로 안내하는 찻집이 즐비해 있었다. 출입문은 오몬 하나뿐이었고, 그 문으로 통하는 길 입구에는 '미카에리야나기(見返り柳)'라는 버드나무가 한 그루 서 있었다(사진 속 화살표 참조). 뒤돌아보면 마치 유녀가 이별을 아쉬워하며 손을 흔드는 것처럼 보인다고 하여 붙은 이름이다.

요시와라 유곽

32 **하고 말한다** 닭날에는 오토리 신사에서 큰 제례가 행해지고, 갈퀴, 백·적·녹의 삼색 절편, 자주 토란 같은 것을 파는 시장이 열린다. 참배객들이 군집하는 경우도 허다하며, 특히 유곽에 인접해 있어서 유곽 손님들까지 한데 섞여 극도로 혼잡했다고 한다.

오토리 대명신 '오토리(大鳥)'에 크게 한몫 잡는다는 '오토리(大取り)'를 중첩시켰다.

33 **이름을 남긴** 11세기에 쓰인 『겐지 이야기(源氏物語)』는 히카루 겐지(光源氏)를 주인공으로 하여 헤이안 시대 귀족들의 연애 편력과 영화, 불교적 내세관에 기초한 우수를 그린 54첩으로 된 서사물인데, 근세 이후에 54첩의 표제명에서 딴 것을 유녀의 이름에 붙이게되었다.

나와카 행사 1730년대부터 요시와라에서 음력 8월 1일부터 30일간 행해진 축제다. 유녀나 예기가 다양한 분장을 하며 등장하는 진귀한 행사였다.

에이키의 동작 로하치와 에이키는 모두 연회에서 북을 치며 흥을 돋웠던 북의 명인.

소소리 타령 유곽을 조롱하며 돌아다니는 손님들이 부르는 유행가.

깃촌촌 유행가에 흥을 돋우려고 내는 소리.

기야리온도 원래는 무거운 나무나 돌을 나를 때 부르는 노동가였는데, 나중에 기녀들도 부르게 되었다.

이리야 지금의 다이토(台東) 구 류센지 정(龍泉寺町) 주변.

34 **토목 기술자** 도비(鳶)는 높은 곳에서 일하는 기술자들인데, 에도 시대에는 소방관을 겸했으며 도비의 우두머리가 소방 조직의 우두머리였다. 도비는 화재를 물로 끌 수 없을 때 신속하게 집을 부수고 공터를 만들어 불이 번지는 것을 막는 역할을 담당했다. 목숨을 걸고 마을을 지키기 때문에 지위나 수입에 관계없이 신망이 두터웠다. 메이지 시대가 되면서 소방 본부(1880년 설치)가 소방 업무를 전담하게 되자 도비의 소방관으로서의 임무도 종언을 고하게 되었다.

화족 1869년에 황족과 사족 사이에 설치된 족칭이다. 당초에는 옛 귀족이나 다이묘(大名) 가계의 신분 호칭이었는데, 1884년의 화족령에 의해 메이지 유신의 공신이나 나중에는 실업가에게도 적용되어 공, 후, 백, 자, 남의 작위를 내려 특권을 동반한 사회적 신분이 되었다.

술 달린 모자 당시 황족이나 화족의 자제들이 다녔던 가쿠슈인(學習院)의 초등과 학생들이 썼던 모자.

35 **훈독으로 불리지만** 신뇨는 아이들한테는 '노부유키'라고 불리지만 그의 숙명을 꿰뚫고 있는 작가는 지문에서 '신뇨'라 음독하여 법명으로 불렀다.

36 **유카타** 목욕한 뒤나 여름철에 입는 무명 홑옷.

37 **얼굴을 하지** 이 시대에는 소학교령 개정(1890)과 교육칙어 발포로 아동에 대한 의무교육이 국가적 사업으로 추진되었는데, 국가 직속인 공립학교는 엘리트적 색채가 강해서 공립과 사립 사이에 서열의식이 있었다. 창가는 문부성에서 편찬한 창가집을 중심으로 했기 때문에 공립에 다니는 쇼타로에 대해 열등감을 갖는 것이다.

40 **고카지 칼** '고카지'라는 일본 고대의 유명한 도공의 이름을 넣은 단도.

42 **테마리** 솜을 뭉쳐 심을 만들고 그것을 색실로 말은 공 같은 것을 손

으로 치며 노는 아동 유희.

43 **미코시** 축제 때 나르는 신령을 모시는 가마.

도키와좌 1886년에 아사쿠사 공원에 생긴 소극장.

환등 유리판에 그린 채색화나 사진 등에 강한 빛을 비추어 렌즈를 이용해서 영사막에 확대하여 비춰 내는 장치.

47 **불타는 수레** 생전에 나쁜 짓을 한 망자를 태워 지옥으로 나르는 불타는 수레를 말하는데, 지옥의 귀신이 아닌 빚쟁이한테 시달리는 궁핍한 상태를 의미하는 데 사용되기도 한다.

만넨 정 메이지 시대 요쓰야(四谷)의 사메가하시(鮫ヶ橋)와 시바(芝)의 신아미(新網)와 함께 3대 빈민굴의 하나다. 당시 빈민굴에는 사당패들이 많았는데 니와카 행사의 무대 수레도 끌었다고 한다.

은밀한 사랑 당시의 속요. "은밀한 사랑의 길은 이다지도 덧없네. 이제 만나면 목숨을 걸고, 눈물로 엉망이 된 분칠도 그 얼굴 감추는 무리한 술"

49 **한밤의 손난로** 샤미센 음곡 "내 것이라 생각하면 가벼운 우산에 쌓인 눈, 사랑의 무거운 짐을 어깨에 메고 그녀를 만나러 가니 겨울밤 강바람이 차고 물새가 우네. 기다리는 몸에 괴로운 손난로, 참으로 어쩔 수가 없네"를 인용하여 다음의 '사랑'을 끌어내고 있다.

유젠 염색 일본을 대표하는 다채롭고 화려한 염색.

명물 모기 오하구로 도랑 때문에 요시와라에는 모기가 많았다.

지혜의 판 동그라미, 삼각형, 사각형 등의 다양한 형태의 판을 배열하며 노는 장난감.

열여섯 무사시 부모 짝 한 개와 자식 짝 열여섯 개로 하는 장기.

50 **다섯 마을** 당시 요시와라의 유행가. '다섯 마을'은 유곽 안에 있는 다섯 구획을 말한다.

54 **우키요에 그림** 에도 시대에 유행한 풍속화로, 특히 유곽, 유녀, 배우 등의 그림이 많다.

55 **하고이타 채** 나무 열매에 깃털을 끼운 공을 치는 채.

지혜의 판

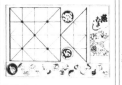
열여섯 무사시

가쿠베의 사자춤

61   **도코노마** 일본 건축에서 객실 정면에 바닥을 한 층 높게 만들어 놓
      은 곳으로, 벽에 족자를 걸고 바닥에 도자기나 꽃병 등을 장식한다.
      다이코쿠텐 칠복신 중 하나로 두건을 쓰고 오른손에 요술 방망이를
      들고 왼쪽 어깨에 큰 자루를 멘 모습을 하고 있다.

63   **가구야히메** 일본의 옛날 이야기인 『다케토리 이야기(竹取物語)』에
      등장하는 히로인으로, 그녀가 대나무에서 태어나 이윽고 천황한테
      총애를 받은 것을 빗대어 가난한 여자가 지체 높은 사람한테 사랑을
      받는 것을 나타내고 있다.
      아사쿠사 공원 기방이 많아서 '공원 예기'라 불리는 기녀들이 있었다.

65   **스미요시 춤** 원래는 오사카 시 스미요시 신사(住吉大社)에 전해지는
      춤으로, 에도 시대에는 유랑 예능인들이 큰길에서 연기했다.
      가쿠베의 사자춤 오락을 제공하며 생활하는 유랑민들이 연기하는
      사자춤으로, 머리에는 새털을 꽂은 사자머리를 쓰고 허리에는 북을
      든 아이들이 구령에 맞춰 곡예를 연기한다. 이 책에 수록된 「갈림길」
      의 기치조(吉三)는 우산 가게에 들어가기 전에 "가쿠베의 사자머리
      를 쓰고 구걸하며 다녔"다.

69   **아와모리** 오키나와 특산 소주로 알코올이 강하다.

75   **손가락으로 가리키는데** 코를 가리키는 동작인데, 코(하나)와 화투
      (하나후다)가 동음임을 이용해서 화투 도박을 암시한다.

80   **상상하게 하는** 『겐지 이야기』의 주인공 히카루 겐지가 나중에 정처
      가 되는 무라사키노우에(紫上)를 처음 보고 사랑에 빠진 것이 구라
      마 절(鞍馬寺)로 가던 길에 어느 집의 발 너머로 할머니인 '아제치의

시마다

덴진가에시

한텐

미망인'과 함께 있던 어린 무라사키노우에(와카무라사키)를 보았을 때였다.

87   저아선 에도 시대에 만들어진 길쭉한 강배로 주로 유곽의 손님을 날랐다.

88   시마다 처녀들의 일반적인 머리 모양이지만, 한편으로 유녀를 연상시키는 머리 모양이기도 했다.

89   지금은 일도 익숙해져서 당시 유행했던 「얏카이부시」로 본문과 관련된 가사의 일부는 다음과 같다.

"열예닐곱 먹을 때까지도 꽃처럼 나비처럼 귀하게 컸는데, 지금은 유곽으로 몸이 팔려, 달마다 세 번 정하신 규칙이라, (중략) 검사를 받을 때는, 팔천 여덟 번 우는 두견새, 피를 토하는 것보다도 괴로운데, 지금은 일도 익숙해져서 돈 있는 손님을 끌어들여, 실컷 먹고 마시고, 손님을 방으로 데리고 들어가, 장지문을 딱 닫고 (중략)"

102   장식을 꽂고 있다 오월 무렵에 못자리에서 자라나는 푸릇푸릇한 볏모를 머리 장식에 꽂는 것을 말하는데, 주로 유곽에서 사용되었다. 에도 시대에는 새로 감은 머리를 이것으로 장식하면 악귀가 나간다는 미신이 있었다고 한다.

덴진가에시 은행잎 모양으로 두 가닥으로 말아 올린 상투의 중앙에 머리카락을 감아서 비녀로 고정시킨 머리 모양이다.

103   옛날에는 꽃입니다 당시 유행가의 한 소절. "무시하지 마시라니까

요. 옛날에는 꽃입니다. 꾀꼬리를 울린 적도 있어요."

107 **오토모노 구로누시** 일본 고대의 가인으로, 샤미센 창곡인 도키와즈 (常磐津)에서 황위를 노리는 모반자로 설정되어 있다.

109 **참배도 못 가** 거짓말을 하면 염라대왕이 혀를 뽑아 버린다는 속담을 인용한 농담이다. 오봉은 8월 15일 전후에 행해지는 조상의 명복을 비는 불교 행사인데, 각 사원에서 염라대왕을 모시는 제사가 있다.

110 **맡겨 주시오소서!** 에도 시대의 요시와라 유곽에서 이어져 내려온 명기의 이름. 초대에서 15대까지 기록이 남아 있다. 특히 가부키에도 등장하는 제2대 다카오와 센다이 번의 번주였던 다테 쓰나무네(伊達 綱宗)의 이야기가 유명하다. 방탕벽으로 유곽의 출입이 잦은 쓰나무네가 다카오를 유곽에서 빼내 주었지만 그 뜻을 따르지 않아 교수형에 처해지는 이야기다. 오리키가 손님을 화족이라 하고 자신을 다카오에 비유한 것은 이 관계를 염두에 둔 것으로 보인다.

116 **온천물도 못 고친다** 당시 유행가 "의사도 아리마(有馬)의 온천물로도 상사병은 낫지도 않네"를 구사쓰로 바꾼 것이다.

120 **볼품없기 짝이 없다** 에도 시대 이래로 기혼 여성은 이빨을 검게 물들이고 눈썹을 미는 습관이 있었는데, 오하쓰는 가난해서 그것을 못 했던 것이다.

123 **고무라사키든 아게마키든** 둘 다 에도 요시와라의 명기로 남자를 뒤쫓아 자살했다.

124 **이름을 붙였다** 에도 시대부터 유곽의 은어로 사창을 '지옥'이라 칭하고 거기에 있는 유녀들을 '귀신'에 비유했는데, 유녀들이 얼굴과 목에 백분을 짙게 칠한다고 하여 '흰 귀신'이라 불렀다고 한다.

무서워졌다 일본의 전통 단형시인 하이쿠의 대가인 바쇼(芭蕉)의 "뱀을 먹는다고 하니 무섭구나, 꿩 소리는"이라는 구를 인용한 표현이다. 전통적으로 꿩 소리는 부인을 그리워하는 이미지로 수용되었는데, 바쇼의 시는 그 이면을 포착한 것이다. 여기에서는 창부의 감미로운 목소리의 양면성을 표현하고 있다.

125 **한텐** 작업용이나 방한용으로 입는 기장이 짧은 상의다.

127 **하우타 같은 유행가** 둘 다 남녀의 정을 노래한 유행가.

기노쿠니 하우타의 하나로 에도와 기슈의 이나리 신사의 이름을 읊은 노래.

에몬 고개 샤미센 반주를 동반한 일본의 창인 조루리(淨瑠璃)의 한 구절. 에몬 고개는 요시와라의 제방에서 오몬까지의 언덕.

바치고픈 분이 계세요 도도이쓰의 한 구절.

건너냐 하네 하우타 「내 사랑은(我が戀は)」의 한 구절.

138 **피안회** 춘분, 추분을 중심으로 7일간 행하는 법회.

140 **마왕** 불교 용어로 욕계(欲界)를 지배하는 왕. 해탈을 방해하는 모든 것.

164 **히로코지** 당시 료고쿠(兩國)의 히로코지와 나란히 번화가로 유명했다.

170 **소토리히메** 오노노 고마치는 헤이안 시대의 유명한 미인. 서시는 중국 춘추 시대의 대표적 미인. 소토리히메는 『일본서기(日本書紀)』에 나오는 미녀.

182 **신아미** 당시의 시내 삼대 빈민굴의 하나. 47쪽의 주 '만네 정' 참조.

183 **꼬마 중아** 아동의 유희 노래인 "떠돌이 꼬마 중은, 왜 키가 작아?, 어버이날에 생선하고 날짐승을 먹어서, 그래서 키가 작아!"를 인용한 것이다.

184 **건너간다고 불러야겠어** 일본의 전통 창극인 조루리(淨瑠璃) 중 『가쓰라 강 연리의 목책(桂川連理柵)』에서 허리띠 가게 초에몬(長右衛門)과 부모 자식만큼이나 나이가 떨어진 오한(お半)의 관계를 기치조와 오쿄에 대비시켜, 함께 길을 떠날 때 초에몬이 오한을 업고 강을 건너는 장면이 있는 조루리와 달리 오쿄가 기치조를 업을 것이라는 의미다.

도움이 안 돼 '땅두릅의 거목은 기둥이 못 된다'는 속담을 인용하여 몸만 크고 도움이 안 되는 사람에 빗대었다.

186 **오코소 두건** 네모난 천에 끈을 달아 눈만 내놓고 머리와 얼굴을 감

오코소 두건 　　　히후 　　　　홍엽관

싸는 여성용 방한 두건.

188 **히후** 가슴 언저리에서 겹쳐 입는 여성용 상의로 앞 옷깃에 장식으로
술을 달았다.

193 **홍엽관** 1881년에 시바(芝) 공원에 사교를 목적으로 하여 설립된 회
원제 고급 요정.

194 **시키부** 『겐지 이야기』를 따서 지은 유녀의 이름.

꽤 멋스럽다 설대가 빨간 담뱃대는 유녀나 화려한 것을 좋아하는 여
성이 사용했다.

195 **서생 웃옷** 메이지 중엽 서생들이 착용하여 일반화되었다.

197 **권공장** 메이지, 다이쇼 시대에 한 건물 안에 많은 가게가 들어서서
여러 가지 상품을 팔던 곳으로 훗날 백화점 진출로 인해 쇠퇴했다.
1878년 도쿄에 생긴 제일권공장(第一勸工場)이 최초다.

202 **짓켄다나** 도쿄 도내에 있던 지명. 에도 시대에는 인형 가게가 즐비
해 3월과 5월의 절구가 가까워지면 시장이 들어서서 활기를 띠었다.

팔 엔을 받는 1886년 「판임관 관등 봉급령」의 판임관 월급에 따르면
1등이 최고로 70엔, 10등이 최저로 12엔이었다. 이즈미 교카(泉鏡
花)의 소설 『야행순사(夜行巡査)』(1895)에 "팔 엔 님"이라 불리는 경
멸받는 순사가 등장한다.

207 **시마바라** 교토에 있었던 유곽지로 유명한데, 여기서는 도쿄의 거류
지에 있었던 신시마바라(新島原) 유곽을 가리키는 것으로 보인다.

메이센 비단 꼬지 않은 실로 거칠게 짠 비단.

225 **마고이몬 님과** 조루리의 작가로 유명한 치카마쓰 몬자에몬(近松門 左衛門)의 작품 『저승의 파발꾼(冥途の飛脚)』의 한 장면으로, 기녀 우메가와(梅川)에 빠진 추베(忠兵衛)가 몸값을 주고 빼내기 위해 공 금에 손을 대서 우메가와와 함께 고향인 니노쿠치무라(新口村)로 도 망쳐 아버지인 마고 '에' 몬(孫右衛門)과 대면하는 부분이다. 앞의 제1 장에서 동향 친구 사와키가 '이'와 '에'를 구별하지 못한다고 했는 데, 그 구체적인 예를 든 것이다.

226 **비웃음을 사기도 했다** 조루리 『가나데혼 추신구라(假名手本忠臣藏)』 의 7장에서 오카루가 이 층에서 유라노스케(由良之助)한테 보내는 편지를 훔쳐보는 장면을 빗대어 조롱한 것이다.

229 **권진장** 가부키 18종 중 하나인 『권진장』을 위해 만들어진 샤미센 음곡.

240 **하리마** 조루리 창으로 인기를 모았던 다케모토 하리마다유(竹本播磨 太夫, 1859~1922)를 가리킨다.

히구치 이치요와 여성 표현의 근대

임경화(성균관대학교 동아시아학술원 연구교수)

1. 작가 : The Last Woman of Old Japan

2004년 11월 1일부터 발행된 일본의 새 지폐의 디자인으로, 세균학자로 유명한 노구치 히데요(野口英世, 1876~1928)와 함께 불과 24세에 폐결핵으로 요절한 메이지 시대의 '여류 소설가' 히구치 이치요(樋口一葉, 1872~1896)의 초상화가 채택되었다. 도안 인물의 인선을 담당했던 당시의 재무장관이 "종래에는 정치가 중심이었지만, 이번에는 앞으로의 일본을 생각하여 학술 중시, 남녀공동참획(參劃)사회의 추진 등 폭넓은 관점에서 뽑았다"고 밝히고 있듯이, 이치요를 발탁한 것은 여성의 문제가 남성을 포함해서 파악되어야 한다는 젠더의 문제로 재구축되어 1999년 남녀공동참획사회기본법의 제정을 계기로 국가 기구의 레벨로 체제내화된 것과 관련이 있다. 그 정책 추진을 담당하는 정부 측은 남녀가 공동으로 참여하는 사회의 '성찬'을 상징하는 지폐에 여성을 집

어넣는 것이 가시 행정의 차원에서도 득이 많다는 것을 쉽게 간파했던 것이다.

이 인선에 대해서 내가 알기로는 그다지 반대 의견이 없었다. 그도 그럴 것이 아버지의 사업 실패와 그로 인한 죽음 등으로 만 16세의 나이에 호주가 되어 일가를 짊어진 이치요는 그 짧은 일생 동안 가난의 저주를 끊을 수가 없었다. 그런 까닭에 근친자가 정재계에 포진해 있었다면 정치나 경제 활동의 공정성을 저해한다고 제기되었을 비난도 그녀에게는 해당되지 않았다. 또한 집안의 몰락으로 인해 정혼자에게 파혼을 당한 후에 평생을 독신으로 지낸 그녀이기에, 현모양처 이미지로 봉건적인 유교 질서를 강조하려고 한다는 비판을 받을 이유도 있을 수 없었다. 더욱이 결정적으로 그녀는 20세에 문단에 데뷔한 후 불과 4년 만에 이 세상을 떠났기 때문에, 이후에 본격화되는 일본의 대외 팽창적인 제국주의로의 길에 대해 어떤 식으로든 관련을 가질 기회가 없었으니 친국가적이라거나 반국가적이라는 비판이 기본적으로 성립할 수가 없었다. 한마디로 말해 이와 같은 무난한 인선을 뒷받침한 것은 그녀의 박복한 운명이었던 것이다. 그리고 그로 인해 더욱더 애잔하게 상기되는 것은 소설가로서의 그녀의 천재성이었다. 물론 여기에 그간의 페미니스트 비평이 행해 온 '유명성'을 갖춘 여성 작가에 대한 캐논화 작업이 깊이 관여되어 있음은 간과할 수 없다. 하지만 그럼에도 불구하고 온몸으로 한 시대를 도려내고는 총총히 사라져 간 이 박복한 천재의 글쓰기는, 그녀의 존재 자체를 기억의 저편으로 떠나보내는 것을 간단히 허락하지 않는 끝이 없는 영위로서 우리에게 육박해 오는 것을 부정할 수 없다.

히구치 이치요는 일본이 서구형 근대화를 본격화하기 시작한 메이지 시대에 태어났지만, 구시대의 그림자는 너무도 심각하게 그녀와 그녀를 둘러싼 세계를 규정했다. 한 남자가 있었다. 그는 농민이었지만 일찍이 에도 시대의 지배층이었던 무사계급이 되고자 학문(한문 소양)을 닦고 무가(武家)의 지위를 돈으로 사들여 이윽고 신분 상승이라는 청운의 꿈을 이루었다. 하지만 그것은 메이지유신으로 막부가 붕괴되어 약 40만 명의 무사들의 구조 조정이 단행되기 3개월 전의 일이었다. 이제 막 무사가 되었던 그는 입신출세를 위하여 익숙하지도 않은 사업에 손을 대면서 부르주아 시민으로 또다시 거듭나지 않으면 안 되었다. 그러나 그는 사업의 실패로 부채를 떠안고 번민 속에서 죽어 갔다. 시대의 변동기에 가치관이 뒤바뀌고 경제 구조도 변화했지만, 그는 능란하게 이 흐름에 몸을 맡기지 못했던 것이다. 이것은 이치요의 아버지의 이야기다.

한 여자가 있었다. 그녀와 그녀의 자식들은 남편이 사업에 실패하기 전까지는 중류계급의 생활을 영위할 수 있었다. 그녀에게는 아버지와 오빠들의 영향으로 어렸을 때부터 책 읽기를 좋아하는 딸이 있었다. 하지만 그녀는 여자의 글재주를 금기시하는 근세 이래의 유교적 여성관의 세례를 받은 여성이었기에, 그 딸이 11세에 소학고등과 제4급을 수석으로 졸업했지만 "여자에게 오래 학문을 시키는 것은 장래를 위해서 좋지 않으니 바느질이라도 가르치고 가사를 돕게 하겠다"고 주장하며 결코 딸의 진학을 허락하지 않았다. 하지만 그 책벌레 딸은 어머니 몰래 창고에 들어가 문틈으로 새어 드는 불빛에 의지해 책을 읽었다. 이것은 이치요의 어머니의 이야기다. 후에 일본 근대 최고의 '여류 소설가'로 칭송되는 이치요는 구시대의 가치관을 몸소 실천하는 부모 밑에서 자랐던 것이다.

하지만 일찍이 딸의 문학적인 재능을 간파했던 아버지는 만 14세의 이치요를, 당시 중상류의 여성들에게 가나를 주로 하는 화가(和歌: 일본 고래의 단형 정형시)나 화문(和文: 헤이안 시대 모노가타리로 대표되는 여류 서사의 전통을 잇는 가나 문체) 등의 고전을 가르치고 습작하게 했던 하기노야(萩の舍)라는 가숙(家塾)에 입문시킨다. 그러나 이것은 딸의 근대적 여성으로서의 자아 실현을 지원하기 위한 것은 아니었다. 근세 이래 여성의 글쓰기가 이 화문적 규범에 얽매여 있었으며, 이 규범이 근대 여성의 글쓰기가 한문체나 서양문학 혹은 신문 기사나 논설에 미치는 것을 통제하는 힘으로 작용했던 것을 상기하면, 이 아버지의 의도는 전통적인 여성의 글쓰기와 그를 뒷받침하는 여성상을 딸에게 내면화시키는 데에 있었다고 할 수 있겠다. 이치요가 아버지의 의도대로 화문체를 자기의 것으로 소화했던 것은 그녀가 일기마저도 화문으로 썼던 것을 보면 알 수 있다. 그녀가 남긴 대부분의 소설은 이러한 고전의 문체를 구사했거나 활용한 것이다. 그것은 20세기의 개막과 함께 근대국민국가의 문어체로 확립되었던 언문일치체와는 단절된 것이었다(그로 인해 나는 구두점조차 거의 없는 그녀의 소설

들을 번역하면서 수도 없는 좌절을 맛보았다). 더욱이 그녀는 에도 시대 이래의 통속적인 이미지를 완전히 탈피하지 못하여 그 가치도 아직 안정적이지 않았던 장르인 소설을 쓰기보다는 장래에 하기노야와 같은 가숙의 지도자가 되고자 했다. 그녀 또한 그녀의 부모와 마찬가지로 구시대에 깊숙이 두 발을 딛고 있었던 것이다. 하지만 격동의 시대는 그녀의 읽고 쓰기로 하여금 구시대의 단물을 빨며 안주하도록 허락하지 않았다.

아버지의 죽음으로 16세의 나이에 호주가 되어 빚에 시달리는 일가의 생계를 이끌어 가야 했던 그녀에게, 같은 가숙의 선배인 미야케 가호(三宅花圃)가 쓴 『덤불 속의 꾀꼬리(藪の鶯)』(1888)의 성공과 가호가 받은 고액의 원고료는 '소설가 이치요'의 탄생을 재촉한 결정적인 사건이었다. 그녀는 당시의 '여류 소설가'를 대표했던 고등여학교 졸업생이나 현역 여학생들과는 달리 생활을 위해 어쩔 수 없이 소설 창작에 발을 들여 놓았다. 그녀는 빚더미 속에서 신문을 열심히 구독하고 도서관에 다니면서 소설 창작에 몰두했고, 그녀의 어머니와 여동생도 호주의 이 '사업'의 조력자가 되었다. 이치요는 소설이 득세해 가는 시대의 흐름에 뜻하지 않게 조우했던 것이다. 또한 그를 위해 종래의 하기노야와 같은 시단적인 결사를 떠나 경제 시스템을 내장한 근대적 출판 미디어와 밀접히 관련을 맺어 간 것은 그녀가 '근대적' 작가로 자립해 가는 데에 결정적인 역할을 했다. 그녀는 『도쿄 아사히 신문(東京朝日新聞)』의 인기 소설가에게 가르침을 받는 것을 시작으로, 『수도의 꽃(都の花)』이나 『문학계(文學界)』, 『문예구락부(文藝俱樂部)』

등에 자작의 발표 기회를 얻으면서 당시 문단의 주류적인 문학관에 접근할 수 있었다.

이치요도 종래의 '여류 소설가'들과 마찬가지로 메이지 시대의 여성들의 모습을 작품에 그렸던 것은 사실이다. 하지만 그녀의 소설은 특권 계급의 '여류 소설가'들이 상류 사교계 등의 협소한 세계를 소재로 취하거나 대단원으로서의 결혼을 플롯으로 하여 구성한 작품 세계를 크게 벗어나 다양한 여성의 삶과 고뇌를 언어화했다. 이치요의 생활 범위는 그녀들의 제한된 활동 범위를 비약적으로 확장시킨 것이었다. 당시 소설가로서의 경제적 자립은 남녀를 불문하고 지난한 것이기도 했는데, 생활고에 시달린 이치요는 메이지 시대에 이르러 화류계에 밀려 급속히 추락해 갔던 유곽인 요시와라(吉原) 근처에 구멍가게를 내기도 했다. 그 경험을 토대로 타계 10개월 전에 완성한 그녀의 대표작 「키 재기(たけくらべ)」(『文學界』, 1895)에서는 요시와라의 구시대적 활기와 메이지적인 어둠, 사치와 빈곤, 해학과 슬픔이 교차하는 세계에서 일상을 살아가는 소년소녀들과 그들의 사랑을 그려 냈다. 이러한 세계의 표상은 종래의 여성 표현에는 있을 수 없는 것이었다.

그런데 이와 같은 이치요의 글쓰기 과정은 이윽고 현실의 명리 추구를 떠나서 멀리 영원으로까지 이어졌다. 다음은 이치요의 일기 중 유명한 한 구절이다.

스스로 생각해도 덧없는 소설 나부랭이의 부질없는 말로 내가 붓을 잡는 것은 사실이다. 의식주를 위함이라고 하더라도 눈비를 견디기 위함이라고 하더라도, 유치한 것은 누가 보아도 유치할 것이다. 내가 붓을 잡는다는 이름이 있는 이상은, 도저히 대개의 세상 사람처럼 한번 읽고 끝나면 쓰레기통에 버려지는 것은 쓸 수 없다. 인정이 부박하여 오늘 반기는 것이 내일은 버려지는 세상이라고 하더라도, 진정에 호소하고 진정을 그려 내면 한 쪼가리 소설이라도 얼마간은 가치가 있지 않을까. 나는 비단옷을 바라지 않으며, 대궐집을 원치도 않는다. 천 년에 남길 이름을 어찌 한때를 위하여 더럽히겠는가.(「숲속의 잡초(森の下艸)」,『樋口一葉全集』제3권, 筑摩書房, 1994)

이치요에게 소설 창작의 목적은 이미 호구지책이 아닌 영원성의 추구였음을 알 수 있다. 근대의 미디어를 배경으로 혜성같이 등장한 그녀는 글쓰기의 수행을 통해 여성으로서의 생의 한정성과 대비되는 소설의 무궁한 가치를 발견한 것이다. 이것이 19세기의 한 여류 소설가가 글쓰기를 통해 획득한 여성 표현의 근대의 전말이다. 미디어의 시대와 손을 맞잡고 제국대학 출신의 엘리트 작가들이 활약하며 '숭고함'을 구축해 갔던 소설은 '보잘것없는' 삶을 강요당하는 여성들에게는 특히 더 영원할 것 같아 보이지 않았을까.

2. 작품 : 지긋지긋한 돈, 엇갈리는 사랑, 덧없는 계급

그렇긴 해도 돈 때문에 가족이 붕괴되고 파혼당하고 빚에 시달리다 젊음을 꽃피워 보지도 못하고 일종의 과로사로 인생을 마감한 히구치 이치요가 지폐의 도안이 되어 있는 것은 생각해 보면 너무나도 짓궂은 농담 같다. 이치요의 인생 자체는 에도라는 신분제 사회가 끝나고 돈과 출세를 놓고 치열한 경쟁을 벌이는 메이지의 압축적 근대화의 트랙으로 내몰린 한 개인이 개체의 상품화의 성공을 목전에 두고 멸망해 간 비극이기 때문이다. 그런 의미에서 근대화에서 낙오된 불행한 '천재 여성'의 영광의 흔적을 기리는 것은, 그것이 일본의 근대 문학사의 한 페이지를 할애하는 것이든 오천 엔짜리 지폐의 정면을 장식하는 것이든, 빈곤 속에 핀 꽃이라는 '국민'의 미담으로 '가난하지만 나쁘지 않았던 그 시절'을 합리화하려는 심리를 뒷받침하는 것이라 하지 않을 수 없다. 하지만 아무리 돈과 인연이 없었던 '위인'을 모델로 삼는다 해도 근대의 거대한 우상인 돈의 물질적 탐욕성을 감출 수 없듯이, 이치요가 그려 낸 소설의 세계도 근대 '일본 국민'의 문학사로는 결코 수렴될 수 없는, 자본주의의 경쟁 시스템에서 밀려 나거나 혹은 자발적으로 거부한 일탈자들의 이야기였다.

「섣달그믐」에서 부모 없이 가난한 삼촌집에서 자라다가 살림을 돕기 위해 부잣집의 하녀가 된 오미네는 "쌀통 하나 없는 처지"에 빚을 갚지 못해 쩔쩔매는 삼촌집과 궁핍한 사람들은 안중에도 없이 "섣달의 하늘 아래 연극 구경 가는" 주인집 사이의 양극화된 현실 사회의 모순을 몸소 겪고 분노한다. 그러다 막다른 처지에 몰려 주인의 돈에 손을 대고 마는데, 위기에 처한 오미네를 구한 것은 빈민들에게 "언젠가 야마무라 집안의 재산을 모두 빼돌려

너희들한테 즐거운 설날을 맞이하게 해 줄게" 하며 호언장담하는 주인집 아들 이시노스케였다. 그런데 부와 출세를 향해 끝없이 질주하는 '근대화된 남성'과 완전히 다른 이시노스케와 같은 일탈적 남자들은 「키 재기」에도 등장한다. 돈 버는 데에 혈안이 되어 있는 가족들에 섞이지 못하고 불도의 길을 재촉하는 신뇨도 그렇고, 유복한 고리대금업자의 손자이면서도 항상 고독한 쇼타도 그렇다. 그리고 이들은 모두 물질적 집착이 없고 쾌활하고 향락적인 '예비 유녀' 미도리에게 끌린다. 유녀는 재산이나 학식이나 명예나 출산으로 남편의 출세에 공헌하는 '근대적 부인'과는 대척점에 서 있는 존재다. 이러한 탈현실적 존재인 유녀에게 운명적으로 끌려 스스로도 어떻게 제어하지 못하고 유복한 가족을 붕괴로 몰고 가다 급기야 유녀와 동반자살을 하고 만 것이 「탁류」의 겐시치다. 근대의 어두운 그늘을 배회하는 소외자들, 일탈자들은 서로에게 연민의 정을 느끼고 이끌리는 것이다.

하지만 출세와 성공에 대한 욕망이 분출하는 세계에서 남녀의 소박하고 진실한 사랑은 속절없이 어긋나고 만다. 「십삼야」의 로쿠노스케는 연정을 품었던 오세키가 높은 신분의 남성과 결혼하게 되자 삶에 대한 의욕을 상실하고 깊은 나락에 빠져 인력거를 끄는 신세로 전락하고 만다. 하지만 남편의 출세가도에 전혀 도움을 주지 못하는 천한 신분의 오세키도 남편으로부터 경멸을 당하면서 불행 속에서 아이를 위해 산송장으로 살아갈 것을 결심한다. 인력거에서 우연히 재회한 그들의 엇갈린 사랑을 되돌리기에 그들은 너무나 다른 신분이 되어 있었다. 그들은 각자의 길 위에서 끝없는 번민에 빠진다. 「갈림길」에서 고독한 고아로서 영원한 모성을 희구하는 우산 가게 기치도, 첩이 되어서라도 미천한 신분을 벗어나려는 이웃집 오쿄 누나에게 실망하고 그녀와 엇갈리고 만다. 하지만 기치가 걸어야 하는 출세의 반대편으로 난 길은 너무나 음침하고 고독하고 죽음의 그림자조차 어른거린다. 현실 세계가 지옥이자 나락과 별반 차이 없이 다가온다면, 그때 삶의 무게와 죽음의 무게의 치열한 자리다툼이 내면에서 시작되는 것이다. 삶에 대한 소외와 탈출을 향한 동경 속에서 이치요의 주인공들은 갑자기 삶이 싫어진다. 하급 관료로서 미모의 아내와 진실한 사랑을 나누고자 했던 「나 때문에」의 요시로가 출세욕이 없는 소시민적 남편에 만족하지 못하고 아내가 떠나가자 물불을 가리지 않고 돈을 좇는 "붉은 귀신"이 된 것도 이미 삶의 진실이 허무해졌기 때문이다. 그리고 그의 좌절은 데릴사위로 요시로의 집에 들어와 정치가로 성공한 교스케에게 버림받는 딸 마치코의 우울증으로 이어진다. 향락적이고 기분파로 다분히 유녀적인 마치코에게는 교스케의 성공을 뒷받침할 만한 현실 감각이나 학식, 출산 능력이 없었기 때문이다.

이렇게 이치요는 자본주의의 파도로 에도적인 일상이 침몰하고 고전 세계가 난파되면서 분열하는 자아의 고통에 찬 숨소리를 소설 속에서 그렸던 것이다. 여기에 실제로 자신이 중류 계급의 공간에서 급전직하로 빈곤층으로 전락하고 출세지향적인 약혼자에게 파혼당하고 여기저기 돈을 꾸러 다니고 힘든 육체 노동을 경험하면서 얻은 이치요의 자기 인식과 세상을 바라보는 눈이 투영되어 있음은 명백하다. 이 무렵에 이치요는 자신의 일기에 "이욕으로 치닫는 세상 사람들이 한심하고 가엾다. 이것 때문에 그토록 미쳤나 하고 생각하면 금은은 거의 먼지나 다름없는 느낌이 든다"(「먼지 속(塵之中)」 1893년 8월 10일)고 하여 돈의 가치를 부정했다. 그녀는 부와 가난의 경계를 넘나들면서 그 허상을 깨닫고 그것을 소설의 세계로 그려 냈던 것이다. 또한 이치요는 나아가 인간을 인위적인 신분으로 구별하는 허상도 깨닫게 되었다. 그녀는 "천지에는 내 것이 없고, 만물은 각자 자기 자리에서 이치에 맞게 자라는데, 누가 덧없는 계급을 만들어서 귀천을 가리는가. 진실은 창부에게 있다"(「남은 서간(殘簡)」 1894년 만추에서 1895년 2월)고 하여 어느덧 귀천이나 처녀, 아내, 창부라는 구분이 껍질에 지나지 않을 뿐 본질을 규정하는 것이 아님을 외친다. 뜻하지 않게 경계에 세워진 이치요는 돈과 신분의 속박에서 해방되고 자유로워졌던 것이다. 그리고 이치요는 그 너머에 있는 본질적이고 가치 있는 것을 소설 쓰기를 통해 추구하고자 할 때 현실 세계가 불편하기 짝이 없는 거부자들, 현실 세계로부터 냉혹하게 뿌리쳐진 탈락자들의 마음속에 삶의 한정성이나 허무함을 넘을 수 있는 영원한 진실이 있음을 발견했던 것이나.

3. 「키 재기」 읽기 : 유곽의 근대와 「키 재기」의 섹슈얼리티

이제 이치요의 대표작인 「키 재기」를 조금 더 자세히 읽어 보

자. 세련된 미의식과 섬세한 심정 표현 등이 두드러진 반면, 사회 의식이나 사상성이 희박한 것을 일본문학의 특징이라고 흔히 말한다. 하지만 이것은 근대 이후에 일본 고래의 한시문의 전통을 배제하고 가나문의 전통만을 배타적으로 확립시킨 '일본문학' 체계가 만든 허상이다. 그렇다고 가나문이 한문을 대신하여 근대라는 새 시대의 요청에 부응하는 문체로 거듭난 것은 아니며, 이후 언문일치체가 확립됨과 함께 일본어 표기사의 본류에서는 사라지고 말았다. 1890년대 전후에 국수주의적인 열풍을 등에 업고 가나문적 전통을 계승한 문체가 유행하기는 했고 그 흐름에 히구치 이치요의 작품들이 존재하지만, 거기에 묘사된 메이지의 시대상은 이미 이전 시기에 가나문으로 그려진 세계를 훨씬 뛰어 넘는 것이었다. 같은 유곽을 배경으로 하는 남녀의 사랑을 테마로 하더라도, 예를 들면 이치요의 「키 재기」(1895년)는 유곽의 연애를 유교 도덕의 제약이나 신분 제도의 틀에서는 일단 분리된 극히 개인적인 세계의 남녀 관계로 묘사하는 '게사쿠(戱作)'라고 일컬어지는 에도 시대의 가나문 소설과는 다른 시점에서 유곽이라는 공간을 그려 냈다.

에도 시대에 요시와라(吉原)로 대표되는 유곽은 도쿠가와(德川) 막부에 의해서 공인되고 관리되는 공간이기는 했으나, 외부의 세계, 현실의 세계와는 차단된 특유한 비일상적, 허구적 자율 공간이기도 했다. 그것은 예능의 공간과 일체화된 일종의 문화 살롱이었고, 특히 고급 유녀들은 한시문 등의 소양을 갖춘 교양층으로 다이묘(大名)를 비롯한 고위층을 상대했다. 요시와라에서 삶을 영위

268

하는 사람들은 각자가 드라마의 등장인물이었다. 작가나 화가는 유곽과 유녀를 묘사했으며 그것을 출판하는 출판계와 요시와라는 상부상조하면서 번영했다. 유곽은 가부키(歌舞伎)에도 수많은 테마를 제공했으니 에도 문화는 요시와라 없이는 성립할 수 없다고 말해도 과언이 아니다.

하지만 요시와라의 이와 같은 현실 세계와 대치되는 완결성은 메이지 시대에 들어 혹독한 현실과의 충돌 속에서 급속히 해체되어 갔다. 당초 메이지 정부는 매매춘을 규제할 의도가 없었기에 요시와라도 에도 시대 이래의 활기를 계속 이어나갔으나, 1872년 마리아루스 호 사건을 계기로 서구로부터 일본의 유곽이 공창이라는 노예 제도가 행해지는 비도덕적인 공간이라는 점을 지적당하자 정부는 서둘러 '예창기해방령'(1872년)을 발하였다. 하지만 이 조치는 어디까지나 인신매매에 대한 규제책이었을 뿐 매춘을 금지하는 것은 아니었다. 정부의 이러한 미온적인 태도에 반기를 든 것이 근대적인 여성 해방 운동의 일환으로 1880년대 후반부터 활발히 전개된 폐창(廢娼)운동이었다. 이 운동의 뿌리에는 애정을 기초로 하는 남녀 관계와 일부일처제의 이념을 파괴하는 것으로서 매춘을 죄악시하는 근대적 성도덕관이 있었다. 이와 같은 새로운 성도덕에 기초한 폐창 운동은 매매춘이 창부의 인권을 침해하는 것임을 고발함과 동시에, 매춘을 죄악시하여 창부의 존재를 현실 사회와 부인들로부터 물리적으로 관념적으로 엄격히 격리시키는 것이었다. 현실 사회와는 구별되는 독자적인 세계를 구축해 온 요시와라는 가족을 이용하여 국가 질서의 구축을 도모한 메이지의 가족국가관의 배제와 억압의 대상이 되어 점차 국가의 암부로 추락해 가기 시작했다. 이와 동시에 예능 공간으로서의 문화 살롱의 의미도 퇴색해 갔다. 그것은 요시와라 유녀를 대신하여 예능을 전문으로 하는 예기(게이샤)들의 공간인 화류계가 번성한 것에서 단적으로 알 수 있다. 정치가나 문학자들은 신카와(新川)나 후카가와(深川) 등의 화류계로 발길을 옮겼고 요시와라는 점차 매춘만을 위한 공간으로 변해 갔다.

「키 재기」는 아직 에도 시대적인 활기를 간직한 최후의 요시와라를 배경으로 한 소년소녀의 첫사랑 이야기다. 이야기는 요시와라에서 벌어지는 8월의 축제로 시작하여 11월의 축제로 끝난다. 소설의 주인공 미도리(14세)는 요시와라의 최고급 유녀의 동생으로, 가족들과 함께 지방에서 올라와 요시와라에 인접한 기방의 숙소에 산다. 부모는 유곽의 일을 돕고 있으며 미도리도 장래에 언니 못지않은 유녀가 되도록 아무런 불편 없이 공주처럼 키워진다. 그녀 또한 요시와라의 향락적인 분위기에 들떠서 그 활기를 원천으로 밝고 쾌활하게 자란다. 에도 시대의 이상적인 유녀에게는 작은 것에 집착하지 않고 도량이 넓으며 욕심 부리지 않는 밝은 인품이 요구되었으므로, 미도리야말로 요시와라의 유녀에 걸맞은 성격의 소유자인 것이다. 미도리 스스로도 "남자라는 것도 그다지 무섭거나 두렵지 않고 유녀라는 것도 그다지 천한 직업으로 여겨지지 않았으므로, 지난날 고향을 떠날 당시에 울며불며 언니를 보냈던 것이 꿈만 같고 오늘날 전성기를 맞아 부모에게 효도하는 것은 부러"울 정도로 요시와라에 대한 긍지가 대단하다.

소학교에 다니는 그녀는 활달한 데다가 돈도 잘 썼기 때문에 전당포 아들인 쇼타로나 인력거꾼의 아들 산고로 등의 '큰길파' 아이들 사이에서 인기도 많았다. 그런데 이들과 대립하는 토목 기술자의 아들 초키치를 중심으로 하는 '골목파' 아이들은 '큰길파' 아이들한테 지지 않으려고 아버지가 절의 주지인 신뇨를 끌어 들여 8월 축제 때에 '큰길파'의 행사장에서 난동을 부렸고, 그것을 말리는 미도리에게 초키치는 "언니 뒤나 이을 비렁뱅이 년. 네 상대는 이게 적당하겠다" 하며 흙 묻은 짚신을 던진다. 이 사건 이후로 미도리는 남몰래 연정을 품고 있던 신뇨를 원망하게 되었지만 "용화사에 얼마나 훌륭한 단가가 있는지 몰라도, 우리 언니의 삼년 된 단골에는 은행가인 가와 씨, 증권가인 가부토 정의 요네 씨가 있어. 특히 의원인 치이 씨는 유곽에서 빼내어 부인으로 삼겠다고 말씀하신 것을 성격이 마음에 들지 않아서 언니가 받아들이지 않았는데……"하며 스스로에게 말하듯이, 상처 받은 자존심을 달래는 것도 역시 언니가 최고의 유녀라는 사실이었다. 그리고 그것은 바로 자신의 미래에 대한 신념이었던 것이다.

그 후로 미도리는 학교에도 안 가고 집에서 지내다가, 11월 축제에 유녀 모양으로 머리를 올린 후에는 아이들과 어울리지도 않고 갑자기 어두워진다. 때마침 신뇨도 승려 공부를 위하여 이 동네를 떠나는 것으로 이야기는 끝난다. 이러한 미도리의 변모의 계기에 대해서는 초경으로 보는 설과 처음으로 기방에서 손님을 받았다는 설이 대립하고 있는데, 어떠한 입장에 서건 미도리가 자신의 성적인 신체를 자각하고 자신의 변화를 받아들이지 못하고 변민한 사실에는 변함이 없다.

　어두운 방 안에서 누구와 말도 안 하고 내 얼굴을 들여다보는 사람
도 없이 혼자서 멋대로 밤낮을 보내고 싶어. 언제나 항상 인형놀이나
하고 소꿉장난만 하고 있으면 얼마나 기쁠까. 아아, 싫어, 싫어. 어른
이 되는 것은 싫어. 왜 이렇게 세월이 흐르는 거야. 하다못해 일곱 달,
열 달, 아니 일 년 전으로 돌아갔으면.(「키 재기」 15장)

미도리가 느끼는 이 당혹감과 슬픔은 어른으로 성장하는 과정
에서 인간이라면 누구나 느끼는 보편적인 고뇌와 동일시될 수는
없을 것이다. 흥겹고 화려한 요시와라를 좋아하는 요시와라의 아
이 미도리가 이윽고 자신의 성적인 신체를 자각하게 되고 요시와
라의 '버젓한' 구성원으로 거듭난다는 것의 의미를 에도 시대의
환상 공간의 장에서는 상상할 수 없게 되어 버린 이 시기에, 그녀
의 앞에 놓인 혹독한 운명—국가적으로 관리되는 공창이라는 제
도 속에서 사회의 저변에서 살기를 강요 당하는 것—을 어렴풋이
짐작하는 것은 그 후 요시와라의 쇠락을 알고 있는 우리만은 아니
다. 미도리의 친구인 쇼타로도 그녀의 달라진 모습을 보고 "그 애
도 유녀가 된다니 불쌍해" 하고 안타까워하면서 "열예닐곱 먹을
때까지도 꽃처럼 나비처럼 귀하게 컸는데, 지금은 유곽으로 몸이
팔려, 달마다 세 번 정하신 규칙이라, (중략) 검사를 받을 때는,
팔천 여덟 번 우는 두견새, 피를 토하는 것보다도 괴로운데, 지금
은 일도 익숙해져서……" 하며 당시 유행했던 「얏카이부시(厄介

節)」를 부르며 미도리의 운명을 오버랩시킨다. 미도리의 고뇌는 이미 근대 국가의 배제의 시스템 속에서 사회적인 모순을 암부에서 온몸으로 떠받치는 요시와라의 운명과 분리해서는 상상할 수 없을 것이다. 마지막 장면에서 미도리 네 집 문간에 남몰래 두고 간 수선화는 명리에 급급한 탐욕적 세속 세계를 벗어나고자 하는 신뇨의 미도리에 대한 연민의 정을 상징하는 것이리라. 하지만 그것은 또한 근대 규율의 내면화와 부의 축적, 재생산의 기본 단위로 국가 체제를 뒷받침하는 부부 중심의 근대 가족의 에고이즘에 회의하고 반기를 드는 모든 독자들이 미도리의 운명에 대해 느끼는, 차마 떨쳐 버릴 수 없는 인간적인 연민을 담아 내는 표상일 것이다. 이치요는 에도 시대의 문체를 구사하면서 희미한 첫사랑의 추억이 폭력적으로 단절되는 한 유녀의 탄생을 응시함으로써 에도와 메이지를 잇는 '밧줄' 위를 무사히 건넜던 것이다.

이치요의 작품들이 일본 근대문학의 정전(canon) 목록에 들어간 지도 오래되었다. 하지만 정전이 기존의 질서를 전복시키면서 탄생하는 순간의 진보성을 복원해 내고 음미하는 것이야말로 정전을 읽는 자의 기쁨이자 정전을 연구하는 자의 의무일 것이다.

판본 소개

　이 책은 히구치 이치요의 대표작 여섯 편을 발표된 순서대로 배열한 것이다. 판본은 최근에 출간된 가장 신뢰할 만한 선집인 신일본고전문학대계(新日本古典文學大系) 메이지(明治) 편 『히구치 이치요집(樋口一葉集)』(東京: 岩波書店, 2001)이다. 이 선집은 각 작품이 최초로 발표된 지면의 본문 표기를 충실히 반영했을 뿐만 아니라, 동시대의 자료들을 풍부하게 동원하여 본문에 대한 자세한 주석과 해설을 달았기 때문이다. 이치요의 작품들은 사후 1년 만인 1897년에 이미 전집의 형태로 발표되었지만(『一葉全集』, 博文館), 대개 다양한 문화적 배경을 가진 계층들의 생활상이 당시의 비주류 문체로 묘사되어 있는 탓에 작품 해석이 곤란했다. 그런 의미에서 위의 신일본고전문학대계의 시도는 본문 독해를 정확하고 체계적으로 할 수 있는 길을 열어 주었다고 할 수 있다. 아래에 각 작품의 최초 발표 지면의 서지를 밝혀 둔다.

　「섣달그믐」은 1894년 12월 30일 『문학계(文學界)』(제24호)에 발표되었다. 「키 재기」는 1895년 1월 30일부터 이듬해인 1896년 1월 30일까지 『문학계』(제25호~제37호)에 발표되었고, 같은 해 4월에 『문예구락부(文藝俱樂部)』에 일괄해서 게재되었다. 「탁류」는 1895년 9월 20일 『문예구락부』(제1권 제9편)에 발표되었다. 「십삼야」는 1895년 12월 10일 『문예구락부』(제1권 제12편)에 발표되었다. 「갈림길」은 1896년 1월 4일 『국민지우(國民之友)』(제277호)에 발표되었다. 「나 때문에」는 1896년 5월 10일 『문예구락부』(제2권 제6편)에 발표되었다.

히구치 이치요 연보

1872   **0세** 5월 2일에 도쿄에서 히구치 노리요시(樋口則義)의 차녀로 태어났다. 호적상의 이름은 나쓰(奈津). 아버지는 1867년에 무사의 신분을 돈으로 사서 하급무사가 되었다.

1877   **5세** 혼고(本鄕) 학교에 입학했지만 이후 잦은 이사로 몇 군데 학교를 전전하며 입퇴학을 반복했다.

1878   **6세** 영웅호걸 이야기 등의 그림책을 탐독하기 시작하여 7세 때 『난소 사토미 팔견전(南總里見八犬傳)』 전권을 3일 만에 독파했으며 그 무렵부터 속독이 특기였다. 나중에는 도서관에서 빌린 책 등을 하루에 열 권 정도 읽었다고 한다. 그 탓으로 이치요는 고도 근시였다.

1883   **11세** 사립 세이카이(靑海) 학교 소학고등과 제4급을 수석으로 졸업했지만, 어머니의 방침으로 학교를 그만두고 재봉 따위의 수예를 배우게 되었다. 하지만 타고난 독서광이라 아버지한테서 받은 일본 고전을 거의 암기할 정도로 읽었다. 한문이나 초서체 등은 이 무렵 자유로이 읽고 쓸 수 있었다.

1885   **13세** 나중에 정혼자가 되는 시부야 사부로(澁谷三郞)를 알게 되었다.

1886   14세 아버지의 뜻에 따라 화가(和歌)를 익히는 사립 가숙인 '하기
        노야(萩の舍)'에 입문했다. 하기노야는 화족, 사족 등의 중상류층
        자녀들이 교양으로 화가나 화문(和文)을 배우는 곳으로 화려하고
        외향적인 세계였다.

1887   15세 1월부터 처음으로 일기를 쓰기 시작했다. 이후 사망할 때까
        지 쓴 일기가 40여 권 존재한다.

1888   16세 히구치 가문의 상속 호주가 되었다. 아버지는 운반청부업조
        합을 설립하여 새로운 사업을 시작했다. 6월에 하기노야의 선배
        미야케 가호(三宅花圃)가 발표한 소설 『덤불 속의 꾀꼬리(藪の鶯)』
        가 대성공을 거두었다.

1889   17세 3월에 아버지가 사업에 실패하고 심로 끝에 7월에 사망했다.
        사망 전에 시부야 사부로에게 이치요와 결혼할 것을 부탁하고 사
        부로도 승낙했다. 하지만 그는 9월에 약혼을 파기했다. 이치요는
        실질적으로 가족의 생계를 책임지게 되었다.

1890   18세 생계를 위하여 하기노야를 주재하는 나카지마 우타코(中嶋歌
        子)의 집에서 수선, 세탁 등을 했다. 9월부터 혼고(本鄕)의 기쿠자
        카 정(菊坂町)으로 이사했고 동생 구니코(邦子)는 짚신 만드는 부
        업을 시작했다. 이 무렵부터 도서관(우에노에 생긴 도쿄 도서관)
        에 다니기 시작했다.

1891   19세 소설을 써서 돈을 벌기로 결심하고 수련을 받기 위해 동생의
        친구이자 당시 아사히 신문에 대중소설을 썼던 나카라이 도스이
        (半井桃水) 집에 출입하던 노노미야 기쿠(野々宮きく)에게 도스이
        를 소개해 달라고 부탁했다. 도스이를 만난 이치요는 첫눈에 반해
        서 평생 남몰래 연정을 품었던 것 같다. 도스이는 이치요 사후 16
        년 후에 일기가 발표되고 나서 그것을 알았다. 이 무렵부터 달마가
        타고 강을 건넜던 일엽편주에서 따온 '이치요'라는 필명을 사용했
        는데, 모진 세상의 풍파에 시달리는 자신의 신세를 겹친 것이다.

1892   20세 3월에 처녀작인 「밤 벚꽃(闇櫻)」을 도스이가 주재하는 문예

지『무사시노(武藏野)』1호에 발표했지만 매상이 늘지 않아 3호로 폐간되었다. 또한 도스이와 있지도 않은 괴소문이 '하기노야'에 퍼져 결국 사제 관계가 단절되었다. 11월에 가호의 소개로 「매목(うもれ木)」을 『수도의 꽃(都の花)』에 연재하여 처음으로 원고료를 받았다. 하지만 큰 수입은 못 되어 전당포를 드나들었다.

1893　**21세** 돈이 바닥나서 어머니와 의논한 끝에 7월부터 변두리의 상점가(龍泉寺町)에서 잡화나 과자 등을 팔기 시작했다(이곳이 이후 「키 재기(たけくらべ)」의 무대가 되었다). 이치요가 물건을 떼고 여동생이 주로 가게를 지켰다.

1894　**22세** 자금 사정을 타개하기 위해 2월에 혼고 마사고 정(眞砂町)으로 신문 기사에 났던 점술가 구사카 요시타카(久佐賀義孝)라는 인물을 찾아갔다. 그 무렵 구사카한테서 들었던 말로 이치요는 가게를 정리할 결심을 굳혀 갔다. 5월에 9개월간 계속해 온 잡화 가게를 닫고 혼고 마루야마후쿠야마 정(丸山福山町)으로 이사하여 여기에서 최후를 맞이했다(이곳이 이후 「탁류(にごりえ)」의 무대가 되었다). 하기노야의 조교가 되어 월 2엔의 보수(집세는 3엔)를 받았다. 12월에 구사카로부터 첩이 될 것을 요청받았지만 거절했다. 『문학계(文學界)』에 「섣달그믐(大つごもり)」을 발표했다.

1895　**23세** 『문학계』에 1월에 「키 재기」(3)까지, 2월에 (6)까지, 3월에 (8)까지, 8월에 (10)까지를 발표했다. 9월에 『문예구락부(文藝俱樂部)』에 「탁류」를 발표했고, 그 후 11월에 「키 재기」(11)까지, 12월에 (14)까지를 발표했다. 『문예구락부』에 「십삼야(十三夜)」를 발표했다.

1896　**24세** 1월에 『국민지우(國民之友)』에 「갈림길(わかれ道)」을 발표했고, 「키 재기」(16)까지를 발표했다. 4월에 『문예구락부』에 「키 재기」를 일괄 발표하자 모리 오가이(森鷗外), 고다 로한(幸田露伴), 사이토 료쿠우(齋藤綠雨)가 『메자마시구사(めざまし草)』지에서 절찬했다. 이 무렵 폐결핵이 발병했다. 5월에 『문예구락부』에 「나 때

문에(われから)」를 발표했다. 의뢰를 받고 쓴 「통속 서간문(通俗書簡文)」의 집필에 따른 과로로 인해 폐결핵이 더욱 악화되었다. 7월 22일로 일기도 끝났다. 9월의 '하기노야' 예회에 무리해서 머리에 붕대를 한 모습으로 참석한 것이 마지막 외출이었다. 11월 23일 오전에 영면했다. 향년 24세.

새롭게 을유세계문학전집을 펴내며

을유문화사는 이미 지난 1959년부터 국내 최초로 세계문학전집을 출간한 바 있습니다. 이번에 을유세계문학전집을 완전히 새롭게 마련하게 된 것은 우리가 직면한 문화적 상황에 적극적으로 대응하기 위해서입니다. 새로운 을유세계문학전집은 세계문학의 역할이 그 어느 때보다 중요해졌다는 인식에서 출발했습니다. 오늘날 세계에서 타자에 대한 이해는 우리의 안전과 행복에 직결되고 있습니다. 세계문학은 지구상의 다양한 문화들이 평등하게 소통하고, 이질적인 구성원들이 평화롭게 공존할 수 있는 문화적인 힘을 길러 줍니다.

을유세계문학전집은 세계문학을 통해 우리가 이런 힘을 길러 나가야 한다는 믿음으로 만들어졌습니다. 지난 5년간 이를 준비하기 위해 많은 노력을 기울였습니다. 세계 각국의 다양한 삶의 방식과 문화적 성취가 살아 있는 작품들, 새로운 번역이 필요한 고전들과 새롭게 소개해야 할 우리 시대의 작품들을 선정했습니다. 우리나라 최고의 역자들이 이들 작품 속 한 문장 한 문장의 숨결을 생생히 전하기 위해 심혈을 기울였습니다. 또한 역자들은 단순히 번역만 한 것이 아니라 다른 작품의 번역을 꼼꼼히 검토해 주었습니다. 을유세계문학전집은 번역된 작품 하나하나가 정본(定本)으로 인정받고 대우받을 수 있도록 최선을 다 했습니다. 세계문학이 여러 경계를 넘어 우리 사회 안에서 주어진 소임을 하게 되기를 바라며 을유세계문학전집을 내놓습니다.

을유세계문학전집 편집위원단

김월회(서울대 중문과 교수)
박종소(서울대 노문과 교수)
손영주(서울대 영문과 교수)
신정환(한국외대 스페인어통번역학과 교수)
정지용(성균관대 프랑스어문학과 교수)
최윤영(서울대 독문과 교수)

을유세계문학전집

을유세계문학전집은 계속 출간됩니다.

을유세계문학전집 연표